MELODY GRACE

UNCHAINED

Traduit de l'anglais
par Camille S.

EDITIONS PRISMA

Titre de l'édition originale :
UNCONDITIONNAL
© Melody Grace 2013

Coordination éditoriale : Ambre Rouvière
Édition et correction : Nord Compo Multimédia
Mise en page : Nord Compo Multimédia
Maquette de couverture : Éric Doxat
Photo de couverture : © Fotolia

ISBN : 978-2- 8104-1843-5

Chapitre un

La première fois qu'il m'a frappée, je n'ai rien fait, je suis restée.

Je n'en suis pas fière. J'ai tout lu sur le sujet, les articles des magazines et les livres, et je vois d'ici le regard déçu mais compatissant d'Oprah, je les entends tous reprendre en chœur leur mantra depuis les gradins, mais ils ne sont pas à ma place. Ils ne comprennent pas.

Ils ne viennent pas de fêter leurs fiançailles, l'encre à peine sèche sur le faire-part. Ils ne viennent pas d'emménager dans une villa de cinq chambres, dans le quartier le plus huppé de la ville, hésitant encore sur le choix des rideaux, des confettis d'échantillons de peintures à la main.

Ils n'ont pas vingt-six ans, ils ne sont pas la dernière de leur petit groupe de copines de fac à finalement obtenir la bague, l'homme idéal, le tampon prouvant à tous que non, il n'est pas trop tard, cette panique désespérée dans mon cœur peut finalement s'apaiser : je n'ai pas raté ma chance. Moi aussi, je peux fonder une famille. Je ne serai plus seule.

Et puis, je me dis, il ne m'a pas frappée, pas vraiment. Il m'a durement malmenée, c'est certain, mais c'est moi qui ai perdu l'équilibre, et suis allée me cogner contre la porte du placard. Il s'est excusé. Il a dit qu'il était stressé par son travail, que je n'aurais pas dû le pousser à bout. C'était de ma faute, à moi aussi.

Alors je suis restée.

Lorsqu'il me frappe, la deuxième fois, le coup part avec le plat de la main sur ma tempe et se répercute jusque dans mes os. Je tombe en arrière, à moitié sonnée, tentant de me rattraper à la chaise de ma coiffeuse alors que le monde s'écroule, et que tous mes rêves de sécurité éclatent en mille morceaux.

J'ai un goût de sang dans la bouche, métallique. La douleur m'envahit, aiguë, aveuglante. Et cette fois je le sais, je ne peux plus l'épouser.

Je reprends mon souffle en tremblant et je me force à me relever, tâte ma joue, juste au-dessus de la pommette. Ça me brûle, et c'est sûr, je garderai une cicatrice. Peut-être suis-je en état de choc, ou peut-être suis-je au-delà du choc, parce que je me demande déjà comment je vais pouvoir cacher cette marque avec six invités qui attendent en bas, dans le salon, et encore quatre plats à servir.

Je devrais être blessée, ou apeurée, ou furieuse. Mais je ne ressens rien du tout.

Je ne l'aime pas, je suppose que je ne l'ai jamais aimé.

— Ça va ? résonne la voix d'Alexander, cinglante. Je suis désolé, ajoute-t-il, sans avoir l'air de l'être du tout. Mais le moment est mal choisi pour venir me soûler avec tes putains de projets de vacances d'été. J'ai toute une pièce remplie d'associés là en bas. Est-ce que tu comprends à quel point ce dîner est important pour moi ?

— Je comprends, je murmure, la gorge serrée. Quand finalement je me tourne vers lui, il est sur le pas de la porte, son téléphone à la main, et consulte ses mails ou je ne sais quel site web. Il a l'air tellement détendu, si posé, pour un peu je croirais avoir halluciné les dix dernières secondes. Puis, ma tête se remet à m'élancer, et je sais que ce n'était pas un simple cauchemar.

Il l'a fait. C'était réel.

On n'imaginerait jamais ça de lui, en le voyant. Le costume bleu marine très luxueux que je lui ai trouvé tombe à la perfection sur son corps athlétique, ses cheveux noirs parfaitement coupés, son beau visage, bronzé. Il donne l'image d'un homme droit et digne, le genre d'homme auquel vous confieriez toutes vos économies les yeux fermés, quelqu'un qu'on invite à prendre un verre après une journée de travail, ou à faire un golf à son club. Pas du tout un homme qui lèverait la main sur une femme.

Mais les apparences sont parfois trompeuses, je devrais le savoir maintenant. Après tout, c'est bien moi qui me lève chaque matin un sourire convenu peint sur les lèvres, et joue à la fiancée modèle, alors qu'en réalité sous la surface se cache quelque chose de pourri et de honteux, une vérité hideuse que je garde bien enfouie.

— Je suis désolée, chéri. – Je réussis à afficher un sourire tremblotant, je n'ai qu'une envie, que ça se termine, qu'on oublie ça. – J'aurais dû y penser.

Il lève les yeux de son téléphone.

— C'est bon. Mais remets un peu d'ordre dans ta tenue… Il promène son regard sur moi. Je vais leur dire que tu descends.

Il fait demi-tour et sort de la chambre. Je l'entends dans l'escalier puis, peu après, il y a un grand éclat de rire en bas, les verres tintent dans un toast et c'est le doux ronronnement chaleureux des conversations qui reprend.

C'est ça, ta vie.

Cette pensée éclôt dans ma tête, spontanée, et soudain, mes jambes m'abandonnent alors que la froide et dure vérité s'abat sur moi. Je m'effondre sur le lit, tendu des plus fins draps italiens, je reste échouée là toute seule, dans cette somptueuse chambre avec salle de bain attenante que j'ai passé trois mois à décorer.

Voilà ce que tu as fait de ta vie. Voilà tout ce que tu as.

Un rire remonte du fond de ma gorge, hystérique. Je plaque une main sur ma bouche. *Pas maintenant, Carina*, je m'ordonne. *Tu ne peux pas t'effondrer maintenant.*

Jamais tu ne t'effondres.

C'est vrai, même au bord du désespoir complet, quel qu'en soit le prix, je réussis toujours à tenir. Et je donne si bien le change, et depuis si longtemps, que je ne sais plus moi-même ce qui est vrai.

J'inspire profondément, je force ma peur et ce sentiment d'échec toxique à refluer, et me remets doucement debout. Je me rends dans ma belle salle de bains, m'empare de ma trousse de maquillage et tamponne délicatement de poudre la trace rouge, jusqu'à la faire disparaître. Je me recoiffe de sorte que mes cheveux tombent en longues boucles blondes sur ma joue. Je repasse mon rouge à lèvres, rajuste ma robe de soirée, et plaque un sourire radieux sur mon visage.

Parfaite. Exactement ce que je suis censée être.

En bas, je rejoins les autres, glissant un verre dans les mains d'Alexander. Scotch on the rocks, comme il l'aime. Il m'adresse un signe de tête approbateur, et je souris aux invités, trois de ses associés dans sa société de conseil financier, et leurs femmes. Les hommes sont des clones d'Alexander : la quarantaine, ou un peu plus, avec des costumes de luxe, une calvitie naissante et un bronzage permanent. Les femmes me ressemblent toutes : jeunes et minces, les cheveux éclatants et vêtues de fringues de marque, le visage adouci par nos soins esthétiques hebdomadaires, des diamants scintillants aux lobes des oreilles et enroulés autour des poignets.

Soudain, leurs visages m'apparaissent complètement faux : figés dans leurs larges sourires de façade et leurs rires forcés. On dirait des masques tribaux, effrayants et macabres. Une mascarade, entièrement fausse.

Je résiste à la nausée qui m'envahit, je vacille. Alex me lance un regard acéré, et je tente de reprendre le dessus. Je n'ai pas de temps à perdre avec de stupides émotions, pas quand je dois jouer mon rôle d'hôtesse.

La bonne apparaît à la porte et me fait un signe de tête.

— Je pense que le moment est venu de passer à table, j'annonce d'une voix assurée. Si vous voulez bien me suivre...

Je conduis tout ce beau monde dans l'imposante salle à manger, et m'assure que chacun s'assied à la bonne place autour de la longue table en acajou. Alexander préside, bien sûr, puis viennent les associés de part et d'autre, selon leur rang dans la boîte. Cela fait des jours que je travaille à ce plan de table. La première fois que j'ai organisé un dîner d'affaires pour Alex, j'ai malencontreusement placé le P-DG plus loin de lui que le directeur financier, et j'en entends encore parler aujourd'hui. J'ai fini par comprendre : le moindre détail compte, aussi cette fois, j'ai fait en sorte de ne pas commettre d'impair. Je veille à ce que les verres de mes hôtes restent pleins, fais un signe au serveur et enfin m'assieds, à la gauche d'Alex.

— J'adore la façon dont vous avez aménagé cette pièce, roucoule l'épouse de l'un des associés. C'est la plus âgée, trente-cinq ans et elle les fait bien, d'ailleurs d'après la rumeur, elle ne devrait pas tarder à être remplacée. Ils ont tous renouvelé le cheptel, y compris Alex. Il a déjà deux ex-femmes, et même si j'ai toujours eu la prétention de pouvoir réussir là où les autres ont échoué, aujourd'hui je suis frappée de lucidité.

Nous avons toujours été des produits à durée de consommation limitée pour lui.

— Et ce rouge… Il fallait oser, poursuit la femme, sur un ton tout miel, mais je ne suis pas dupe, j'entends bien l'insulte. Pourtant, je lui décoche un sourire enjôleur et à mon tour je roucoule :

— Comme c'est gentil… Merci.

— Merci à la décoratrice, oui, ricane Alex. Elle demande assez cher pour ça… Et les hommes rient tous avec un air entendu.

— Oh, mais ça en valait la peine. Il faut absolument que vous me donniez son numéro de téléphone… L'épouse numéro un sirote son verre de vin tandis que le premier plat est servi, une salade de crevettes artistiquement dressée sur une assiette en délicate porcelaine anglaise. Mais dites-moi, ajoute madame tout miel, que faites-vous déjà, dans la vie ?

— Je travaillais dans les relations publiques, je réponds, diplomate. Mais je me suis accordé une pause. Il y a tant à faire, avec les noces et les réceptions d'Alex.

— Je vois ce que vous voulez dire… L'épouse numéro deux hoche la tête avec sympathie de l'autre côté de la table. Je n'ai pas un moment à moi. Je ne vois pas comment vous pourriez assumer un travail à plein-temps, en plus de tout le reste !

Je souris, et hoche la tête. La vérité, c'est que j'ai été virée il y a quatre mois. Attendez, comment ont-ils présenté ça ? Réduction des effectifs. Je me suis dit que cela n'avait pas d'importance. Après tout, je travaillais uniquement pour passer le temps jusqu'au mariage, et avec la carrière brillante d'Alex, ce n'est pas comme si l'argent était un souci.

D'un seul coup, je suis prise d'une nouvelle bouffée de panique.

Comment crois-tu pouvoir t'en sortir toute seule ? m'interpelle la petite voix dans ma tête. *Tu n'as jamais eu un seul vrai travail de ta vie.*

— J'envisage de me lancer dans le bénévolat pour une association caritative, j'enchaîne, tentant de noyer le poisson, et je me tourne vers Épouse numéro trois, en bout de table. Melinda, Jacob, il faut que vous me parliez de votre fondation, vous faites un travail extraordinaire...

Et tandis qu'ils se lancent dans la description de leur dernier gala de bienfaisance, Alex prend ma main et la serre discrètement. Son sourire est approbateur, et je ressens une réelle fierté, en dépit de la scène détestable qui s'est jouée, un peu plus tôt, à l'étage. L'hôtesse parfaite, c'est ce que je suis censée être, et ce soir, tout se passe pour le mieux. Le plat de résistance est servi, un tajine d'agneau à la marocaine servi dans une énorme cocotte en terre cuite vernissée.

Ce sont des ooh et des ahh admiratifs quand je soulève solennellement le couvercle.

— Tu es un sacré veinard, lance l'un des associés à Alex.

Celui-ci éclate de rire.

— Assure-toi qu'elle reste occupée, acquiesce-t-il. Au moins, tant qu'elle s'agite dans la cuisine, elle n'est pas en train de dépenser ton fric !

Tout le monde rit. Et moi avec, je glousse, docile, mais lorsqu'ils se mettent à discuter de stratégie commerciale et de nouveaux investissements pour leur boîte, mes pensées dérivent vers l'impossible choix qui s'offre à moi.

Je ne sais pas comment partir, mais je sais au fond de moi que je ne peux pas rester.

Qu'est-ce que tu croyais ? n'en finit pas de se moquer la petite voix. *Tu as conclu un pacte avec le diable. Tu as vendu ton corps et ta beauté à un homme riche, mais violent.*

Je regarde autour de moi, et je comprends. Une sourde résignation me prend aux tripes, la honte de mon passé se reflète dans l'éclat du diamant 74 facettes qui brille à ma main gauche.

C'est ce que je mérite.

Le dîner enfin s'achève, et nos invités prennent congé, tout en promettant de se revoir, il est question de déjeuners et de parties de golf. Alex se tient à mes côtés dans l'entrée pour les saluer, une main sur mon épaule dans un geste qu'on pourrait presque croire affectueux... à condition de regarder de loin.

La dernière Mercedes partie, il referme la porte.

— Alors ? je demande, pleine d'espoir. J'attends quelque chose qui ressemble à des remerciements, un signe qui montre qu'il est conscient de tout le travail que j'ai accompli ce soir, qu'il apprécie mes efforts, mais Alex ne m'accorde même pas un regard. Il dénoue d'un coup sec sa cravate et attrape sa veste dans l'armoire de l'entrée.

— Je retourne au bureau, dit-il, vérifiant de nouveau son téléphone.

— Maintenant ? Je cille. Mais il est plus de 23 heures.

— Tu te prends pour ma mère ? réplique Alex. J'ai du travail figure-toi, ce travail qui te permet de te balader en escarpins et avec des sacs à main de créateur, ne l'oublie pas. Et il passe devant moi. Je dormirai en ville. Ne m'attends pas.

— Mais...

Mon objection se perd dans le fracas de la porte qui claque. Je ne sais pas pourquoi j'ai protesté. Ce n'est pas comme si j'étais en état d'avoir une quelconque conversation avec lui, en faisant comme s'il n'y avait pas trace d'hématome sur ma joue. La plupart des week-ends, il les passe dans son appartement, en ville. Je me suis demandé s'il n'y retrouvait pas une autre femme, non pas que je sois jalouse, ou blessée, plutôt par mesure de précaution pour l'avenir. Au cas où une maîtresse serait une menace pour moi, s'il prévoyait de me quitter, au moindre faux pas de ma part...

Mais ce soir, c'est un immense soulagement qui m'envahit, car je n'aurai pas à faire semblant une nuit de plus, quand il promène ses mains sur moi.

— Miss McKenzie ?

Je me retourne. C'est la jeune femme que j'ai embauchée pour le dîner. Une gamine, encore étudiante. Elle me regarde avec un large sourire.

— Tout est rangé et nettoyé. Est-ce que je peux y aller ?

— Bien sûr, je réponds, et j'attrape mon sac pour lui signer un chèque. Une grande soirée en perspective ?

— Pas vraiment. C'est juste que... j'ai rendez-vous avec un garçon, dit la fille en rougissant.

— Eh bien, faites attention, je dis avec entrain, en lui tendant le chèque.

— Oh, c'est plutôt à lui de faire attention, me répond-elle en riant. Elle me fait un clin d'œil et je reste bouche bée.

— Merci encore, je chuchote, la gorge nouée, en la regardant partir. Quand ai-je pris un tel coup de *vieux* ? Hier encore j'étais cette nana qui affolait le campus, multipliait les conquêtes et prenait un malin plaisir à les laisser pantelants après mes brefs coups de fil.

Et puis la fac s'est finie, et la réalité m'est tombée dessus, un choc plus douloureux et déchirant que je n'aurais pu l'imaginer.

Je laisse échapper un soupir et reviens sur mes pas, j'écoute ce silence dans la maison vide. Une belle demeure, un vrai chef-d'œuvre, grâce à moi, après tous ces mois de travail. J'erre doucement à travers les différentes pièces, le bruit de mes pas assourdi par les épais tapis couleur crème, je fais glisser mes doigts sur la surface polie des meubles, je caresse la soie des lourds rideaux. Lentement, je monte à l'étage, passe devant le cortège des photos grand format qui ornent les murs. Alex et moi, sur le yacht d'un ami ; Alex et moi à la plage, ou encore sur notre trente-et-un pour un gala de charité. Nous avons l'air de mannequins qui posent pour un magazine, mais à mieux y regarder maintenant, je me souviens de la vérité qui se cache derrière chaque sourire. Combien j'avais eu le mal de mer sur ce bateau, mais Alex avait refusé de rentrer plus tôt, alors j'avais passé l'après-midi à moitié inconsciente sous Dramamine, dans la cabine du dessous. La fois où un collègue d'Alex n'arrêtait pas de me tripoter pendant un slow, et où Alex m'avait ordonné de ne pas faire de scandale.

J'ai toujours pensé que ça n'avait pas d'importance. Toute relation n'est en fin de compte qu'une transaction, il y a toujours un prix à payer. Et moi j'étais prête à mettre le prix pour préserver ce mode de vie. Tant que je pourrais donner le change en surface, tout irait bien.

Je surprends mon reflet dans le miroir du couloir. Mon cœur se serre douloureusement dans ma poitrine face à cette lueur de désarroi dans mes yeux. Je m'approche, scrute ce visage dans le cadre doré, comme si je le voyais pour la première fois.

Je ne suis pas belle, pas même presque belle, mais j'ai appris combien il était facile de convaincre les hommes que je l'étais. À grand renfort de sérums et de crèmes, de lentilles de contact et de soutiens-gorge avantageux. Mes cheveux blonds dont il faut rafraîchir l'éclat tous les deux mois, le bleu de mes yeux que j'intensifie avec un collyre beauté et un mascara français hors de prix. « Le monde adore ce qui est joli », avait l'habitude de plaisanter mon père quand je n'étais encore qu'une enfant complexée par ses cheveux châtain foncé et son sourire de travers. « Et ne le prends pas mal, mon petit cœur, mais tu n'es pas assez intelligente pour te permettre d'avoir un physique si banal. »

Face au miroir, je relève mes cheveux et je vois la trace rouge, sur ma tempe.

Ça fait une sacrée jolie marque à présent.

De nouveau, la panique me saisit, sinistre et menaçante, mais cette fois, je n'ai plus l'énergie suffisante pour la contenir.

Je me précipite dans la chambre, haletante, le cœur serré. Ma sœur Juliet a souffert de bouffées de panique comme ça, pendant des années. J'ai toujours haussé les épaules et pensé qu'elle faisait beaucoup d'histoires pour pas grand-chose, mais ce soir je sens l'étau oppressant de la peur qui se referme autour de moi, et je comprends que cela n'a rien de drôle.

Arrête, je m'ordonne à moi-même. *Arrête ça tout de suite.*

Mais quel intérêt ?

Il n'y a plus personne ici, je ne suis pas obligée de faire semblant. Personne à qui sourire et donner l'image du bonheur. Dans cette maison modèle, et vide, il ne reste plus que moi. Moi et les mensonges que je me suis racontés, tous ces mensonges creux et nauséabonds.

Oh non…

Je serre mes bras très fort autour de moi, et ça y est, les larmes coulent, froides sur mes joues. J'ai travaillé si dur pour ne rien trahir de tout cela, mais toute ma vie j'ai eu l'impression de me tenir en équilibre au bord d'une immense falaise, à quelques centimètres du vide, luttant contre le vertige et la chute dans le vide insondable du doute, des ténèbres et de ce glacial manque de confiance en moi. Le jour viendra pour moi où je devrai poser un regard sans concession sur ma vie et me repentir pour toutes les horreurs que j'ai commises. Les gens que j'ai trahis, l'amour que je ne méritais pas.

À chaque fois, j'ai réussi à ne pas basculer par-dessus bord, en m'accrochant aux seules choses que je connaissais. J'ai rempli mes jours de réceptions brillantes, et de jolis objets pour éclipser les ténèbres, de bavardages et de cancans pour réduire au silence les murmures de l'incertitude. Je me disais : il te suffit d'être parfaite. Et si j'arrivais à créer la maison parfaite, à devenir une épouse parfaite, une mère parfaite...

Alors tout irait bien, je serais en sécurité. Cela prouverait que j'avais fait les bons choix, pris les bonnes décisions, et toute la laideur du passé serait lessivée et oubliée sous le brillant de la peinture fraîche.

Mais aujourd'hui, à pleurer sur le lit dans le gouffre sans fond de mon existence parfaite, je réalise que tout ça n'était que mensonge.

Chaque promesse que je m'étais faite, chaque concession. Tout ça, c'était de la poudre aux yeux. De la fausse monnaie que j'ai dépensée sans scrupule, comme si on pouvait acheter l'amour, le vrai, avec des pièces en toc, comme si l'image de la perfection pouvait prendre vie d'un coup de baguette magique.

Je me trompais. Comme je me trompais !

Et maintenant, qu'est-ce que je vais faire ?

Une piqûre d'adrénaline et de désespoir me traverse brusquement. Je saute de mon lit, cours à l'armoire, et attrape ma valise et des brassées de vêtements. J'empaquette tout dans un véritable tourbillon, je vide les tiroirs de la commode, saisis ma trousse de maquillage, mes affaires de toilette et d'autres trucs encore. Puis sans prendre le temps de réfléchir, ni tenter de me raisonner, je dévale l'escalier, traverse au pas de course la buanderie, me rue dans le garage, et jette ma valise sur le siège arrière de la voiture.

Ma main tremble quand je tourne la clé dans le contact, mais ce n'est qu'une fois dans l'allée plongée dans une nuit noire que je réalise. Je n'ai nulle part où aller.

Il est minuit passé, trop tard pour un hôtel. Mes amies, ici, sont absentes. Et puis je ne supporterais pas les questions, les regards en biais et les messes basses à mon sujet, encore une histoire ratée. Je ne peux pas non plus me rendre chez mon père, et je n'ai pas vraiment parlé à cœur ouvert avec Juliet depuis des années maintenant. De toute façon, elle a enfin réussi à partir en voyage de noces, un truc du genre road trip en Californie, et elle ne sera pas de retour avant plusieurs semaines.

Je suis complètement seule sur ce coup, je le réalise une nouvelle fois, mais alors que les ténèbres menacent de m'envelopper à nouveau, la réponse surgit soudain dans mon esprit, lumineuse comme un miracle.

La maison de la plage.

J'avais supplié Juliet de la vendre. Pour moi, c'est un endroit hanté de sombres souvenirs, des fantômes d'une époque que je préfère oublier, mais ce soir, je me réjouis que ma sœur m'ait tenu tête. Personne n'ira me chercher là-bas, j'aurai tout le temps de faire le point.

Dans le rétro, je lance un dernier regard nostalgique à ma vie parfaite, puis j'accélère et m'en vais, loin de ce naufrage et de mon histoire d'amour brisée, vers le seul endroit au monde où je me sois jamais sentie en sécurité.

Beachwood Bay.

Chapitre deux

Je roule des heures dans la nuit noire sur l'autoroute déserte, avec nulle autre compagnie que l'éclat blanc des phares et mes souvenirs. Je ne me rappelle pas la dernière fois où j'ai laissé mon esprit vagabonder, aussi quand je m'engage sur la route du littoral, j'éteins la radio, et bientôt le ressac des vagues derrière les vitres me ramène au dernier été que j'ai passé ici, quatre ans plus tôt.

Déjà dans la famille de Maman bien avant sa naissance, la maison est plantée dans une petite ville sur la côte de Caroline du Nord. Enfants, nous venions ici chaque été profiter de la plage, tandis que Papa restait en ville, pour travailler en paix à ses romans, disait-il. J'adorais ces étés sans lui. C'était comme relâcher son souffle après l'avoir retenu une année entière. Maman revivait, s'illuminait, se fichait du sable pris dans les plis de sa tunique à fleurs et qu'elle semait dans toute la maison, elle chantait à tue-tête de vieux tubes country dans la cuisine, sur sa station de radio préférée. À cette époque, Juliet et moi étions encore suffisamment petites pour être complices. On jouait toute la journée sur la plage et on suppliait Maman de nous laisser prendre les vélos pour aller en ville nous acheter des glaces, au snack de Mrs Olson.

Mais nous avons grandi. Les livres de Papa ne se vendaient pas comme il l'aurait voulu. Il a commencé à boire, et Maman n'a jamais plus chanté dans la cuisine. De mon côté, je me suis jetée dans toutes sortes d'activités au lycée pour fuir la maison, et peu à peu, la perspective de passer trois mois à Beachwood Bay coincés les uns avec les autres est devenue une terrible corvée pour chacun de nous. Alors nous avons cessé de venir passer l'été ici et il m'a semblé que c'était fini : la famille s'est désunie, chacun vivant sa vie, moi à la fac, Juliet sur le point de partir poursuivre ses études sur la côte ouest. Il ne restait plus rien qui soude la famille.

Jusqu'à cet été. Le dernier. Celui qui aujourd'hui encore me hante, tard le soir, quand tout le vin blanc et les somnifères du monde ne suffisent plus à garder enfoui le souvenir de cette falaise battue par le vent, et de cette unique rose blanche. Et le souvenir que lorsqu'il a fallu être là, pour les gens qui comptaient le plus au monde pour moi, j'ai échoué.

Je les ai laissés tomber.

J'écrase une larme sur ma joue et quitte la nationale pour traverser la ville. Il est plus de 2 heures du matin maintenant, et les rues sont livides à la lueur des lampadaires, les rideaux baissés sur la devanture des magasins. Je prends bientôt la route qui serpente gentiment en bord de mer, passe devant des bosquets de myrtes et des maisons avec leur signal d'alarme qui clignote sur fond du noir infini de l'océan. Enfin, le rayon de mes phares surprend la boîte aux lettres rouge encore clouée à son piquet, au bord de la route.

Je tourne dans l'allée, me rangeant doucement à côté d'un pick-up en piteux état garé le long de la maison.

Celui d'Emerson, j'imagine, tout en coupant le contact. Juliet et lui l'ont probablement abandonné là, lors de leur dernière visite. Ils ont un appart en ville maintenant, mais pour rien au monde ma sœur n'aurait vendu cette maison, pas même après les dégâts causés par un ouragan, l'année dernière.

C'est drôle, je pense en descendant lentement de voiture. Ce dernier été nous a brisées, toutes les deux, mais les raisons pour lesquelles j'avais fui Beachwood ont toujours été celles qui la ramenaient ici. Comme si elle pouvait guérir ses vieilles blessures en construisant quelque chose de nouveau sur des décombres. Moi, je n'ai jamais vu l'intérêt de recoller ce qui était déjà irrémédiablement cassé, ni de m'éterniser là où la culpabilité ne ferait que me harceler, en me rappelant mes erreurs.

Je regarde la maison plongée dans l'obscurité et de nouveau, je sens une honte profonde qui me submerge. Mais je me reprends, j'attrape ma valise sur le siège arrière et gravis les marches du porche. C'est seulement là, devant la porte, que je réalise que j'ai agi sur un coup de tête.

La maison est fermée à clé, tout est éteint. Il n'y a personne ici, et personne ne savait que j'allais venir.

Réfléchis. Il doit y avoir un double des clés quelque part, c'est forcé. Je regarde sous les pots de fleurs et passe la main sur la corniche au-dessus de la porte.

Rien.

Tout d'un coup, la fatigue s'abat sur moi. Je suis debout depuis 6 heures du matin pour m'atteler aux préparatifs du dîner et depuis, je n'ai pas eu un moment de répit. Après le stress de la soirée et la longue route jusqu'ici, tout mon corps aspire à un lit bien chaud, un endroit doux où me reposer. Je ne peux pas faire demi-tour et rentrer maintenant, mais en même temps je n'ai nulle part ailleurs où me poser. Il fait nuit et froid, et je tremble d'épuisement, pourtant je serre les poings et me ressaisis, je ne flancherai pas. Il doit bien y avoir un autre moyen d'entrer. On est en pleine cambrousse ici ; ils n'auront pas verrouillé chaque fenêtre, ni sécurisé chaque volet. La vie dans une petite ville de province doit bien avoir quelques avantages, non ?

J'abandonne ma valise et fais le tour de la maison pour vérifier l'une après l'autre les fenêtres du rez-de-chaussée. Je suis sur le point de capituler et d'aller me rouler en boule sur le siège arrière de ma voiture quand, en tirant sur celle de la cuisine, je sens que ça bouge.

Yes!

Mon cœur s'accélère. Je glisse les doigts sous l'encadrement, puis soulève. La lourde fenêtre remonte, difficilement, collée à la vieille structure en bois, mais suffisamment pour passer la main. Je relâche tout et attrape un pot de fleurs pour la maintenir entrouverte, je m'en sers pour me faufiler, et tire d'un coup sec la vitre un peu plus haut.

J'agrandis l'ouverture avec mon épaule, et essaie de me glisser à l'intérieur, en m'agrippant au rebord de la fenêtre comme à un levier, et je me contorsionne dans la brèche étroite. J'entends ma robe qui se déchire, mais j'y suis presque, encore un petit effort…

À ce moment-là, je perds l'équilibre, bascule par-dessus bord et atterris sur le sol de la cuisine, envoyant valser des assiettes et des bouteilles qui vont se fracasser autour de moi sur le carrelage. Je tombe lourdement, en me démettant presque l'épaule dans ma chute.

— Aïe ! je crie en roulant par terre et en me protégeant le visage de la pluie de couverts et de mugs à café qui me poursuit. La dernière tasse rebondit sur le sol, et je me retrouve assise là sur le sol jonché de morceaux coupants, seule, dans le noir.

Et le silence.

J'inspire un bon coup, me relève. Mon épaule me fait mal, mais la douleur commence déjà à s'atténuer, alors je traverse prudemment la cuisine obscure et cherche à tâtons l'interrupteur sur les murs. C'est à peine si je me souviens de l'agencement de la maison, et je me cogne sur les coins de la table, contre les chaises qui ne me sont pas familières, avant de trouver la porte. Je la franchis, puis m'engage dans le couloir sombre en direction de la porte d'entrée et...

Un bruit. Une ombre surgit dans le noir. Je hurle.

— C'est quoi ce bordel ?

Prise de panique, je hurle encore, cherchant à l'aveuglette quelque chose pour me défendre. Un squatter, un junkie, et toutes sortes d'individus dangereux défilent dans ma tête, et à ce moment, je sens sous mes doigts un objet dur posé là sur la console, alors je l'attrape, le brandis et frappe de toutes mes forces.

— Nom de Dieu !

La silhouette chancelle et recule cogner contre le mur.

— N'approchez pas ! je crie, tremblante. – Mon cœur bat si vite que j'en suis sûre, il va exploser. J'empoigne plus fermement ce qui me sert de matraque. – Ne me touchez pas !

— Je n'ai pas l'intention de vous toucher, rugit le type, furieux. Je veux juste savoir ce que vous faites à entrer chez moi par effraction !

La lumière s'allume. Je recule de quelques pas, éblouie d'abord par l'éclat soudain, puis je reprends mes esprits et mes yeux y voient plus clair. C'est là que je le vois pour la première fois.

Je retiens mon souffle.

Il est à demi nu, c'est le premier truc que je note. My God, il a un corps comme je n'en ai jamais vu auparavant :

couleur bronze, sculpté à la façon d'un dieu grec, mais pas comme les types avec lesquels je suis sortie, en toc, déformés par des heures de gonflette. Ce mec-là c'est du vrai, dur, tout en puissance et en muscle, avec en prime un tatouage noir qui s'enroule autour du biceps droit. Je sens l'adrénaline qui me traverse, accompagnée de picotements et de sueurs froides, mais impossible de détourner le regard de la tablette de chocolat qui lui sert d'abdos, et de ce sillon de poils fins qui descend jusqu'à la taille de son boxer bleu marine...

— Ne te gêne pas, darling, dit-il alors. Quand tu auras fini de te rincer l'œil...

Je lève les yeux sur son visage, je rougis, puis je le regarde plus attentivement et soudain tout se met en place.

— Oh... – Mon cœur se serre dans ma poitrine et je le reconnais. – C'est toi.

Une barbe de trois jours, cheveux en bataille décolorés par le soleil. Et une paire d'yeux couleur océan en pleine tempête qui me fixent mécontents, comme si j'étais la dernière personne sur cette terre qu'il avait envie de voir.

Et, je peux le dire, le sentiment est totalement réciproque.

— C'est moi, acquiesce Garrett Sawyer, avec son accent traînant du sud. Il se penche, m'arrache le vase de la main et le pose sur la console, énervé.

— Et maintenant, tu veux bien m'expliquer ce que tu fabriques à te balader dans ma maison à 3 heures du matin ?

Je laisse échapper un soupir, au désir se mêle l'irritation. J'ai frôlé la crise cardiaque en me retrouvant face à lui tout à l'heure, et monsieur le prend de haut ?

— Ce n'est pas ta maison, je réplique, le cœur encore à cent à l'heure. C'est la mienne.

— Eh bien, si on veut être précis, en fait, elle appartient à Emerson, me corrige Garrett, le regard furieux. Mais je suis le seul ici à avoir l'autorisation d'y vivre.

— Pourquoi as-tu besoin d'un toit ? je demande, m'efforçant de me calmer, tout en me recoiffant et en réajustant ma robe. Tu ne vis pas au-dessus de ce vieux bar affreux ?

— Nan, répond Garrett en s'approchant, et un sourire désinvolte se dessine sur ses lèvres de rêve. D'habitude, je vais direct dehors et je me roule dans la boue comme un cochon.

Son sourire est à tomber, un sourire pur whisky, tout sucre et dangereux, à quelques centimètres à peine de moi, maintenant. En dépit de mon agacement, je sens une autre vague de désir qui me submerge, irrésistiblement suscitée par sa proximité, comme un aimant tourne autour de son axe pour trouver le nord.

Et zut !

J'ignore mon pouls frénétique et croise les bras sur ma poitrine.

— Tu es dégoûtant, je rétorque, en ignorant les frissons qui parcourent mes veines.

— Et toi tu dépasses les limites. Il promène son regard sur moi, ou plutôt il me dévore des yeux. Je baisse la tête, et là je vois qu'un accroc a déchiré ma robe jusqu'en haut de ma cuisse. Je rougis et rabats comme une furie le pan de tissu sur ma jambe.

— Écoute, je suis fatiguée, d'accord ? je m'exclame, mal à l'aise. J'ai conduit toute la nuit. Je croyais qu'il n'y avait personne, ici. J'ai juste besoin d'un endroit où dormir. Ces idioties de questions de territoire ne peuvent pas attendre demain ?

Garrett hausse un sourcil en me regardant, comme si tout ça l'amusait. Je me prépare à devoir encore argumenter, mais au lieu de cela, il hausse négligemment les épaules.

— Pourquoi pas ?

Je soupire, soulagée.

— J'ai laissé ma valise sous le porche, je lance à son attention.

— Alors, tu ferais mieux d'aller la chercher, répond-il, sourire en coin. Les chambres d'amis sont à l'étage, mais tu connais le chemin.

J'ouvre la bouche pour lui répondre, mais avant que je ne puisse me plaindre, on entend un bruit au-dessus de notre tête.

— Garrett ? retentit une voix féminine, puis une jeune femme apparaît en haut des marches. – Elle porte un T-shirt de trois fois sa taille qui couvre tout juste ses cuisses bronzées, ses cheveux sont en désordre et le rimmel a coulé autour de ses yeux. – Qu'est-ce qui se passe ?

— Rien, mon cœur, lui crie Garrett. Retourne dormir.

— Mais il fait froid, minaude la nana de façon suggestive. J'ai besoin que tu viennes me tenir chaud.

Très classe.

Je lève les yeux au ciel en voyant le sourire entendu que lui décoche Garrett.

— Je monte te rejoindre, ma belle. Et à ce moment-là je récupérerai mon T-shirt !

— T'as qu'à venir le chercher, glousse la fille, avant de retourner dans la chambre, nous laissant à nouveau seuls dans l'entrée.

— Mon cœur ? je me moque. Ma belle ? Avoue, tu ne connais même pas son prénom, c'est tout...

Garrett est hilare.

— Bien sûr que si. C'est Lauren, ou Laurie. Ou peut-être Lorna... Il se renfrogne, fait mine de réfléchir, et même si je sais qu'il fait ça juste par provoc, je ne peux m'empêcher de ricaner avec dédain.

— Ça, c'est le grand amour.

Garrett me regarde méchamment.

— Ce que je fais de ma vie, ça ne te regarde certainement pas. Alors, arrête de me soûler avec tes petites réflexions et laisse-moi retourner me coucher.

Je cligne des yeux, saisie par ce changement de ton soudain.

— C'est moi que tu soûles, là, je réplique. Et je dormirais déjà si tu n'étais pas venu rôder par là, à vouloir jouer les héros.

— Comme tu veux, darling… Garrett tourne les talons et prend l'escalier. Puis il s'arrête et se tourne vers moi avec un sourire plein de malice, et il dit : mais je te conseille de mettre des boules Quies. Dans certaines circonstances, Lorna est assez bruyante.

Je n'ai pas le temps de répondre qu'il a disparu. La porte de la chambre claque derrière lui.

La frustration m'envahit, brûlante et furieuse. De tous les mecs arrogants, mal élevés, exaspérants… !

Pourtant, je ne devrais pas être surprise. Garrett sait très bien appuyer là où ça énerve, et déjà je suis retombée dans le piège. J'aurais dû savoir que ce ne serait pas si évident de tirer un trait sur lui, après ce qui est arrivé à Noël, lors de notre première rencontre… dont j'avais espéré alors qu'elle serait bien la dernière.

Trois mois plus tôt,
réveillon de Noël

Il fait 5° C dehors et il neige, mais je n'ai jamais vu Juliet aussi belle, alors qu'elle s'avance vers l'autel pour échanger ses vœux avec l'homme qu'elle aime.

Je trouvais complètement dingue qu'elle se marie comme ça, dans cette cour au plus fort de l'hiver. Qui avait envie d'avoir des invités emmitouflés dans une parka de ski ou dans une doudoune ? Et que deviendraient sa coiffure, son maquillage ? Et puis, quelle idée de donner la réception ici, dans la vieille maison de la plage… Des mois que je rigolais avec mes copines à propos de cette journée « rustique », mais en voyant le regard d'Emerson, son fiancé, quand elle glisse l'alliance à son doigt, je finis par comprendre.

L'espace d'un instant, l'énigme que représente ma sœur m'apparaît clairement. Radieux, son visage respire le bonheur. Elle se fiche de la météo, ou des fleurs, ou même du bas de sa jolie robe blanche qui prend l'eau. Tout ce qu'elle veut, c'est lui, juste là.

Il est tout pour elle.

Je sens une douleur inconnue me déchirer le cœur, comme si quelque chose volait en éclats, à l'intérieur de moi. Je lutte pour enfouir cette émotion, mais elle est trop difficile à contenir, même pour moi. Le secret le mieux enfoui, celui que je n'ai jamais laissé émerger au grand jour.

Je frissonne, pas seulement de froid. L'amour, le vrai, il est là devant moi. Pas un délire ni un conte de fées, comme je cherche à m'en persuader durant mes longues nuits de solitude. Mais deux êtres, liés par quelque chose de plus fort qu'eux. Faisant le serment d'être là l'un pour l'autre, à travers toutes les épreuves qu'ils traverseront. Se jurant un amour sincère.

Elle a la seule chose que je n'aurai jamais.

La cérémonie s'achève. Dans la foule, c'est un tonnerre d'applaudissements joyeux, les invités se pressent autour des mariés pour les féliciter, et moi, dans mon coin, je sens les larmes qui affleurent. Je m'éloigne et disparais derrière les arbres au fond de la cour, je trébuche dans la neige fraîche et vais me cacher, loin des regards, derrière le vieil abri de jardin en bois.

Je m'adosse au mur, croise fort les bras autour de mes genoux et regarde la plage pâle tapissée de flocons, et les vagues grisâtres qui viennent s'échouer sur le sable.

Reprends-toi, Carina, je m'ordonne avec sévérité. *Comme si tu voulais être à sa place ! Épouser un bad boy, un vulgaire barman avec à peine de quoi vivre en poche.*

Je sens les larmes perler au coin de mes yeux maintenant, alors je m'applique à faire le décompte de tout ce que j'ai la chance d'avoir, et j'énumère avec fierté dans ma tête tous mes privilèges, comme on égrène un chapelet. J'ai une maison magnifique pleine de jolies choses, un job en or, un agenda débordant de soirées très sélects, et un fiancé en passe de devenir associé dans sa grande banque d'investissement. Et quand je l'épouserai, l'été prochain, ce sera l'événement mondain de la saison. Tenue de soirée, banquet gastronomique, le top du top, bref, tout ce que n'est pas cette espèce de soirée de bas étage. Nous fonderons une famille parfaite, de celles que l'on voit sur les cartes postales, affichant sourire et bonne mine insolents et suffisamment heureux pour effacer les souvenirs du passé.

Tu oublies « amoureux », corrige la petite voix moqueuse. *Ton mariage n'aura pas une once de l'amour profond qui unit Juliet et Emerson.*

De nouveau, je frissonne. Je n'avais pas de manteau assorti à ma tenue, alors j'ai jeté mon dévolu sur un petit cardigan. Autant dire que je n'ai rien pour me protéger des rafales de vent qui déferlent en provenance de l'océan, d'un froid mordant, mais je ne trouve pas le courage de rentrer, un large sourire scotché aux lèvres, pour aller bavarder gaiement avec les autres, alors qu'à l'intérieur de moi, une fois de plus je sens mon cœur en miettes.

— Hé ho ?

Je sursaute. La voix vient de la cour. Je ne réponds pas, espérant qu'il finira par partir, mais non, au lieu de cela, la voix se rapproche.

— Y a quelqu'un, ici ?

Merde. Vite, j'essuie mes larmes et fouille dans ma petite pochette, à la recherche de mon téléphone, de sorte que lorsque le type apparaîtra au coin de l'abri de jardin, on ait l'impression que je viens de m'isoler dans un endroit tranquille pour passer un coup de fil.

— Oh, euh, pardon. Il s'arrête, et promène ses yeux bleus sur moi.

Je me crispe. C'est l'un des amis d'Emerson, Garrett. Je l'ai vu tout à l'heure, un grand mec aux cheveux châtain clair avec une veste épaisse et des bottes. Il draguait tout ce qui bougeait, à l'intérieur, avant la cérémonie, et j'ai entendu ma nouvelle belle-sœur, Brit, plaisanter à son sujet, en le traitant de tombeur de première. Je n'ai pas vraiment prêté attention à lui, à ce moment-là, encore un de ces charmeurs à la barbe de trois jours, même pas capable de se raser pour assister à un mariage. Mais maintenant, il est juste devant moi, plus vrai que nature : épaules carrées, baraqué, sa bouche forme un petit nuage à cause du froid, et une virilité sans tâche émane de chacun de ses pores.

C'est plus fort que moi, je sens une décharge de désir qui me traverse, mon pouls s'affole, mon sang pulse dans mes veines. Il est très beau et il a quelque chose d'insoumis, mais plus que ça, je surprends une lueur dans ses yeux bleu tempête, comme une profonde mélancolie, une tristesse qui fait écho à tout le poids qui pèse sur mon propre cœur, une sorte de réplique de ma douleur, de ma solitude.

Et d'une certaine façon, sans même y penser, je sais.

Cet homme sait ce qu'est la solitude.

Garrett fronce les sourcils, inquiet, et il s'approche.

— Est-ce que ça va ?

Je sursaute, et reviens à la réalité.

— Bien, je réponds, et j'entends ma voix qui ressemble à un cri perçant. Je fais de mon mieux pour me reprendre, en dépit du fait que mon cœur caracole et que mon sang se glace dans mes veines. – Qu'est-ce que tu veux ?

Garrett se fige et, en un instant, cette lueur dans ses yeux a disparu. Quelque chose gomme son expression, quelque chose de si désinvolte que je me demande si je n'ai pas imaginé cette tristesse. Était-elle réelle, ou était-ce simplement le reflet de cette sombre douleur dans mon propre cœur ?

J'attends qu'il me demande ce que je fais là, dehors, ou qu'il fasse un commentaire sur le mariage, mais à la place, Garrett m'adresse un bref sourire.

— Tu as froid, dit-il en retirant sa veste. Tu vas geler, ici, sans manteau.

J'écarquille les yeux. J'étais tellement perdue dans mes émotions que j'ai à peine remarqué le froid, mais à présent je prends conscience du vent qui souffle comme un beau diable, chargé de minuscules flocons.

— Ça va, je mens, ne voulant pas de sa charité.

Garrett hausse un sourcil.

— Tes pieds sont en train de virer au bleu, me fait-il remarquer, et je suis son regard sur mes sublimes escarpins tout neufs, maintenant tachés et trempés de neige.

Un sourire amusé se dessine sur ses lèvres, et un certain agacement s'empare de moi. Il se permet de me faire des réflexions, lui qui est habillé comme pour aller couper du bois, et en aucun cas pour un mariage ?

— Je n'avais pas réalisé que c'était sérieux quand ils parlaient de faire la cérémonie dehors, je m'énerve, n'aimant pas la façon dont je me sens sous son regard. Quelle idée de se marier sous le blizzard et la neige, alors qu'ils pouvaient très bien le faire à l'intérieur, comme des gens civilisés ?

J'ai pris un ton digne d'une petite garce prétentieuse, et je ne suis même pas surprise quand Garrett lève les yeux au ciel.

— Soit tu prends ma veste, soit tu rentres, il ordonne, bourru. Tu gâcherais leur lune de miel si tu mourais ici de pneumonie.

Ce que je veux, c'est rester seule juste un moment encore, avant de devoir sourire et faire comme si tout allait bien. Mais Garrett est planté devant moi, déterminé, il me tend la veste et, à son regard fier et entêté, je comprends qu'il ne me laissera pas m'en tirer comme ça.

Alors j'attrape finalement la veste, et prenant bien soin de l'éviter, je me dirige vers la maison. Le vêtement est encore imprégné de la chaleur de son corps, et je m'en enveloppe comme d'un cocon oversize. Je respire l'odeur de la neige et des cèdres, et aussi comme une pointe citronnée d'after-shave, et l'espace d'un moment, mes sens sont tout entiers subjugués par l'essence de cet homme, apaisante et vraie.

Un instant, j'entrevois à quoi ressemblerait la vie avec un homme tel que lui. Une vie en sécurité, au chaud, avec quelqu'un de rassurant, enraciné dans le vrai monde, au lieu de se débattre dans des jeux de pouvoir et de hiérarchies. Il m'est arrivé de mépriser Emerson, pourtant ça ne fait aucun doute, Juliet est ce qui compte le plus dans sa vie, et il mourrait pour elle.

Je ne passe pas en premier, pour Alexander. Loin de là.

— Et c'est tout ? résonne la voix traînante de Garrett.

Je sursaute. Il me suit, tout près, et lorsque je me retourne, je me cogne presque à lui. Garrett tend aussitôt les bras pour me rattraper, mais c'est trop d'être enveloppée comme ça dans l'aura de son parfum, cette sensation, et que maintenant il me touche. Je recule d'un bond, comme si je venais de me brûler.

— Un « merci » aurait été gentil, darling, ajoute Garrett, et de nouveau son regard glisse sur mon corps, mais cette fois, avec un intérêt nouveau dans les yeux.

Je connais cette expression. Celle de l'envie et du trouble, et tout ce qu'il y a de féminin en moi s'en émeut ; j'en ai la chair de poule, et une onde de chaleur vient se loger entre mes cuisses. Malgré moi, mon corps lui répond.

C'est dingue, depuis combien de temps Alexander ne m'a-t-il pas regardée ainsi ?

Ne sois pas si stupide, me bouscule la petite voix dans ma tête. *Garrett a vu que tu étais bouleversée, et maintenant il croit juste qu'en jouant les chevaliers servants avec toi, il peut espérer plus pour la nuit.*

Je rougis, gênée, je lui en veux de me surprendre comme ça, dans un moment de vulnérabilité.

— Je sais très bien quel genre de merci tu attends, je réplique méchamment. Et crois-moi, ça ne risque pas d'arriver !

— Oh là, se défend Garrett, l'air indigné. Mais de quoi tu parles ?

— J'ai entendu parler de toi, je dis en lui décochant un regard entendu. Tu es un incorrigible dragueur, qui tente sa chance avec toutes les filles. Eh bien, je suis prise, j'ajoute, et j'avance ma main pour faire briller mon superbe diamant. Je devrais arrêter là, je le sais, mais c'est plus fort que moi, je ferais n'importe quoi pour effacer cette expression compatissante sur son visage. Et même si je ne l'étais pas, je conclus, ça serait non. Pas avant un bon million d'années.

Je m'attends à ce que Garrett se mette en colère, ou arrête les frais, mais au lieu de cela, il fait un pas vers moi, si bien qu'il est tout contre moi maintenant, je peux sentir la chaleur de son corps, sentir son souffle sur ma peau.

— Tu en es sûre, darling ? murmure-t-il, d'une voix profonde et sensuelle. Je devrais tourner les talons à ce stade, j'en suis consciente, mais je ne peux pas m'empêcher de me presser contre lui, plus près, pour écouter ce qu'il va ajouter avec cet accent traînant :

— Parce que vu ton agressivité et coincée comme tu l'es, tu n'as certainement pas eu ce dont tu as besoin depuis un sacré bout de temps.

Je manque m'étouffer, stupéfaite. Comme ose-t-il ?

J'ouvre la bouche, prête à l'envoyer au diable, mais je n'ai pas le temps de dire un mot, Garrett soudain approche la main et laisse glisser ses doigts sur mon cou nu.

Je sens sa caresse dans tout mon corps, brûlante, grisante, une lame de feu. Nos yeux ne se quittent pas, et quelque chose plane dans l'air entre nous, miroitant dans la lumière du crépuscule. Quelque chose que je n'ai pas ressenti depuis si longtemps, que c'est à peine si je reconnais l'attirance qui s'insinue en moi, et qui dévale dans mes veines.

Le désir.

Je repousse sa main sans ménagement.

— Ne me touche pas ! je m'exclame, tout étourdie des sensations qui chavirent mon corps. N'importe quoi, à quoi je joue, là, à laisser mes hormones semer la révolte comme ça ? Je perds la tête !

— Relax, mon cœur, marmonne Garrett, et son sourire charmeur se fait dur comme l'acier. Tu n'es pas mon genre. Je préfère les femmes nature et spontanées, pas les glaçons ni les bêcheuses comme toi.

Ses paroles me font l'effet d'une claque.

Un glaçon... C'est comme ça qu'Alexander m'appelle, quand il est soûl, et que je n'ai pas l'énergie de répondre à l'assaut de ses mains baladeuses. Comme si quelque chose clochait chez moi, de rester inerte comme ça sous ses mains. Parce que je suis une salope de coincée frigide.

Et il a raison. Ma détermination se renforce.

— Tu me dégoûtes, je dis à Garrett en reculant. Mais mon talon s'enfonce profondément dans la neige et je perds l'équilibre. Je laisse échapper un cri en luttant pour me remettre d'aplomb.

Garrett s'élance pour m'aider, avant de se figer, avec un sourire narquois.

— Je ne veux pas t'importuner plus longtemps, dit-il avec un air suffisant. Passe une bonne soirée.

Il me tourne le dos et s'éloigne, m'abandonnant piégée dans la neige, sur un pied.

— Attends ! je crie après lui, en tentant de me dégager, mais ma chaussure est coincée par quelque chose, impossible de me libérer. Tu ne vas pas me laisser comme ça !

L'écho de ma voix se perd tandis que Garrett s'éloigne et gravit les marches du porche. Il claque la porte derrière lui, et je reste seule dans la nuit noire et froide.

— Garrett ? je hurle, plus fort. Garrett, reviens ici !

Chapitre trois

Je m'éveille à l'aube, dans mon lit jumeau de petite fille, des souvenirs du mariage encore plein la tête : le crissement de la neige sous mes pas, les sarcasmes de Garrett, cette chaleur subite sur ma peau, à son contact…

Tu parles d'un plan d'évasion, je me dis, cynique. *Sortir de l'enfer pour me jeter direct dans les flammes.*

Non que je brûle de mieux connaître Garrett. Peu importe qu'il y ait cette sorte de courant inexplicable, entre nous. C'est un dragueur, un bon à rien, le genre de type à m'abandonner dans la neige, et à voir cette arrogance exaspérante avec laquelle il m'a accueillie, hier soir, c'est clair, rien n'a changé.

Pourtant, je n'y peux rien, son image persiste dans mon esprit. La puissance de son corps, une sculpture de bronze aux teintes or à la lueur de la lune, et ces bras musclés…

Doucement, jeune fille.

Je roule sous les couvertures, je voudrais rester là pour l'éternité, cachée du monde. Mais j'ai oublié de tirer les rideaux hier soir, et maintenant les rayons roses du soleil levant s'invitent par la fenêtre. La lumière filtre sous mes paupières, insistante, et je me retourne, regardant la tapisserie qui pèle, dans un coin du plafond tout fissuré. Un moment, j'ai l'impression d'avoir voyagé dans le temps, dix ans en arrière, quand je dormais ici, ado. Je m'attends presque à entendre Maman appeler d'en bas, en disant que les gaufres sont prêtes, suivie des pas de Juliet qui descend l'escalier du grenier au-dessus, où elle a sa chambre.

Je ne descendais jamais quand Maman appelait, je voulais toujours une demi-heure de plus, pelotonnée entre les draps chauds, avec le soleil qui se déversait sur le parquet. Quand elle venait frapper, je soupirais et gémissais avant de me traîner en bas à contrecœur, râlant et rouspétant contre ces prétendues vacances. J'ignorais le petit déjeuner qu'elle avait préparé, j'attrapais un fruit et mon sac et direction la plage, pour travailler mon bronzage et envoyer des textos à mes copines pour leur raconter combien je m'ennuyais.

Aujourd'hui, mon cœur se languit de tous ces matins que je n'ai pas su apprécier. Tous ces moments précieux avec elle que j'ai gâchés, foutus en l'air. Disparus à jamais.

Je me lève péniblement et m'avance dans le couloir. La porte de la grande chambre est fermée, et il n'en sort aucun bruit quand je passe devant. Tant mieux. Je n'ai pas envie de tomber sur lui maintenant ; en fait, je préférerais ne pas l'avoir revu. Si seulement j'avais su avant d'arriver qu'il était là dans la maison… Je repense aux circonstances de la veille quand il m'a trouvée, et je ne sais s'il faut en rire ou en pleurer. Moi tout en haut de l'échelon social, surprise à quatre pattes sur le plancher, comme une vulgaire voleuse. Quelle dégringolade en si peu de jours.

Une immense tristesse m'envahit. Tout ça ne me paraît pas encore bien réel. Qu'un seul moment, une fraction de seconde, puisse tout changer, réduire tous mes efforts et mes projets à néant. Cette lueur dans les yeux d'Alexander, le craquement aigu de sa main contre ma joue...

Je sens l'hématome à présent familier sur ma tempe. Encore sensible, douloureux au contact. Il y a un bleu maintenant, j'en ai un aperçu en passant devant le miroir. Je rabats vite mes cheveux sur mon visage pour le cacher, en me demandant combien de temps il mettra à disparaître.

Pour les blessures qui se voient, en tout cas...

Je fais taire les murmures lugubres dans ma tête et attrape mon téléphone. Alexander n'a pas encore cherché à me contacter. Pas d'appels, ni de texto, rien. Je devrais me réjouir qu'il me laisse un peu respirer. C'est ce que je voulais, après tout.

N'est-ce pas ?

La porte de la salle de bain est entrouverte et je la pousse sans réfléchir, entrant dans l'espace exigu...

Bordel de Dieu !

Mon cœur s'arrête. Garrett est juste devant moi. En train de sortir de la douche.

Nu.

Complètement nu.

Je reste tétanisée, la bouche ouverte en un cri silencieux. Il dégouline, ses cheveux trempés tout aplatis, de l'eau dégringole en fins ruisseaux sexy sur les arêtes et les courbes de son corps nu, radieux sous le soleil matinal.

— Mais que... ? Garrett sursaute et attrape une serviette, les yeux fous. C'est pas possible, on ne t'a jamais appris à frapper aux portes ?

— C'était ouvert ! je crie tout en battant en retraite dans le couloir.

Il noue la serviette autour de sa taille, mais l'image de sa nudité est maintenant gravée dans ma mémoire, les petites gouttes qui coulent sur son torse puissant, le long du sillon entre ses abdos musclés, le long de la saillie de ses hanches, et puis…

Je sens mes joues qui s'embrasent.

Oh non.

Je tourne le dos pour cacher mon trouble, et j'entends Garrett rigoler derrière moi. Mon cœur bat à cent à l'heure, j'ai les joues en feu tellement je suis mal à l'aise.

— Tu as une sacrée chance, me dit Garrett avec un clin d'œil quand il passe. D'habitude, je fais payer la place.

Je rougis encore plus.

— Je n'ai rien vu du tout ! je proteste, en rêvant que la terre s'ouvre et m'engloutisse.

— Mais bien sûr…

Garrett se dirige vers sa chambre, et à la lumière éclatante du soleil, je vois un tatouage dessiné sur son omoplate. Un dessin compliqué, avec des initiales que je n'arrive pas à déchiffrer.

— Une bonne chose que j'aie utilisé toute l'eau chaude, lance-t-il en riant. Tu as l'air d'avoir besoin d'une douche froide…

Il a raison.

Je ne le reconnaîtrai jamais devant lui, mais il me faut bien dix minutes sous l'eau glacée pour reprendre le contrôle de mon corps, ce traître. Je me dis que c'est juste une réaction réflexe. Des phéromones, une sorte de composé chimique qui sème la panique dans mes sens. Si vous me mettez un donut bien gras sous le nez, j'aurai faim, et là, c'est pareil. N'importe quelle femme s'embraserait et perdrait les pédales face à un corps aussi parfait, surtout trempé.

Pourtant…

Je le déteste de faire battre mon cœur aussi vite, de provoquer une telle frénésie dans ma poitrine. Je le déteste de me rappeler à quel point ça fait longtemps que je n'ai pas ressenti ce genre de choses, ne serait-ce qu'une demi-seconde de ce désir, de cette attirance. Parce que la plupart du temps, dernièrement, je ne ressens pas grand-chose.

Mais plus que tout, je déteste ce soupçon qui s'insinue en moi, et me dit que cette attirance pourrait être plus que simplement physique, qu'il y a quelque chose de magnétique en lui, une sorte de connexion intuitive qui m'échappe.

Tu as juste besoin de te changer les idées. Tu as des choses bien plus importantes à régler, tu t'en souviens ?

Me souvenir du motif de ma présence ici me refroidit plus efficacement que toutes les douches froides. Je me rince en vitesse et enfile un peignoir, puis je descends sur la pointe des pieds. Garrett est dehors, sous le porche, et une partie de moi n'a qu'une envie : foncer tout droit à la voiture, me mettre au volant et quitter cet endroit, sans un regard en arrière. Mais je suis là, et lui et moi sommes adultes, alors j'attrape quelques vêtements dans ma valise, vais enfiler un jean et un chemisier bien repassé dans les toilettes. Je vais me servir un café fumant dans la cuisine, puis j'inspire profondément et je sors.

Garrett est seul, appuyé à la rambarde, une tasse à la main. Ses cheveux sont encore mouillés de sa douche, et il porte un vieux Levi's délavé. Et rien d'autre.

Je retiens mon souffle. La courbe de son dos est parfaite, on la croirait sculptée dans le marbre. J'observe l'arrondi des muscles sous sa peau bronzée et de nouveau, je me sens rougir. Mais qu'est-ce qu'il a ce type, à se balader nu en public sans arrêt ?

Il esquisse un signe de tête dans ma direction, mais ne dit pas un mot.

— Ta petite copine n'est pas restée pour le petit-déjeuner ? je demande, en essayant d'adopter un ton cool. Quelle surprise...

— Non, Garrett se retourne, avec le sourire. Figure-toi que quelqu'un s'est cassé la figure juste sous la fenêtre de ma chambre, cette nuit. Le temps de régler ça, et hop, elle était partie.

Je lève les yeux au ciel. Il veut se la jouer trou du cul. Bien. Ce sera plus facile pour moi de rester concentrée. Je m'avance jusqu'à la rambarde, à bonne distance de lui.

— Tu as quelque chose contre les chemises ? je demande, taquine. Ou c'est juste une habitude, chez toi, de te balader à moitié nu ?

Garrett laissé échapper un rire.

— Tu as un problème avec la nudité masculine ? demande-t-il, en haussant un sourcil. Parce que, en principe, je ne reçois pas de plaintes...

— Sans doute parce que tu ne sors qu'avec des filles du genre de Laura, je réponds avec dédain, en faisant référence à la fille de la nuit dernière. – Maquillage qui dégouline, voix fluette, facile à cerner. – En tout cas, là d'où je viens, mettre quelques vêtements quand on a de la compagnie est une preuve de savoir-vivre.

— Je ne savais pas que j'aurais à passer un test de bonnes manières !, répond-il, l'air amusé. Je devrais peut-être passer une chemise ? Mais attends... Garrett fait mine de réfléchir. Est-ce qu'un débardeur fera l'affaire ? Parce que sinon, je vais devoir aller faire du shopping.

Il me taquine, je le sais, mais je ne peux rien contre ce sentiment de frustration en moi, et mon sang qui s'échauffe sous son regard. Les yeux de Garrett me détaillent, descendent sur mon corps et je réalise tout à coup qu'il me déshabille du regard.

— Un problème ? j'aboie en croisant les bras.

— Pas du tout. Garrett hausse les épaules, tout à fait tranquille. Je tiens simplement à te retourner le compliment. Car je crois me souvenir que tu n'arrêtais pas de me mater, tout à l'heure…

— Ce n'est pas vrai !, je proteste, les joues sans doute rouge tomate maintenant.

Il éclate de rire, ne croit manifestement pas à mes dénégations une seule seconde.

— Si tu le dis, mon cœur. Je serai là toute la journée si tu as envie de regarder… Garrett tend le bras et le replie pour porter sa tasse à ses lèvres, théâtral, exagérant la pose comme un mannequin.

Sauf qu'à côté de lui, n'importe quel mannequin serait ridicule.

Je serre les dents. L'attaque est toujours la meilleure défense. Je l'ai appris de toutes ces années passées de galas de charité en dîners mondains, aussi je soutiens bravement son regard.

— Je te dois des excuses…, je commence.

Garrett fronce les sourcils, l'air surpris, alors j'enchaîne.

— Je n'aurais pas dû débarquer ici sans prévenir, la nuit dernière, et faire un tel scandale. Tu as raison, je n'ai plus aucun droit sur cette maison, j'ai vendu ma part, et si Emerson t'a donné l'autorisation de rester, ça ne me regarde pas. Je n'ai pas réfléchi, j'ajoute tranquillement, j'avais juste besoin de faire un break, et je pensais que la maison serait vide.

Garrett me dévisage.

— Drôle d'idée, dit-il, le regard perçant, insistant. Tu ne devrais pas rentrer chez toi, pour préparer le mariage du siècle, ou je ne sais quoi ?

Ses mots me frappent en plein cœur, et je sens le regret qui m'étreint. Mon beau mariage, tous ces préparatifs auxquels je m'affairais. Je le sais, ça peut sembler trivial maintenant, après tout ce qui s'est passé, mais ça fait des mois que je travaille à choisir les fleurs, la déco, la pièce montée la plus originale, une ganache au chocolat blanc et à la framboise.

Comme si, quelque part, en organisant des noces parfaites, cela suffirait à faire de mon mariage un rêve.

Je détourne les yeux.

— C'est précisément la raison pour laquelle je suis venue ici, je m'empresse de mentir. Il y a tant à faire, j'avais besoin d'un peu de calme et de repos.

— Eh bien, c'est sûr, tu trouveras tout ça ici, approuve Garrett et, pour la première fois, je réalise combien c'est vrai. Il n'y a pas de circulation, aucun bruit autour de nous excepté le tapotement du pied de Garrett sur la rambarde en bois, et l'écho apaisant des vagues qui se cassent sur la plage.

Je respire, surprise. Même là-bas, dans notre quartier, avec ses règles strictes et ses interdits, ma vie n'est jamais silencieuse. On entend toujours le bourdonnement du taille-haie d'un jardinier, ou les bruits d'un chantier de rénovation d'une villa voisine, ou encore Martha qui s'affaire au sous-sol avec la lessive. Et puis je laisse toujours la radio allumée, j'écoute de la musique et je regarde des talk-shows à la télévision dès le réveil, jusqu'à ce qu'Alex rentre du travail, et qu'il se rende directement au salon pour mettre CNN.

Le silence. Je regarde autour de moi, et je le sens dans mes os, ce silence. C'est un vrai soulagement, mais cela me fait un peu peur, aussi. Dans le silence, il n'y a pas de place où se cacher pour éviter de faire face à vos propres pensées, y compris les plus sombres.

— Reste autant que tu voudras.

Je tourne brusquement la tête, sursautant à la voix de Garrett qui m'arrache à ma rêverie.

— Comment ?

Je cligne des yeux, certaine d'avoir entendu quelque chose. J'attends une plaisanterie, ou une méchanceté, mais rien ne vient, et quand je croise son regard, Garrett m'observe avec une lueur nouvelle dans les yeux, une sorte de curiosité amicale, disparu le bourreau des cœurs.

— Il y a plein de chambres. Et presque tous les soirs, je suis au bar ou je sors, ajoute-t-il, avec un haussement d'épaules. Alors, si tu as envie de rester, pas de souci.

Je retiens mon souffle, déconcertée.

— Merci, je réponds doucement, en tentant de le décrypter.

Je le dévisage avec attention, avec toujours ce souvenir de notre accrochage, au mariage, quand il s'est moqué de moi et m'a provoquée, avant de m'abandonner en perdition dans la neige.

— En fait, je ne sais pas encore ce que je vais faire. Peut-être aller me reposer dans un centre thalasso, je dis, sur un ton que j'espère désinvolte.

— Comme tu voudras, répond Garrett en haussant les épaules, lointain.

— Et puis, je ne peux m'empêcher d'ajouter, ça me serait difficile de me reposer avec les allées et venues de tes « amies » à toute heure du jour et de la nuit.

Une lueur de tension traverse le regard de Garrett.

— Emerson et Juliet savent-ils que tu utilises cet endroit comme une garçonnière privée ? je poursuis, avec un sentiment d'amère frustration.

S'il n'était pas là, je serais seule, comme je l'espérais, je pourrais réfléchir et souffler un peu, et essayer de mettre de l'ordre dans le champ de ruines qu'est mon existence. Au lieu de cela, je me retrouve confrontée à une tornade de désir, la dernière chose dont j'avais besoin en ce moment.

Garrett fronce les sourcils.

— Tu me parais extrêmement intéressée par ce que je trafique dans ma chambre, dit-il en me lançant un regard très suggestif. Peut-être que tu n'es pas venue chercher que du « repos » ici, après tout…

— Que veux-tu dire ? je me renfrogne.

Garrett fait un pas vers moi. Soudain, l'atmosphère change, oublié le ton de la plaisanterie.

— Eh bien, j'ai réfléchi…, murmure-t-il, tout près maintenant, à pouvoir me toucher. – Je retiens mon souffle. – Peut-être que toute cette agressivité est juste du cinéma. Peut-être savais-tu que j'étais là… – Les yeux de Garrett sont noirs, d'un éclat arrogant, deux lacs sombres. – Peut-être es-tu venue uniquement pour moi.

Mon pouls s'accélère, frénétique à le sentir si proche. Il est si près de moi, trop près, son corps me subjugue, juste comme avant, mais je lutte pour garder le contrôle.

— De quoi tu parles ? je demande.

Garrett sourit.

— Tu as peut-être envie de liberté, continue-t-il, en faisant glisser un doigt sur ma joue.

Je me raidis à son contact, mais pour une raison étrange, je ne peux reculer. C'est comme si j'étais prise dans les filets de cette chaleur chatoyante, pesant dans l'air entre nous. Le crépitement sec de la foudre, juste avant un orage d'été.

— Tu es en train de te demander si tu ne passerais pas à côté de quelque chose, enchaîne Garrett, en se penchant vers moi. Ses lèvres effleurent le lobe de mon oreille, son souffle brûle ma joue.

Oh non.

Je sens un souffle de chaleur traverser mon corps dans une spirale, et je dois m'accrocher à la rambarde pour empêcher mes jambes de se dérober sous moi.

— Tu es venue pour être seule avec moi, pour une ultime aventure, continue Garrett, tout en faisant glisser son doigt sur ma joue. Je frissonne sous sa caresse, hypnotisée. Les mots se dissolvent, et rien d'autre n'existe que son regard sombre et pénétrant, et l'or pur de son contact. Je le sens partout, qui se fond dans mes veines, qui tournoie plus bas, plus pénétrant. *Le désir.*

Son doigt caresse maintenant mes lèvres, passant et repassant avec la partie charnue de son pouce. Je manque d'air, mes yeux toujours prisonniers des siens. Je vois l'éclat du désir, brut, sur son visage, puis il presse doucement son doigt entre mes lèvres et le glisse dans ma bouche.

Pitié.

Je peux le goûter, sentir la texture de sa peau, rêche sur ma langue. Une cascade de feu se déverse en moi et je tangue, bouleversée. Chacun de mes sens est sous le charme, je suis enveloppée par sa présence, ses caresses, et ces yeux bleu nuit profonds, brûlants de désir et d'ombres, reflet du désir que je sens jusque dans chacune de mes cellules, criant de désir pour lui.

J'ai envie de lui, comme je n'ai jamais eu envie d'aucun autre homme.

Garrett écarte gentiment mes lèvres, puis il approche son visage du mien, et je sens son souffle, j'entends le doux murmure de sa voix.

— Pas avant un bon million d'années, c'est ça, princesse ?

Quoi ?

Je lève les yeux pour découvrir que toute expression de désir a disparu sur son visage, remplacée par de l'ironie.

— La prochaine fois que ça te démange, viens me trouver, me susurre Garrett avec un clin d'œil, et il a l'air de savoir combien je suis troublée, là maintenant, pantelante, à rêver qu'il me touche. Ce ne sera pas une partie de plaisir, mais bon, je suis prêt à faire le sacrifice…

Je le repousse, en proie à une colère noire.

— Tu… Tu…, je bafouille, à court de mots. Je peux encore sentir la chaleur traître du désir qui bouillonne en moi, mais ça ne fait qu'empirer les choses encore. Il jouait avec moi, pour prouver je ne sais quoi.

Et je suis tombée dans le panneau.

Une fois de plus !

— Bien, j'ai une longue journée devant moi… – Garrett bâille et s'étire, avec une incroyable désinvolture. – Amuse-toi bien.

Je finis par retrouver ma voix.

— Va au diable ! je lui hurle dessus, tremblante de colère, furieuse contre lui, mais plus encore contre moi-même. Pour avoir baissé ma garde, pour m'être abandonnée à ce besoin désespéré de ressentir quelque chose, n'importe quoi, même si ce doit être avec le dernier homme que j'aurais regardé sur Terre.

— Avec plaisir.

Et après un nouveau clin d'œil, il s'éloigne d'un pas nonchalant et disparaît dans la maison. Un moment plus tard, j'entends la porte de devant qui claque, puis le moteur de son pick-up dans la cour.

Je reste là, sous le porche, le souffle court. Mais à quoi joue-t-il ? À faire tout ce qu'il peut pour me troubler comme ça, et puis à…

Et puis à quoi ? je me sermonne. *Tu t'es fait avoir, sur toute la ligne.*

Je tente de réfréner la poussée d'adrénaline dans mes veines. Et les palpitations du désir, cette chaleur entre mes cuisses. J'ai de la chance, si tout ça n'avait pas été un jeu, je serais nue à l'heure qu'il est, dans une situation encore plus compliquée qu'à mon arrivée.

Nue, haletante, explorant les courbes parfaites de son corps…

Non !

Les dents serrées, je fais le serment de ne plus laisser le désir me faire perdre la raison. Garrett Sawyer est une source d'ennuis, à fuir absolument. Maintenant que je sais à quoi m'en tenir avec lui, je ne me laisserai plus avoir par ses coups tordus.

Si au moins il pouvait mettre une fichue chemise, de temps en temps.

Chapitre quatre
Garrett

Mais tu as perdu la tête ou quoi ? Surtout pas Carina McKenzie !

Je m'éloigne d'elle avant qu'elle ne puisse voir combien je suis ébranlé, et j'attends d'être en sécurité, au volant de mon pick-up, avant de laisser échapper un soupir de pur désir.

Merde.

Je voulais juste la taquiner, appuyer là où ça fait mal, histoire de lui faire payer son attitude de garce, qui passe son temps à critiquer les autres, mais une fois que je me suis approché, que j'ai plongé dans ses yeux bleus lumineux, je n'ai pas pu résister, il fallait que je touche sa peau, aussi douce que la soie.

Et c'est là que tout s'est mis à déraper.

Le désir m'a frappé en pleine figure, et soudain, je n'avais plus rien à faire de la fille avec qui j'avais passé la nuit, et que j'avais mise à la porte à peine une heure plus tôt. Rien à faire du connard de prétentieux de fiancé qui l'attendait chez elle. Tout ce que je voulais, c'était *elle*. Prendre ces lèvres roses parfaites avec les miennes, la goûter, l'allumer. La rendre tellement folle de désir qu'elle en oublierait nos disputes, et toutes ses jérémiades de petite snob. Je voulais la voir s'abandonner, l'entendre gémir, tellement emportée par l'extase qu'elle en oublierait son propre nom…

Je tape le volant de rage.

Mais qu'est-ce qui ne va pas, chez toi ? Tu ne peux pas supporter cette fille. Ce n'est qu'une pimbêche, une garce qui en fait toujours des tonnes !

J'inspire un coup, je mets le contact, recule, frôle sa luxueuse BMW dernier modèle. Ce qu'elle fabrique à Beachwood Bay ? Allez savoir ! Elle est bien la dernière personne que je m'attendais à voir débarquer au beau milieu de la nuit comme ça. Sans doute pensait-elle trouver un endroit tranquille avec vue sur l'océan pour se faire les ongles en paix et se plonger dans ses magazines de mode… Cent dollars qu'elle aura quitté les lieux quand je rentrerai, cette nuit.

Je ne le lui reprocherai pas.

Je me rejoue la scène sous le porche tout en prenant la direction de la ville. Je me rappelle l'expression médusée de l'ivresse du désir, sur son visage. Et puis l'éclat de la colère, quand j'ai tout arrêté, et prétendu que tout ça était juste un jeu.

Je ressens une pointe de culpabilité. Peut-être n'aurais-je pas dû aller aussi loin. Mais Carina a le chic pour me pousser à bout, c'est ce qu'elle fait à chaque fois. Ses critiques à propos de Lorna, et quel tombeur je suis, tout s'est exactement passé comme au mariage de sa sœur. Elle agit comme si elle valait mille fois mieux que moi, comme si je n'étais qu'un insecte pour elle. Ça me donne envie de lui prouver combien elle se trompe – de lui montrer que cet étrange courant entre nous est réciproque, et qu'elle a autant envie de moi que moi d'elle.

Je ne comprends pas, d'ailleurs. Les filles comme Carina n'ont jamais été mon genre. C'est sûr, elle est belle, mais c'est une beauté artificielle, bâtie sur du maquillage et des sourires hypocrites. Ces nanas passent leur temps à faire semblant d'être une autre personne, et sous la surface en fait il n'y a rien du tout. Elles ne savent pas faire quand il s'agit de sentiments ; elles ne se connaissent même pas elles-mêmes. Et quand vous les mettez dans un lit…

Bref, ça gémit, ça se tortille, à la limite du porno, comme si elles se donnaient en spectacle pour quelqu'un qui ne serait même pas là.

Mais Carina… Je vois l'éclat de ses yeux bleus, ses pupilles dilatées par le désir, ses lèvres roses entrouvertes, et son souffle incertain…

Cette fille est une énigme et face à elle, je suis désemparé. Elle joue la garce mondaine, et me regarde de haut, et la seconde suivante, on dirait quelqu'un d'autre. Le masque tombe, et soudain, je vois une fille différente derrière tout ça : quelqu'un de vulnérable, de fragile, et vrai à pleurer.

Qui est-elle ? Celle qui m'accable de son mépris, ou cette fille qui contemple la plage, des ombres dans le regard et des démons tapis derrière son sourire ?

La fille incapable de cacher le désir qui flamboie dans ses yeux quand elle me regarde. Promesse d'une passion à couper le souffle.

Oublie, je m'ordonne avec sévérité. *Cette fille n'est pas pour toi. Et à supposer qu'elle puisse l'être, ce n'est pas la peine.*

Tu t'es juré que tu ne recommencerais jamais.

Je me gare sur le parking de Chez Jimmy, et je me traîne jusqu'à la porte de derrière. J'ouvre et j'allume les lumières, longe le couloir en passant devant la réserve et le bureau, jusqu'à la salle de bar. Immédiatement, je sens toute ma tension se dissiper.

Je suis chez moi, ici.

Je sais, certains pourraient trouver bizarre que ce troquet un peu misérable soit pour moi ce qui s'approche le plus d'une maison, mais tout en promenant mon regard sur le long comptoir en zinc, les tables disparates, le vieux billard et, dans le coin là-bas, le juke-box vintage, je ressens une certaine fierté. Cet endroit ne paie pas de mine, mais il est à moi.

Emerson me l'a vendu, petit à petit, jusqu'au dernier paiement, en début d'année, où j'en suis devenu officiellement le propriétaire. Il projette d'ouvrir un resto en ville, et il avait besoin de cash. J'y ai investi jusqu'à mon dernier cent – sans compter un crédit costaud –, mais je suis prêt à me battre contre vents et marées pour que ça marche. Je me fiche des fuites sur le toit, en hiver, ou que mon appart, juste au-dessus, ait des problèmes de plomberie et sente le moisi. Cet endroit, c'est la première chose que j'ai réussi à avoir depuis une éternité.

Fini de dériver, à chercher ma place sur cette Terre. Fini de fuir, de prendre mes cliques et mes claques pour aller m'installer dans une autre ville, parce que c'est plus facile que de construire quelque chose de durable.

Il est temps de laisser une bonne fois pour toutes le passé derrière moi, et de me bâtir une nouvelle vie. De tout recommencer, ici.

Je m'attelle à mes tâches habituelles : inspection du stock, commande de nouvelles caisses de bière, nettoyage du long comptoir verni. Vers midi, j'ouvre la boutique, mais seul un couple s'arrête pour déjeuner, le plus souvent des gens qui ne font que passer et viennent grignoter un truc avant de reprendre la route de la côte. En cette période de l'année, c'est toujours calme, surtout des gens du coin qui se pointent le soir et le week-end. La saison estivale ne démarrera pas avant le mois de mai, et alors, ce sera rempli non-stop de touristes jusqu'à l'automne. Emerson affirme qu'il engrange suffisamment pendant l'été pour compenser la baisse du chiffre d'affaires du reste de l'année, mais je n'en suis pas si sûr… Je passe deux bonnes heures au bureau à éplucher les livres de compte, à faire des additions et des multiplications, et le résultat n'est pas terrible. Ça va être serré de joindre les deux bouts jusqu'au retour de la foule des estivants fortunés.

— Hellooo ? – Une voix résonne dans le bar, m'arrachant à mes pensées. – Je veux un whisky, barman, et tout de suite !

J'émerge du bureau et découvre Brit affalée sur un tabouret à l'autre bout du comptoir. C'est la sœur d'Emerson, et sans aucun doute ma meilleure amie, dans cette ville. Elle pose un énorme carton à dessins sur le bois fatigué et soupire, ses cheveux noirs dans la figure.

— Un shot, ordonne-t-elle. Allez, j'attends !

— Il est 14 heures, je rigole et je sors à la place un coca du réfrigérateur.

— Mais je meurs, se lamente Brit en s'affaissant un peu plus sur son tabouret. Je dois bien avoir encore, quoi, une quinzaine de croquis à faire et le grand oral est dans une semaine !

— Alors arrête de râler et mets-toi au boulot…

Je lui lance la cannette avec un sourire. Son affaire de styliste de mode commence juste à décoller, mais à la voir, on dirait qu'elle vit un calvaire.

— Tu crois quoi, que ça vient d'un coup de baguette magique ? réplique-t-elle, en me fusillant du regard.

— Ce n'est pas ce que tu es censée faire ? je lui fais remarquer. Après tout, tu es une styliste de génie…

— Tu vas pas t'y mettre, toi aussi, gémit Brit, mais je surprends l'esquisse d'un sourire sur ses lèvres.

— Qu'est-ce que racontait cet article, dans le journal ? je la taquine. La ligne la plus novatrice du prêt-à-porter féminin… Brittany Ray, un talent est né !

— Est né pour se planter, tu veux dire, rétorque Brit, mais je le vois bien, elle est fière.

Après avoir créé ses modèles pour une clientèle privée, elle a décroché un entretien avec une chaîne de boutiques nationale qui veut diffuser ses vêtements. C'est une chance inouïe, et clairement, Brit a du mal à gérer la pression.

— Tout ira bien, je tente de la rassurer. Tu vas les épater.

— Épater rien du tout, oui ! geint Brit. Je n'ai finalisé aucun croquis. Je ne serai jamais prête à temps. Je croyais avoir tout sous contrôle, ajoute-t-elle, l'air abattu. Comment on peut être le dix-neuf, déjà ?

Mon sang se glace.

— Le dix-neuf ? je répète, en vérifiant sur mon téléphone. Elle a raison, c'est marqué là sur l'écran.

Le jour où j'ai perdu tout ce que j'ai jamais aimé, le seul jour que je voudrais pouvoir effacer.

— Et Hunter ne m'aide en rien, poursuit Brit, sans réaliser mon émotion. Toujours en train de me répéter, « tu peux le faire, je crois en toi ». Elle lève les yeux au ciel avec un sourire plein d'amour. Comment suis-je supposée arriver à quoi que ce soit avec un mec qui me soutient à ce point ? Je suis plus efficace quand je flippe total !

— Mmmm, je murmure.

Et j'ai la tête qui tourne. Comment cela a-t-il pu m'échapper ? Comment ai-je pu ne pas me rendre compte que c'était aujourd'hui ? Cela ne fait que deux ans, c'est loin d'être assez vieux pour que ça me soit sorti comme ça de l'esprit. Les ombres sinistres du passé me hantent presque tous les jours, alors comment n'ai-je pas vu venir ce jour, parmi tous les autres ? Le seul rendez-vous que je m'étais juré de ne jamais oublier.

— Tu vas bien ? me demande Brit en m'observant. Elle ne sait rien de mon passé, de ma vie avant mon arrivée à Beachwood, personne n'en sait rien.

— Quoi ? Oh oui, ça va... – Je secoue la tête, j'essaie d'en déloger la honte et la culpabilité de l'oubli. – C'est juste que... J'étais en train de faire mes comptes.

— Bien, répond Brit avec un grand sourire. T'occupe pas de moi. Retourne bosser, je vais rester là un moment, à contempler mes espoirs et mes rêves partir en fumée.

— D'accord, merci, je bafouille tout en m'éclipsant.

Je retourne au bureau, ferme la porte derrière moi et attrape une bouteille de whisky dans le tiroir. Je m'effondre sur le fauteuil et en avale une gorgée, la brûlure de l'alcool me fait grimacer.

Mais ça ne suffit pas.

Quand je ferme les yeux, je peux les voir, en train de jouer sous l'arrosage automatique, sur la pelouse. Ma femme, mon bébé. Les deux êtres les plus précieux au monde. Dans mes rêves, ils sont heureux, ils rient, et m'appellent pour que je les rejoigne.

Dans mes rêves, ils sont encore là, ici, avec moi.

Ils étaient tout ce que j'avais. Ils sont tout ce que j'ai perdu.

Cette vie à laquelle je tenais tant, et qui ne reviendra jamais.

Je reste là assis dans la pénombre, et laisse les souvenirs virevolter autour de moi comme un soleil d'été. Personne ne connaît la vérité que je cache, et personne n'en saura jamais rien, je me le suis juré. Carina m'a traité de coureur, le genre de type qui ne cherche qu'à s'amuser avant de passer à une autre, mais elle ne connaît pas la vérité. Une nuit, c'est tout ce que je peux me permettre, une brève connexion dans la pénombre, un moment fugitif de paix. Pour échapper quelques heures à cette certitude : je resterai toujours seul.

J'ai voulu plus, une fois, mais obtenir plus est un mirage.

Les sorties en tête à tête, les relations, tout ça n'est qu'une perte de temps. À quoi bon tout ce cinéma, comme si demain avait une chance d'exister, alors que je le sais, je n'ai plus rien à donner.

J'ai essayé, autrefois, j'ai donné tout ce que j'avais, et regardez où ça m'a mené : je bois mon whisky, seul, en pleine journée, avec la conscience aiguë qu'aucune bouteille ne parviendra à noyer le chagrin et le vide laissés par un amour perdu.

Deux ans, et ça fait toujours aussi mal. Les deux premières années du reste de ma vie. J'avale une autre gorgée de whisky, et je me demande si la douleur finira par s'atténuer.

Je prie le ciel pour que ce soit le cas, un jour. Car aujourd'hui, les prières sont tout ce qui me reste.

Chapitre cinq
Carina

Je suis folle d'être venue ici. Complètement dingue. Il n'y a pas le moindre bar digne de ce nom à moins de soixante kilomètres, c'est tout juste si j'ai de l'eau chaude pour prendre un bain, quant à Garrett…

Cet homme est dangereux.

Dangereusement sexy, tu veux dire.

C'est clair, je ne peux pas rester. Dès que Garrett est parti, j'attrape ma valise et reprends la route, mais je ne vais pas plus loin que le carrefour, je me gare et reste là dans la voiture, moteur en marche, des doutes plein la tête.

Je ne peux pas rentrer, pas encore. Je ne peux pas affronter Alexander ni cette maison qui n'est plus qu'une coquille vide. Et jusqu'à preuve du contraire, je n'ai nulle part ailleurs où aller.

Alors, je reste.

Un jour de plus, puis deux, puis trois. J'évite soigneusement Garrett, je sors le matin avant qu'il ne parte travailler, et je rentre dans ma chambre à la nuit tombée, pour regarder des redifs sur la vieille télé, en essayant de faire taire les mêmes refrains, toujours, de mes angoisses. Je tourne en rond, j'en suis consciente. Je tue le temps. Je continue d'espérer qu'en attendant assez longtemps, les réponses viendront d'elles-mêmes à moi. Que je saurais, comme par magie, ce que je suis censée faire maintenant que ma vie est en mille morceaux et que je n'ai aucun plan B.

Mais les réponses tardent, alors je reste.

Au troisième matin, je me réveille à l'aube et enfile rapidement une tenue de sport. Je descends en catimini, sors par la porte de derrière et traverse le jardin jusqu'aux dunes. L'océan roule contre le sable, et en dépit d'une brise matinale au froid mordant, le ciel est bleu et transparent, le soleil lumineux à l'horizon.

C'est beau ici, si loin du monde.

Je m'étire, emplis mes poumons de cet air iodé, puis je me mets à courir sur la plage à un rythme soutenu. Je cours environ huit kilomètres chaque jour, c'est le seul moyen que j'ai trouvé pour ne pas perdre la tête, le seul moment où je peux détourner mon esprit de la liste sans fin de mes devoirs de maîtresse de maison et de mes rendez-vous mondains. Du malheur insondable de ma vie. Mes pieds frappent maintenant le sable humide et je sens la tension dans mes membres régresser à chaque foulée, transporter mon corps au-delà du doute et des angoisses, vers une destination où ma tête est claire et où je peux tout laisser derrière moi, la colère d'Alexander, le regard noir de Garrett, cette immense maison vide qui, je croyais, représentait tout ce à quoi j'aspirais, jusqu'à ce qu'il ne reste plus rien que l'océan et le vent et la chaleur infinie du ciel.

Bientôt, je quitte la plage, toujours à vive allure, pour prendre la route qui traverse la ville. Le jour, Beachwood

Bay a un charme désuet et accueillant, quoique légèrement défraîchi sur les bords. Les constructions qui ont dévoré le littoral se sont semble-t-il arrêtées ici. Je vois bien quelques résidences estivales toutes neuves, ici et là, mais quand on s'éloigne du bord de mer, les maisons sont anciennes, grossières, tapies derrière des jardins envahis par les mauvaises herbes, de part et d'autre des rues désertes. Je continue de courir sans ralentir, direction Main Street et son enfilade hétéroclite de vitrines qui ont à peine changé, en vingt ans. Mes tennis claquent sur l'asphalte, j'aperçois par la vitrine du snack de Mrs Olson les commerçants les plus matinaux le café et les pancakes à la main. Puis la quincaillerie, le bureau de poste, et le port avec ses bateaux sur l'eau qui clapote tranquillement au gré du vent.

Je passe devant Chez Jimmy, le bar d'Emerson avant qu'il ne déménage en ville avec Juliet. C'est fermé, désert et plutôt crasseux sous l'éclat du soleil matinal. Pour la énième fois, je pense à ma sœur et à sa nouvelle vie avec un mélange amer d'envie et d'incrédulité. À cette même période, l'année dernière, son destin semblait tout tracé. Elle s'apprêtait à décrocher son diplôme et à entrer au service d'un prestigieux cabinet d'experts-comptables. Rasoir, c'est vrai, mais respectable. Elle avait aussi le parfait petit copain, un mec issu d'une grande famille, avec un compte en banque confortable pour assurer leur train de vie à tous les deux. Alexander était plus riche et plus beau, je me disais pour me rassurer les rares fois où nous sortions tous les quatre. Juliet n'atteindrait jamais mon niveau, jamais elle ne réussirait comme moi, mais à mesure que le temps passait, ma petite sœur menaçait de me ravir la première place.

Puis elle est revenue ici, pour mettre en vente la maison de la plage, et tous ses projets d'avenir ont volé en éclats.

Un seul regard à son ancien amour de vacances, Emerson, et toute sa vie s'en est trouvée bouleversée.

Nous ne sommes pas assez proches pour nous faire des confidences, aussi ne m'a-t-elle jamais expliqué ses raisons. La première fois où j'en ai entendu parler, c'est dans un mail m'annonçant ses fiançailles. Je n'en revenais pas. Elle fichait sa vie en l'air pour un type sexy et ténébreux qui lui avait déjà brisé le cœur, et qui recommencerait, tôt ou tard. Mais aucun de mes arguments n'a pu la faire changer d'avis. Juliet avait toujours été obstinée, et j'ai compris que sur ce sujet, elle resterait plus intraitable encore.

Elle avait raison, bien sûr, je l'ai compris le jour du mariage, mais d'une certaine façon, il était trop tard pour le lui dire. On ne s'est pas adressé la parole depuis des mois, et c'est en ligne que je vois ses photos maintenant : à chaque post, c'est comme si j'entrevoyais une sorte de réalité alternative d'une fille que je connais à peine. Ils vivent dans un petit appartement en ville. Emerson veut ouvrir un resto, Juliet fait des photos de classe dans les écoles et, à côté, réalise des plaquettes publicitaires pour des petites entreprises. C'est à la fois un peu fouillis et dynamique, les instantanés de cet univers qu'ils construisent tous les deux. Rien à voir avec la vie qu'elle envisageait, aucune comparaison avec ma maison, mes amis et mon avenir rempli de paillettes. Du moins, c'est ce que je me disais, en cliquant sur les photos lors de mes nuits noires et solitaires.

Mais elle, elle a l'amour. Un amour que toi tu n'as jamais ressenti. Un amour que tu ne ressentiras jamais.

Le genre d'amour que tu ne mérites pas.

Et je cours. Je fais le tour du quartier et prends la route qui me ramène à la maison. J'accélère, je vais de plus en plus vite, malmenant mon corps jusqu'à ce que le sang cogne dans mes oreilles et que chacun de mes membres demande grâce. Enfin j'atteins la maison, je trébuche, m'arrête, pliée en deux, à bout de souffle sur la pelouse.

Mes amies me demandent souvent comment je fais pour rester en si grande forme. Elles parlent avec envie de ma silhouette, et moi je ris, comme si ce n'était rien, mais en réalité, je me tuerais pour ne surtout pas prendre quelques grammes sur mes hanches. Et c'est du boulot. Comme toutes ces heures au salon de coiffure, à faire rafraîchir l'éclat de mes cheveux. Ou tout ce temps devant mon miroir à me maquiller chaque matin, avant de sortir. Et ces heures encore que je passe à faire du shopping, pour me construire une garde-robe qui fera pâlir d'envie les autres femmes, qui fera que mon chevalier servant me regardera avec fierté.

Qu'est-ce que tu aurais pu faire d'autre de tout ce temps ? Ces minutes, ces heures et ces jours que tu as gâchés avec ton sourire parfait, à faire semblant d'être quelque chose que tu n'es pas ?

Je tressaille, je voudrais faire taire ces murmures, les extraire de ma tête où je les ai gardés enfouis toutes ces années. J'avais l'habitude des doutes, mais dernièrement ils ont élevé la voix, un crescendo qui est devenu impossible à ignorer, même avant qu'Alexander ne lève la main sur moi et ne brise mes digues, faisant voler pour de bon mon déni en éclats.

Garrett est déjà parti travailler, aussi je monte et saisis mon téléphone, pour vérifier une fois de plus si j'ai des messages. Alexander a appelé, trois fois déjà, mais je n'ai pas écouté ses messages. Je consulte d'abord mes textos. Mon père a essayé de me joindre une bonne demi-douzaine de fois, et il y a une longue liste de messages concernant les dîners et tous les rendez-vous que j'ai annulés, des amies qui se demandent où je suis et pourquoi j'ai disparu.

Partie dans un spa ! je réponds. *Massages et manucures, le paradis !*

Je regarde autour de moi, la vielle maison de la plage et j'essaie d'imaginer leur tête si elles savaient où je suis vraiment. Non, inutile de faire l'effort d'imaginer. Cette tête, je la connais, c'est celle que je faisais moi-même chaque fois que Juliet ou notre père parlaient de Beachwood Bay. Je m'empressais de changer de sujet, brusquement, refusant même une seconde de penser à cet endroit.

Même ici, maintenant, une partie de moi continue de faire barrage à la mémoire : concentrée sur le présent, au lieu de regarder en face les ombres lugubres tapies derrière chaque porte.

J'ai d'autres ombres, bien plus sinistres, à affronter dans l'immédiat. Alexander. Je ne peux pas le fuir indéfiniment.

J'inspire un bon coup et écoute ses messages.

« Salut, bébé », dit le premier, qui date de deux jours. Un frisson me parcourt. Sa voix est si désinvolte, si affectueuse, comme si rien n'avait changé. *« La bonne m'a dit que tu n'étais pas rentrée, la nuit dernière, je voulais vérifier que tout allait bien. Tu as fait un super boulot, à ce dîner. Je pensais qu'on pourrait prendre le week-end et aller à New York, rien que toi et moi ? Passer un peu de temps ensemble. On en parlera ce soir. Je t'aime. »*

Je respire. C'est sa façon de s'excuser : m'offrir un week-end dans un palace, comme si deux nuits au Plazza allaient effacer l'empreinte de sa main sur mon visage.

Mais pourquoi réagirait-il autrement ? Il a fait la même chose, la dernière fois. Il m'a emmenée trois jours à Miami, dans un hôtel cinq étoiles ultra-luxe. Je lui ai pardonné une fois, évidemment il pense que je vais recommencer.

Je passe au second message, qui date d'hier.

« *Carina, bébé, ça devient n'importe quoi...* » Sa voix n'est plus aussi douce, cette fois. « *Où es-tu ? Nous avons une soirée avec les Janssen, vendredi, j'ai besoin que tu sois là. Est-ce que tu peux au moins rentrer, qu'on puisse en discuter, en adultes raisonnables ?* »

Bip.

Enfin, un message laissé il y a juste une heure, pendant que je courais.

« *C'est ridicule, tu te comportes comme une gamine. On nous attend à 18 heures, tu as intérêt à ne pas me laisser tomber. Mets ta robe bleue, et pour l'amour du ciel, ne fais pas la gueule. Cette soirée est capitale pour moi.* »

Je repose le téléphone, la main tremblante. Voilà tout ce qui lui importe : les Janssen. Pas moi, ou notre relation, mais la commission qu'il empochera en soignant son image, avec sa fiancée parfaite à ses côtés.

Il ne se battra pas pour me reconquérir, il s'en contrefout. Il aura jeté son dévolu sur la fille suivante avant même que mes bagages ne soient faits. Je ne serais pas surprise que ce soit déjà fait, d'ailleurs. Une fille en ville, lisse et facile à vivre, trop heureuse de prendre ma place et qui jouera l'hôtesse avec les Janssen et tous les autres. C'est elle qui gérera son planning désormais, supportera son mauvais caractère, et fera comme si de rien n'était, face à ses coups de colère mesquins, ses coups tout court, juste pour survivre à une nouvelle journée.

Je devrais être soulagée, mais en fait je suis prise de vertiges, comme prête à basculer dans le vide sans fin de cet abîme, le futur. Inconnu. Une vision de cet avenir m'apparaît, la vie en célibataire : la fille qui n'est pas accompagnée, dans les soirées. Les murmures et les regards en coin. La parade sans fin des premiers rendez-vous et des projets communs, et la tentative de cacher mon passé, comme s'il était un secret honteux, tandis qu'autour de moi, mes amies sont mamans et pensent aux vacances de leur petite famille, aux fêtes d'anniversaire des enfants et à leur première journée d'école...

Non.

Je m'arrête avant que la peur ne m'engloutisse, et je compose le numéro du bureau d'Alexander. Il est plus de 18 heures maintenant, mais sa secrétaire répond, alerte et joyeuse.

— Bonjour, Carina ! Je vais voir s'il est là.

— Non, non, je m'empresse de répondre. Je vais juste lui laisser un message.

— Bien sûr !

— Dites-lui que je ne serai pas en mesure d'assurer le dîner des Janssen... Dites-lui qu'à partir de maintenant, il ne compte plus sur moi pour aucun de ses projets.

— Hmm, entendu, répond sa secrétaire, perplexe. Autre chose ?

— Non, c'est tout.

Je raccroche, le cœur battant à toute allure. Ça ne va pas être évident. J'ai encore des affaires, chez lui, des cartes de crédit à son nom, toutes sortes de trucs et de détails idiots à régler. Il ne va certainement pas me faciliter la tâche. Alex a beau ne pas m'aimer, il a une sainte horreur de perdre. Mon départ va ternir son aura, un échec aux yeux de nos chers amis, des clients de sa boîte. Il y aura des questions gênantes, aux réceptions, pendant des semaines, et il se prendra les pieds dans le tapis à essayer de justifier mon absence.

Tout ça ne va certainement pas arranger son humeur...

Je jette mon téléphone dans le tiroir et me force à rester calme. Alex n'est pas mon problème, tout de suite. Il fait partie du passé que j'ai laissé derrière moi, et maintenant, mon plus gros souci devrait être mon avenir. Car de ce côté-là, c'est le grand point d'interrogation, et j'ai besoin d'y voir un peu plus clair avant toute chose.

Avant quoi ? se moque une petite voix.

La journée s'étire devant moi, silencieuse et vide.

Un sentiment de tristesse m'envahit. Là-bas, je serais déjà en train de me préparer pour une soirée, ou au salon avec des invités. J'aurais des coups de fil à donner, du shopping à faire, des dîners à organiser, les petits plats préférés d'Alexander à cuisiner. Pas des choses vraiment importantes, c'est sûr, mais c'était ma vie. La routine des tâches qui composaient mes journées, toujours quelque chose à faire.

Et aujourd'hui, qu'est-ce que je suis censée faire ?

J'erre dans le salon, si différent de ce qu'il était quand nous étions enfants. Les meubles ont changé, les rideaux aux fenêtres sont différents. Mes yeux s'arrêtent sur un coin de la pièce, sur une silhouette informe recouverte d'un tissu, dessus trônent des bouquins et des vieilles photos.

Je m'approche, débarrasse tout ce qui encombre et retire le rideau en velours drapé autour de lui.

Le piano de ma mère.

Je m'assieds sur le tabouret, pose les mains sur le couvercle en bois vernis noir. J'avais l'habitude de m'asseoir ici, avec elle, pour la regarder jouer. Papa détestait le bruit, aussi elle m'apprenait à en jouer en cachette, quand il était retenu à son travail. Des morceaux courts, des airs simples au début, touche après touche avec un doigt. Puis, plus tard, des morceaux plus longs, des mélodies entières prenaient forme sous nos mains, Maman riait en me corrigeant, toujours patiente devant mes erreurs. En grandissant, c'est devenu mon passe-temps préféré, la seule chose que je faisais quand il n'y avait personne autour. Je venais m'asseoir là pendant des heures, pour apprendre par cœur les partitions de mes chansons favorites jusqu'à ce que je sache les jouer, chantant pour m'accompagner dans le silence de la maison, rien que pour moi. C'étaient les seuls moments où je me sentais en paix, comme si je me perdais dans les notes, détachée de tout ce qui me déprimait.

Je ressens soudain le besoin de cette forme d'évasion, là, plus que jamais, alors je lève le couvercle et tente un accord, les touches toutes lisses sous mes doigts. Mais les notes sonnent faux, comme pour me narguer. Je me sens bête d'avoir voulu essayer. Cela fait tant d'années, forcément le piano est désaccordé. Un sentiment de solitude me submerge, et je regarde autour de moi, perdue.

Et maintenant ? semble se moquer la pièce vide.

Et maintenant ?

Je referme le piano d'un geste sec, puis je me lève et attrape mon sac. Je dois mettre au point une stratégie pour la suite de ma vie, et pour réussir ça, je vais avoir grand besoin d'un verre.

Chapitre six

Chez Jimmy est un bistrot délabré, à moitié vide et lugubre. Je passe prudemment la porte et jette un œil dans la salle, repérant les gens du coin qui jouent au billard, les peaux de cacahouètes qui jonchent le sol. Rien à voir avec ces bars branchés où l'on sert cocktails et crus millésimés que je fréquente habituellement. Ici, le vieux juke-box crachote du Springsteen, et pas la peine de chercher des cocktails à dix dollars ou des bières artisanales à la pression.

Je suis tentée de faire demi-tour et de partir, mais je fais l'effort d'aller au comptoir. Voilà des jours que j'évite Garrett maintenant, il faudra bien que je finisse par le regarder en face. Ici au moins, je serai en sécurité. Dans un lieu public, avec ce comptoir entre nous. Décent. Aucun risque de répéter la scène de l'autre jour sous le porche, et ce raz de marée d'émotions débridées qu'il a déclenché.

Tu étais encore sous le choc, à cause d'Alexander, je me dis, comme pour m'en convaincre. *Tu as eu le temps de retrouver tes esprits, maintenant. Tu ne vas pas te liquéfier en une pauvre petite flaque de désir au premier beau mec que tu croises.*

— Carina ?

Je lève les yeux. Garrett vient d'émerger de l'arrière-salle et il me dévisage, l'air clairement incrédule. Zut. Je croyais qu'avec ce jean et ce chemisier en soie je me fondrais dans le paysage, mais j'ai l'air encore trop habillée avec mes sandales dorées et mes cheveux en cascade.

— Salut, Garrett…

Je lui offre un sourire neutre, même si je sens mon cœur qui s'emballe de nouveau. Reste cool, je me dis. Il ne s'est rien passé avec lui, juste du badinage sans conséquence, c'est tout.

Du badinage qui t'a excitée comme jamais dans ta vie.

— Alors c'est ça ton bar, je dis sur un ton enjoué. C'est charmant.

— Hmm hmm… Garrett approche, nonchalant, et continue de m'observer, sur ses gardes.

— Rustique, j'ajoute, nerveuse. Ce genre de bar un peu destroy, c'est très branché en ce moment. J'ai lu ça dans le *New York Times.*

— En tout cas, c'est beaucoup de travail, répond Garrett avec un sourire narquois. Je cire le parquet avec un mélange spécial bière et transpiration, juste pour accentuer le côté authentique.

J'éclate de rire. Tu vois ? Ce n'est pas si difficile. Discuter simplement, de trucs légers.

Ignore juste ce T-shirt gris qui moule chaque muscle de son torse et fait ressortir le bleu de ses yeux. Et cette barbe de deux jours sur ses joues…

— Qu'est-ce que je te sers ? demande Garrett.

Toi.

— Un verre de vin blanc ? je suggère, en me demandant ce qu'il est plus prudent de commander dans un endroit pareil. Chardonnay, ou pinot grigio, si tu as.

— Bien sûr, répond Garrett en se tournant vers les bouteilles alignées derrière lui.

J'en profite pour respirer, et me détendre un peu plus.

— Alors, c'est toujours aussi calme ? je demande. Je me souviens qu'il y avait un peu plus de monde, la dernière fois que je suis passée. J'avais l'habitude de venir en cachette, quand j'étais mineure, j'ajoute, au souvenir de ces étés avec d'autres ados en vacances ici. C'était le seul endroit pour rencontrer des garçons.

— L'été oui, répond Garrett en se retournant vers moi. Avant juin, c'est calme.

Il pose un verre à liqueur devant moi et me verse une dose de bourbon.

— Mais j'ai commandé…

Je me ravise et me tais. Qu'est-ce qu'il fabrique ? Je prends le verre et le vide cul sec, avant de le reposer bruyamment sur le comptoir.

Garrett esquisse un sourire.

— Une habituée, hmm. Qui l'aurait cru ?

Je rougis.

— C'est juste, euh… Quelque chose à fêter, je suppose.

La fin de ma relation avec Alex ne m'apparaît pas vraiment comme une victoire en fait, mais c'est toujours mieux que de regarder ça comme un échec.

— Ah bon ? dit Garrett, visiblement curieux.

Je sais que ma vie ne l'intéresse pas, pas vraiment, mais je n'ai personne d'autre à qui parler, alors je lui explique :

— J'ai rompu avec mon fiancé.

Garrett se fige, et une lueur de panique traverse ses yeux bleus.

— Ce n'est pas à cause de ce qui s'est passé… Il bafouille, semble vouloir disparaître dans les entrailles de la terre. Parce que, je voulais juste déconner…

Qu'est-ce qu'il raconte ? Il me faut bien une demi-seconde pour comprendre de quoi il parle. Sous le porche, ce matin-là. Quand nous avons failli… En fait, j'ignore ce qui a failli arriver, tout ce que je sais, c'est que je me suis retrouvée à deux doigts de me noyer, submergée par le désir. Mais ça n'a rien à voir avec mon histoire.

— Mais non ! je m'exclame. Absolument pas, j'ajoute en secouant la tête avec ferveur. Mais pas du tout.

Garrett laisse échapper un soupir de soulagement.

— Oh. Ça va alors.

Je me tais, regarde son air embarrassé. Il a vraiment cru que j'avais rompu avec mon fiancé, juste parce qu'il m'avait chuchoté à l'oreille quelques mots doux ?

— Tu sembles avoir une haute opinion de toi-même, je remarque, bizarrement plutôt amusée.

— Comment ? répond Garrett, l'air décontenancé.

— Toutes ces filles qui se jettent à tes pieds, je continue avec un sourire. Poussant leurs pauvres petits copains dans le vide du haut d'une falaise…

Garrett rigole, détendu.

— Ça fait partie du job, darling, répond-il avec un clin d'œil. Je ne peux pas être tenu pour responsable des dommages collatéraux.

— Je prends note, je réponds, ironique. Mais au cas où, préviens-moi si certaines venaient à débarquer à la maison de la plage en réclamant vengeance.

Garrett me sert un autre verre et s'accoude au comptoir.

— Elles connaissent les règles. Trois nuits et hop, je disparais…

— Quoi ? je m'étouffe, incrédule, et Garrett me tend une serviette en papier, l'air amusé. Il va falloir que tu m'expliques. C'est la première fois que j'entends un garçon parler comme ça, je dis, en secouant la tête, stupéfaite. En tout cas, jamais de façon aussi directe.

Mais Garrett ne semble pas se formaliser.

— Je ne passe jamais plus de trois nuits avec la même fille, il m'explique, décontracté, tout en lustrant le comptoir. Comme ça, ça leur évite de se mettre des idées dans la tête.

— À propos de quoi ? je l'interroge en pouffant.

— D'une relation. De former un couple... Il hausse les épaules, ses muscles tressaillent sous son T-shirt. Le genre de choses qui ne risque pas d'arriver. Alors, comme ça, je ne les fais pas marcher.

— C'est tout à fait réglo de ta part...

Je secoue la tête. Je ne sais pas si cette nouvelle règle fait de lui autre chose que le vulgaire coureur pour lequel je l'ai pris, au début.

— Hey, je ne mens à personne, argumente Garrett, et l'espace d'un instant, je crois voir une lueur de mélancolie dans ses yeux bleus. Dès le début, je mets les choses au clair. Si ça ne leur convient pas, elles sont libres d'aller voir un autre mec.

Je le dévisage. Tout ça me rappelle quelque chose, si vous voyez ce que je veux dire.

— Et ces filles, elles sont d'accord ? je demande, en essayant de comprendre.

— Aucune ne s'est plainte, jusqu'ici, répond Garrett avec un autre clin d'œil, et je ris à la confidence.

— Du moment que ça te convient, je finis par dire, avant de vider mon verre. Merde, il semble plus pragmatique que moi, là, avec une troisième rupture de fiançailles à mon actif.

Trois.

Je laisse échapper un gémissement, m'affaisse un peu plus sur mon tabouret.

— Je crois que je finirai ma vie toute seule...

Garrett rit, son visage s'illumine.

— C'est le bourbon qui fait cet effet. Ça finira par s'arranger, ne t'en fais pas.

— Menteur, je marmonne. Tu as surtout peur que je sois soûle et que je vomisse sur ton beau comptoir...

Une mèche de cheveux me tombe devant les yeux et, sans réfléchir, je la glisse derrière mon oreille.

Garrett aussitôt fronce les sourcils, comme sous le choc.

Je me fige, et en une fraction de seconde je réalise mon erreur. L'hématome que j'avais réussi à cacher jusque-là. Il l'a vu.

Et merde.

Je me détourne tout à coup, laissant mes cheveux retomber sur mon visage.

— Où sont les toilettes ? je demande très vite, en descendant de mon tabouret.

— Par là, répond Garrett avec un signe de tête, une expression d'inquiétude sur le visage. Carina...

— Merci, je l'interromps avant de m'enfuir pour trouver refuge dans les toilettes des femmes. Une fois à l'intérieur, je verrouille la porte et me regarde dans la glace, en essayant de me voir à travers ses yeux. Le bleu s'est estompé, juste un peu, mais ce vert hideux et les marques jaunes ne laissent aucun doute.

Il sait.

Je sens ma gorge se nouer. Je ne devrais pas avoir honte, mais je ne peux rien contre le sentiment d'humiliation qui se répand en moi, brûlant, acide.

Il ne sait rien du tout, je me dis, en me passant les mains sous l'eau froide pour me calmer. Il peut s'agir d'un accident, je peux avoir trébuché et être tombée ; des explications, il y en a des dizaines. La seule chose qui peut rendre tout ça gênant, c'est si je me comporte comme si c'était grave.

Et ça ne l'est pas. Je ne le permettrai pas.

J'émerge des toilettes, cherche Garrett du regard. Aucun signe de lui. Il a dû retourner dans l'arrière-salle, ou sortir. Je laisse échapper un soupir de soulagement. Je peux laisser quelques pièces sur le comptoir et m'éclipser, et éviter ainsi ses questions, s'il en a. Quand je retomberai sur lui, à la maison, il n'aura plus aucune raison de ramener ça sur le tapis.

Soudain, mon regard s'arrête sur la silhouette familière d'un homme, à l'entrée du bar. Je retiens mon souffle, regarde mieux.

— Papa ?

Mon père se retourne, son visage s'illumine quand il me voit. Je me précipite vers lui, stupéfaite.

— Qu'est-ce que tu fais là ? Comment as-tu su que j'étais à Beachwood ?

— Une intuition...

Mon père me serre affectueusement dans ses bras. Il porte sa tenue habituelle, chemise blanche Oxford et veste en tweed, lunettes d'intello sur le nez. Ses cheveux grisonnants se font rares, mais restent coupés à la perfection. Tout en lui respire l'universitaire british.

— Je ne comprends pas cette manie que vous avez, ta sœur et toi, de revenir toujours dans cette ville.

— J'aurais dû t'appeler, pardon. Mais je vais bien. Tu n'as aucune inquiétude à te faire. Tout va bien.

— Ça m'étonnerait, me reprend Papa, l'air inquiet. Alexander m'assaille de coups de fil depuis des jours, il est à bout de nerfs. Mais qu'est-ce qui t'est donc passé par la tête de t'enfuir comme ça, sans rien dire à personne ? On t'imaginait déjà agonisante dans un fossé.

— J'avais juste besoin de respirer un peu, c'est tout, j'explique, touchée qu'il ait fait tout ce chemin pour voir si j'allais bien. Et ça va, je t'assure. Alex ne s'inquiète pas pour moi, il s'inquiète pour son bonus.

— Ne raconte pas de bêtises, m'interrompt-il, et derrière l'inquiétude, je devine la tension : les mâchoires serrées, et cette veine sur son front qui pulse, autant de signes que je connais bien, qui invariablement annoncent les problèmes.

J'éprouve une curieuse sensation de malaise.

— Viens, allons parler dans un endroit tranquille, je suggère en regardant autour de moi. Je n'ai pas envie que tout le monde entende ça, alors je l'entraîne derrière le comptoir, emprunte le couloir jusqu'à ce que je trouve la pièce servant de bureau. Garrett ne nous en voudra pas de nous être installés ici. Je pousse la porte, puis je fais face à mon père.

— Je suis désolée que tu te sois inquiété, sincèrement, je dis, en m'efforçant de parler d'une voix calme. – Quand mon père perd son sang-froid, ce n'est pas joli, alors il vaut mieux que je me dépêche d'agir avant que ça n'explose. – J'aurais dû penser à t'appeler. C'est juste que… C'est terminé, j'admets, les yeux baissés. Alexander et moi, c'est fini.

Ça semble tellement définitif, dit comme ça à haute voix, dans cette pièce minuscule. Je retiens mon souffle, et me demande ce qu'il va dire, quelle remarque blessante il va faire sur mon incapacité à garder un homme. C'est une source intarissable d'amusement pour lui, les échecs dans ma vie amoureuse. Mais au lieu de me lancer une réflexion cynique dont il a le secret, mon père ne semble pas percuter.

— Tu fais un drame pour pas grand-chose, lâche-t-il, sans me prendre un seul instant au sérieux. Vous avez eu une petite dispute, il n'y a pas de raison d'en faire toute une histoire. Alors, quand comptes-tu rentrer ?

— Non, Papa, tu ne comprends pas, dis-je en le regardant cette fois. Je parle sérieusement. Je ne peux pas retourner avec lui, c'est terminé.

Il serre un peu plus les mâchoires.

— Tu n'y penses pas, voyons !

— Si, je dis, la gorge serrée, j'ai eu tout le temps d'y penser, ici. Et je suis sûre de moi. Je ne peux pas l'épouser. Je suis désolée, j'ajoute calmement. Je sais, tu l'aimais bien...

— Tu es complètement stupide, ma fille ! explose soudain mon père, le regard plein de colère.

Sous le choc, j'ai un mouvement de recul.

— Ça n'a rien à voir avec le fait que je l'aime bien ! crie-t-il, furieux. Tu ne penses donc qu'à toi ?

— Papa..., je bafouille.

— Tu le sais, pourtant. Je voulais qu'il investisse dans cette affaire immobilière, rugit-il. J'étais à deux doigts de signer les papiers. Et toi, voilà que tu fous notre avenir en l'air !

J'en ai des nœuds à l'estomac. Il avait parlé à deux ou trois reprises de cette affaire, mais je ne pensais pas que ça aboutirait à quelque chose. Mon père a toujours des coups fabuleux en vue, des opportunités en or qui, c'est sûr, vont lui rendre sa prospérité perdue. Il ne reste plus rien de l'argent de la famille, et aujourd'hui, il s'accroche à ses collègues et à ses vieux copains riches, en essayant de leur faire croire qu'il est toujours solvable, alors qu'il n'en finit pas de squatter leurs résidences d'été et leurs pied-à-terre en ville.

— Je suis désolée, je répète. Je n'ai pas réfléchi. Il voudra peut-être investir quand même, j'ajoute, pleine d'espoir. Si c'est une bonne affaire, ça ne changera rien. Tu le sais, Alex fait toujours passer les affaires en premier.

— Là n'est pas le problème, fulmine mon père, le visage rouge et marbré par endroits, les veines de son front saillantes. Que va-t-il se passer, ensuite, hein ? Qui va veiller sur toi ? Tu n'as aucune compétence, aucune valeur à monnayer, si ce n'est un joli visage, et encore, il commence à se faner.

Je suffoque, à cette vérité ; un frisson glacial me traverse.

— Papa...

Il semble réaliser qu'il est allé trop loin. Il se reprend, inspire profondément, et d'une voix plus douce :

— Je me fais du souci pour toi, ma petite citrouille, c'est tout, dit-il en réussissant à prendre un air concerné. Tu ne comprends donc pas ? Tous les couples se disputent, ça fait partie de la relation. Mais ça ne vaut pas la peine de foutre ta vie en l'air à cause d'un léger désaccord...

Il fait un pas vers moi, je recule.

— Réfléchis-y, m'implore-t-il. Soudain, sa colère a disparu, et son visage est l'image même de l'angoisse paternelle. Ta superbe villa, tous ces voyages que vous faites ensemble. C'est une vie de rêve que tu as, avec lui. Je ne supporterais pas que tu prennes la mauvaise décision sur un coup de tête, et que tu passes le restant de tes jours à le regretter. Tu vieillis, vois-tu, ajoute-t-il avec un rire gêné. J'ai toujours entendu dire qu'il devenait de plus en plus difficile de trouver l'homme idéal, avec l'âge.

Il ne fait que me dire ce que je me suis déjà dit cent fois, et l'écho de ses paroles me fait froid dans le dos, comme quand mes peurs viennent me chuchoter des horreurs à l'oreille, au plus profond de mes nuits. Mais je m'accroche, déterminée, à la seule chose que je ne peux pas laisser passer.

— Alex n'est pas quelqu'un de bien, dis-je, d'une voix glacée.

Papa éclate de rire et lève les yeux au ciel.

— Et alors quoi ? Il a ses défauts, comme tout le monde, non ? Un mariage est toujours un compromis. Tu trouveras un moyen pour que ça fonctionne, donne-lui au moins une chance.

— Je l'ai déjà fait une fois – ma voix se brise – j'ai essayé. Je lui ai pardonné, et puis... – Ma gorge se serre, je détourne les yeux. – Je ne peux pas retourner avec lui, Papa. Je ne l'aime pas.

— Et depuis quand c'est important, ça ?

Je le regarde, choquée.

— Oh, allez, Carina, tu es une grande fille, soupire mon père en levant les yeux au ciel, comme si j'étais une enfant qui parlait de contes de fées et de prince charmant. Que ta sœur se soit laissée emporter par cette chimère du grand amour, d'accord, mais toi et moi, nous savons bien que seuls les idiots tombent amoureux sans réfléchir.

Je secoue la tête désespérément, je refuse d'admettre que je suis comme lui. Pourtant, au fond de moi, je le sais, il dit la vérité.

Combien de fois ai-je plaisanté avec mes copines à propos de cette réplique tirée d'un film de Marilyn Monroe ? « Pourquoi tomber amoureuse d'un homme pauvre, quand il est si facile d'en aimer un riche ? ». Et les fois où on gloussait en parlant d'une amie ou d'une copine de classe qui, au mépris de la plus élémentaire prudence, avait épousé un type né du mauvais côté de la barrière. Pour nous, tout garçon dénué d'un compte en banque à six chiffres et d'un fonds de placement était un raté. Comment aurions-nous fait pour conserver le train de vie luxueux et le glamour dont nous rêvions ?

Papa m'adresse un sourire empreint de sympathie.

— C'est normal d'avoir la frousse, mais soyons réalistes, attention au temps qui passe. Tu n'as plus vingt-deux ans, et après toutes ces ruptures, tu devrais t'estimer heureuse d'avoir mis la main sur un homme tel que lui. Tu sais, j'ai été surpris que tu réussisses avec lui, ajoute-t-il, l'air admiratif. Mais tu as toujours su obtenir ce que tu voulais. Et tu voudrais gâcher tous ces efforts ? me presse-t-il, serviable. Laisse-moi te dire une chose, ce n'est pas un jeu : si tu laisses la situation durer trop longtemps, tu cours le risque qu'il ne te pardonne pas.

Je secoue la tête, je ne veux plus l'entendre. Il a toujours eu le verbe facile, a toujours su amener les gens à se ranger à son avis, mais je ne peux pas retomber là-dedans, une fois de plus.

— Tu ne m'écoutes pas, je tente de lui expliquer. Je ne veux pas y retourner, je ne veux pas faire de compromis. C'est terminé.

— Donne-moi une seule bonne raison, demande mon père. Et pas ce genre d'idioties sur l'amour, c'est ridicule quand on pense à la vie qui t'attend avec lui. Tu crois quoi, que les factures se paient toutes seules ? Que pour nous, l'argent tombe du ciel ?

J'ai besoin d'air, la panique enfle dans ma poitrine. Je ne veux pas le lui dire, mais aucun autre moyen ne me vient à l'esprit pour qu'il comprenne enfin à quel point un avenir auprès d'Alexander est impossible à envisager. Mon père pense qu'il s'agit d'une banale querelle d'amoureux, une crise ridicule à laquelle j'accorde trop d'importance.

— Je ne peux pas retourner avec lui, je dis alors à mi-voix, le cœur battant. Il… Il m'a frappée, Papa.

Je lève les yeux vers lui, l'implorant en silence. Il faut qu'il comprenne.

Mon père regarde ailleurs.

— Vous vous êtes disputés, et les choses ont dégénéré, dit-il doucement, en évitant toujours mon regard. Mais je crois franchement qu'il est désolé, il veut se réconcilier avec toi. Donne-lui cette chance, ma petite citrouille. Va le retrouver et réglez ça tous les deux…

Mon sang se glace.

Je le dévisage, horrifiée. Je n'arrive pas à y croire.

Je suis sa fille, et je suis là devant lui à lui raconter ce qui s'est passé, que cet homme m'a *frappée*.

Et pourtant il s'en fout.

Tout ce qui l'intéresse, c'est lui-même, et la façon dont cette rupture risque d'affecter *sa* vie. Comme un pion sur son échiquier, il attend que j'obéisse et que je retourne avec l'homme qui me bat, en prétendant que tout est normal. Et tout ça pour quoi ? Pour préserver la promesse d'un investissement immobilier ? Une table de choix dans les meilleurs restaurants, des invitations à des soirées et un compte courant dans le vent ?

Est-ce tout ce que je représente, pour lui ?

Quelque chose en moi se déchire, une plaie béante et à vif, si douloureuse que j'en pleurerais.

– Tu devrais y aller, maintenant, je chuchote en me détournant avant qu'il ne voie ces larmes dans mes yeux. Il est tard. Et tu détestes conduire en pleine nuit.

– Pas avant que tu n'aies retrouvé la raison, il insiste, comme s'il était dans son bon droit.

– Dans ce cas, nous sommes là pour un bout de temps, je trouve enfin le courage de le regarder en face. Parce que je ne partirai pas d'ici, ni pour aller retrouver Alexander. Ni pour te faire plaisir.

Je soutiens son regard avec défi, en essayant de me rappeler la dernière fois où je lui ai désobéi. En fait, je ne crois pas l'avoir jamais fait. Mais aujourd'hui… Aujourd'hui, pas question de me laisser embobiner, je ne céderai pas.

Il le sait. Sous mes yeux, mon père blêmit, puis rougit, fou de rage.

– Tu vas rentrer à la maison avec moi, et tout de suite ! m'ordonne-t-il, et il vient vers moi, m'attrape par le bras et serre fort.

Je laisse échapper un cri.

— Laisse-moi !

Je tente de me dégager, mais il m'entraîne de force vers la porte.

— Je te préviens, Carina…

— Arrête, je le supplie, ses doigts qui s'enfoncent dans ma chair me font mal. Papa, je t'en prie, calme-toi.

— Tu crois que je mérite tout ça ? crache-t-il, les yeux exorbités. Obligé de mendier des miettes, comme un vulgaire pique-assiette ? J'étais appelé à un grand avenir, à la célébrité. Tout ce à quoi j'ai dû renoncer, pour vous, les filles, je…

Je ne saurai jamais rien de ce qu'il s'apprêtait à dire.

La porte s'ouvre brusquement, et j'aperçois une silhouette devant nous. Garrett, avec une expression de colère à faire battre en retraite toute une armée.

— Lâchez-la !

Je n'ai pas le temps de réfléchir, ni même de respirer, déjà il bondit, repousse violemment mon père et l'envoie valser à travers la pièce. Papa va cogner contre le bureau avec un bruit sourd, renversant les papiers et les objets dans sa chute. Garrett se rue sur lui en une fraction de seconde dans un élan de rage, et lui balance son poing dans la figure, l'envoyant au tapis.

— Garrett ! je hurle. Arrête !

Garrett se tient au-dessus du corps replié de mon père, la respiration rapide, poings serrés, prêt à frapper de nouveau.

— Debout, ordonne-t-il. Debout et dégagez tout de suite de mon bar, ou je le jure, je vais vous briser tous les os, espèce d'enfoiré !

Mon père laisse échapper un gémissement, en roulant sur le côté pour se mettre à genoux. Son nez est ensanglanté, le verre de ses lunettes a explosé. Il a l'air faible et pathétique, en train de tâtonner par terre. Tout son charisme s'est envolé, il ne reste que la laideur de son attitude désespérée.

— J'ai dit : debout ! crie Garrett.

Je m'écarte d'eux, en sanglotant. Il se tourne vers moi.

— Carina... Le visage de Garrett change. Il avance la main, mais je ne peux pas la prendre. Je ne peux pas supporter qu'il ait assisté à ça, que ma misérable vie ratée soit étalée en vrac devant lui comme ça, que mes plus sombres secrets soient révélés ainsi à la lumière du jour.

Je recule, trébuche et me précipite aveuglée vers la porte.

— Carina ! m'appelle de nouveau Garrett, mais je cours, les yeux remplis de larmes, je cours à perdre haleine dans le couloir, jusqu'à ce que je trouve la sortie de secours et l'ouvre à la volée.

Je déboule sur le parking désert, à bout de souffle, mais ce n'est pas assez loin encore. Aucun endroit ne sera assez loin pour fuir la terrible vérité, alors je cours encore, dévale la rue jusqu'à ce que mes poumons brûlent, et j'atteins le port, des petites lumières dansent sur l'eau. Je trébuche, m'accroche au grillage et traverse le parking, puis je descends les marches et m'avance sur la jetée, jusqu'au bout, là où les planches de bois plongent dans le vide, et il n'y a plus que la nuit devant moi, l'océan noir qui se confond avec le ciel couleur encre.

Je suis seule.

Mes jambes se dérobent et je m'écroule sur le bois froid, je m'accroche à un piquet d'amarrage et je pleure. Mes sanglots remontent en longs hoquets, la douleur me submerge tel un raz de marée. Le désespoir, le néant m'engloutissent, si visqueux que je suis condamnée à m'y noyer.

Tout s'est écroulé. À présent je n'ai plus rien. Alexander, ma famille, ma vie là-bas à la maison. C'est un vaste champ de ruines, je n'ai rien à quoi me raccrocher.

Et maintenant, la trahison de mon père. Je n'arrive pas à croire qu'il m'ait fait ça. Je lutte pour trouver un peu d'air, la douleur est trop vive. J'ai l'impression que ma poitrine va s'ouvrir en deux, une douleur qui se répercute jusqu'à mon âme. Tout ce temps à essayer de le rendre heureux. Tout ce temps à faire de mon mieux pour le rendre fier de moi.

Tout ça pour rien. Pour rien.

Mais qu'est-ce que tu croyais ? me provoque une petite voix cruelle. *Tu as toujours su à quel genre d'homme tu avais affaire. Comment il traitait ta mère, et Juliet aussi. Pourquoi cela aurait-il été différent avec toi ?*

C'est tout ce que tu mérites, chaque seconde de cette souffrance.

Tout est de ta faute, tu le sais.

Chapitre sept
Garrett

Je vais le tuer.

La colère m'envahit, une rage si intense que je peux à peine respirer. Je serre les poings pour m'empêcher de lui tordre le cou, de vider toute vie de son corps, jusqu'à ce qu'il gise, brisé, inerte, et qu'il ne reste plus rien de lui susceptible de la faire souffrir.

Je dois prendre sur moi pour ne pas l'anéantir pour de bon.

— Dehors ! je rugis.

J'attrape le père de Carina par le bras et le force à se relever. Je le pousse hors du bureau et je le bouscule alors qu'il trébuche dans le couloir.

— Foutez le camp d'ici, et ne vous avisez pas de revenir !

Je sens le silence qui se fait autour de nous, les regards, mais je m'en fiche complètement. J'ouvre grand la porte et le jette sur le trottoir. Il va cogner contre le lampadaire, le visage en sang et la chemise en lambeaux, le souffle court.

— Écoutez-moi bien, je dis en le suivant dehors, et j'entends le sang battre dans mes veines, chacun de mes muscles bandé et prêt à se battre. Ne remettez jamais les pieds ici, vous avez compris ?

Il recule, mais je lui empoigne la mâchoire et le force à me regarder.

— Vous n'appelez pas Carina, vous ne lui parlez pas, vous n'essayez même pas de l'approcher ! je le menace en détachant bien les mots. Parce que si vous vous amusez à le faire... Je vous tue. Vous avez compris ? je répète en le regardant au fond des yeux :

— Je-vous-tue.

Il hoche la tête avec frénésie et tente de se protéger.

— Oui, oui, je vous le jure.

Je le relâche. Une fraction de seconde, je pense qu'il va me sauter dessus, pour se battre comme un homme, mais non, il bat en retraite, tenant à peine sur ses jambes, puis il se retourne et s'enfuit. Il se jette au volant de sa belle voiture de luxe, démarre et sort du parking dans un crissement de pneus.

Je reprends mon souffle, tremblant. Il s'en est fallu de peu, j'étais près, trop près de commettre l'irréparable. Quand j'ai ouvert la porte, que j'ai vu ses mains se poser sur elle, et la peur sur le visage de Carina, c'est simple, j'ai perdu la tête. J'ai vu rouge, tout entier habité par la fureur et la violence, et cet instinct primaire de la protéger, coûte que coûte.

Carina.

Je repense à son arrivée en pleine nuit à Beachwood, aux ombres dans ses yeux, à ce vilain bleu sur sa pommette.

Que cachait-elle ?

Je croyais qu'elle était juste là pour s'amuser un peu, petite princesse snob en quête de récréation. Comment ai-je pu me tromper à ce point ? La honte m'envahit, le mépris et le dégoût pour moi-même. Et moi qui me suis moqué d'elle, qui l'ai provoquée, et pendant tout ce temps...

Merde. Tout ça c'est de ma faute, aussi.

Je descends la rue, je la cherche, me lançant tout à coup dans une course désespérée.

— Carina ! je hurle en regardant comme un fou autour de moi. Il fait nuit noire, et je ne vois pas grand-chose, mais elle ne peut pas être loin. Carina, où es-tu ?

Pas de réponse. Bah, je ne peux pas le lui reprocher. Je dois être la dernière personne qu'elle a envie de voir, après la façon dont je me suis comporté.

Sans parler de la raclée que tu as collée à son père...

J'arrive au bout de la rue, à l'endroit où elle rencontre le port, et je m'arrête. Au loin, j'aperçois une ombre au bout de la jetée. Juste une silhouette qui se détache sur le noir de l'océan, mais j'en suis sûr, c'est elle.

Je me dirige alors vers elle, lentement pour ne pas l'effrayer, en me demandant ce que je vais bien pouvoir lui dire. Les questions se bousculent dans ma tête, des questions qui attendent des réponses, mais quand j'atteins le bout de la jetée et que je la vois, tout s'efface dans mon esprit.

Elle est assise, recroquevillée les bras autour des genoux. Ses épaules tremblent, et je peux l'entendre pleurer, l'écho de chacun de ses sanglots me frappe en plein cœur.

Je ne réfléchis même pas, je m'agenouille à côté d'elle.

— Hé, je murmure, en tendant la main.

D'instinct, elle a un mouvement de recul. Merde. Je suis accablé par sa réaction, qui en dit long sur une douloureuse vérité, que j'ai du mal à supporter. Combien de gens l'ont-ils blessée ? Combien devraient payer pour ça ?

— C'est bon, je murmure gentiment. Ce n'est que moi.

Carina lève sur moi ses yeux emplis de larmes et l'expression sur son visage me fend le cœur : ses yeux bleus reflètent une détresse sans fond, ses lèvres tremblent d'émotion. Elle a l'air lessivée, brisée, et à la voir dans cet état, je sens la douleur traverser ma poitrine. Je n'arrive pas à comprendre qu'un homme ait pu lui faire du mal, lever la main sur elle. Qu'un homme ait osé effacer tout éclat de rire dans ses yeux, et rendre sa vie si douloureuse.

— Il est parti, je la rassure. Il ne reviendra pas, je te le promets.

De nouveau, les larmes envahissent les yeux de Carina, et c'est plus que je ne peux en supporter. La colère me submerge encore une fois.

J'aurais dû tuer ce fils de pute quand j'en avais l'occasion.

Je ravale ma rage. Elle n'a certainement pas besoin de colère, ou de violence de nouveau.

Ne t'avise pas de la laisser tomber.

— Je suis là, je murmure, et je m'assieds sur la jetée à côté d'elle, puis je glisse un bras autour de ses épaules et je l'attire doucement contre moi. Tu es en sécurité maintenant.

Elle résiste un peu, puis s'effondre en larmes dans mes bras.

— Je ne peux pas… – Ses sanglots sont étouffés contre mon torse, chargés de souffrance. – Je ne peux plus supporter ça.

— Chhuut, je la berce doucement, en la serrant fort, et je sens son corps délicat qui tremble, parcouru de sanglots. Tout ira bien, je promets, ravalant ma colère, m'efforçant de rester calme, pour elle. Je te le jure, tu es en sécurité maintenant. Je ne laisserai personne te faire du mal, plus jamais.

Ma promesse résonne dans le silence de la nuit. J'en fais le serment, à ce moment, je ferai tout ce qui est en mon pouvoir pour la tenir. Je ne sais pas encore comment, ni même pourquoi, mais ça, je trouverai, c'est sûr et certain.

Je la tiens contre moi, caressant machinalement ses cheveux tandis que Carina s'accroche à moi. Peu à peu, ses larmes s'apaisent.

— Je dois être affreuse, dit-elle, en se détournant pour essuyer son visage.

— Mais non, tu es belle, tu l'as toujours été, je réponds.

Et c'est vrai. Ses yeux sont rouges et cernés, ses lèvres sèches et fendillées, mais ça ne change rien. Elle est belle à couper le souffle.

Carina me jette un regard perplexe.

— C'est vrai, je proteste. Je me souviens quand tu es arrivée au mariage, dans cette petite robe noire et ces stilettos, j'ajoute avec un sourire. J'ai failli en avoir une attaque.

— Tu as dit que ces chaussures étaient ridicules, me rappelle Carina.

— C'est sûr, mais elles étaient aussi super sexy, je souris.

— Tu cherches juste à être gentil avec moi, dit Carina calmement.

— Apprends à accepter les compliments, mon ange, je dis en rigolant et, enfin, elle esquisse un sourire.

C'est comme un rayon de soleil au cœur de la nuit la plus sombre, et ce sourire me donne de l'espoir pour elle. Elle peut s'en sortir. Elle est plus forte que tout ce que les autres ont pu croire. Y compris moi.

Le nœud dans ma poitrine se défait, juste un petit peu.

— J'imagine que tu dois te demander ce qui se passe…

Carina baisse la tête et joue avec l'ourlet de son chemisier.

— C'est bon, tu n'es pas obligée de m'en parler, si tu n'en as pas envie…

Après un silence, j'ajoute :

— En tout cas, je suis là. Pour parler, ou ce que tu veux.

Carina hoche lentement la tête. Elle embrasse la baie du regard.

— C'est tellement beau, ici, dit-elle à voix basse.

Je suis son regard. L'océan est paisible, sombre et immobile. Les vagues lèchent les poutres de la jetée, sous nos pieds, et au-dessus de notre tête, un croissant de lune resplendit dans le ciel.

— C'est vrai, j'acquiesce. Je ne peux pas m'empêcher de la regarder, mes yeux s'arrêtent sur l'hématome qui assombrit sa joue, à moitié dissimulé.

Carina se tourne vers moi et surprend mon regard. Elle rougit, comme si elle devait avoir honte de quelque chose.

— C'est lui ? je demande avec gravité. Ton père. C'est lui qui… ?

Elle secoue la tête.

— Non, c'est un cadeau d'Alexander. Mon ô combien charmant ex-fiancé… Elle dit ça avec cynisme, sarcastique, mais derrière les mots, la vérité glauque est bien là.

Je sens la rage revenir.

— Je le savais, je marmonne. Après avoir vu cette marque, sur ta joue, j'ai même sauté dans mon pick-up, j'avoue. J'ai failli aller sonner chez lui et lui écraser la gueule.

Je me tais, réalisant combien ça peut paraître fou.

— Désolé, j'ajoute.

À ma grande surprise, Carina m'adresse un sourire timide.

— Merci.

— De rien, je réponds avec un haussement d'épaules. Quand je suis arrivé au coin de la rue, j'ai réalisé que je ne connaissais pas son adresse, que je ne savais rien de lui.

En un éclair, je réalise que c'était une chance. Si je n'avais pas changé d'avis, je n'aurais pas entendu les cris et je ne serais pas revenu sur mes pas pour la trouver dans le bureau. Et alors…

Je chasse cette pensée. Elle est en sécurité maintenant, avec moi, et c'est tout ce qui compte.

— Quelle idiote j'ai été de croire qu'il prendrait mon parti ! résonne la voix de Carina, calme et triste, et je comprends qu'elle parle de son père.

— Bien sûr que tu l'as cru, je réponds en fronçant les sourcils. Pourquoi ne l'aurais-tu pas cru ?

Carina laisse échapper un rire plein de tristesse.

— Tu ne comprends pas.

À la lueur de la lune, des ombres traversent son visage, ses cheveux prennent des reflets argentés dans la nuit. Elle paraît si petite, si délicate, comme si elle croulait sous le poids de la vie, sur le point de s'éparpiller en mille morceaux. Je me demande depuis combien de temps elle porte ses secrets seule, sans personne à qui parler, personne vers qui se tourner quand elle en avait besoin.

Soudain, je ne veux rien de plus au monde qu'être celui vers qui elle se tourne. L'homme en qui elle peut croire, à qui elle peut faire confiance, quand tous les autres l'ont laissée tomber.

J'ai envie de la tenir contre moi, d'essuyer ses larmes, de faire en sorte que plus personne, jamais, n'entache ce beau visage de désespoir.

Mon cœur s'emballe, quelque chose en moi l'appelle, la désire. Parce que je sais ce que c'est de tout perdre, de voir votre confiance si cruellement trahie que vous pensez ne plus jamais pouvoir croire en quelqu'un. J'ai mes secrets, et je verse souvent des larmes amères, seul, dans la nuit.

Je connais son chagrin, et oui, je ferai tout pour lui éviter de sombrer dans le néant de ce désespoir.

Alors je prends sa main, la serre délicatement.

— Explique-moi…

Chapitre huit
Carina

J'inspire profondément, et me demande par où je vais bien pouvoir commencer. Comment lui expliquer tout ce qui s'est passé ? Combien j'ai eu tort, tout ce temps. Que pensera-t-il de moi quand il connaîtra la vérité ? Une fois qu'il saura combien je me suis fourvoyée, combien j'ai trahi ceux que j'aimais ?

Quand il saura que je suis responsable de tout cela.

Je fixe l'océan de ténèbres devant moi, serre sa main dans la mienne, tentant de repousser l'inéluctable. Je peux sentir la chaleur de son corps, pressé contre le mien, et je tente de m'en imprégner, d'absorber sa force comme je l'avais fait, au mariage, en m'enveloppant de sa veste contre le froid de l'hiver.

Je prends brusquement conscience que les deux moments où je me suis sentie le plus en sécurité dans ma vie, c'était avec lui, à chaque fois.

Je m'accroche de toutes mes forces à cette pensée, un talisman dans mon cœur, puis je trouve les mots, et je me lance.

— Ça a toujours été comme ça...

Ma gorge brûle, asséchée par toutes les larmes que j'ai versées, mais je les ravale, et m'applique à continuer de parler. Il n'y a pas de retour en arrière possible maintenant, je ne pourrais pas faire semblant, même si j'essayais.

— Mon père, sa façon d'être. La plupart du temps, c'est juste sa manie de critiquer. Toujours à juger, à décortiquer les actions des autres, comme s'il valait tellement mieux que tout le monde. Mais quand il a bu... – j'hésite – Il crie, il se met en colère. Un rien le rend fou, il explose pour une bêtise. Il n'y avait jamais eu de violence physique, je m'empresse d'ajouter. C'était différent, juste cette espèce de... déception chronique chez lui, comme si rien de ce que nous faisions n'était assez bien pour lui.

Je baisse les yeux, toujours accrochée à lui. La main de Garrett, large et bronzée, tapissée d'un duvet blond, enveloppe la mienne. J'entrelace mes doigts avec les siens, comme pour l'empêcher de partir, même quand il entendra la vérité.

— Je détestais ça, toujours être sur mes gardes, sans jamais savoir ce qui allait déclencher une crise... – Ma gorge se serre, et je me revois dans cette maison, toujours sur le qui-vive, attendant le prochain commentaire blessant. – Je devais avoir huit ans quand j'ai enfin compris. Il y avait des règles, tu vois, comme dans un jeu. Si je portais une jolie robe, et que je lui servais un verre quand il rentrait du travail. Si je l'interrogeais sur sa journée, et faisais semblant de m'intéresser à ses histoires. Si je riais avec lui, au lieu de me rebeller... – Je rougis, avec un sentiment de honte. – C'était un jeu, et j'ai fini par comprendre comment gagner. Comment éviter de le contrarier...

Je me tais, me détestant encore plus à entendre les mots prononcés à haute voix.

— C'est bien, dit Garrett d'une voix triste, en serrant ma main. Tu as fait ce que tu devais faire. Tu as trouvé un moyen de survivre.

— Tu ne comprends pas...

Je ravale ma douleur. Il ne voit toujours pas, et je voudrais lui épargner ça, mais je dois lui dire maintenant, je veux que tout soit clair entre nous.

— Maman, et Juliet, elles n'ont jamais joué le jeu. Et je leur en voulais pour ça, j'avoue. Elles disaient toujours ce qu'il ne fallait pas, et le mettaient en colère, et moi ça me rendait dingue. Pas contre lui, mais contre elles, de ne pas respecter les règles, de ne pas jouer le jeu comme je le faisais.

Les larmes rebondissent sur mes joues, brûlantes de honte.

Comment ai-je pu être aussi égoïste ?

— C'est ma faute, je chuchote. J'ai passé tout ce temps à les blâmer, au lieu de lui en vouloir à lui. Je détournais les yeux quand il critiquait Maman, en me disant qu'elle l'avait bien cherché. Et aujourd'hui... Aujourd'hui, il est trop tard pour me réconcilier avec elle.

— Tu n'étais qu'une enfant, remarque Garrett.

— Non ! je m'exclame, et je le repousse, tentant d'effacer les larmes sur mes joues. Ce n'est pas tout ! Pendant des années, je les ai laissées tomber, encore et encore. Je suis partie à la fac, et j'ai fait comme si ça n'avait pas d'importance. Et puis...

Les mots se meurent dans ma gorge, mais je ne peux pas m'arrêter là. Je dois affronter la réalité.

— Cet été-là, le dernier que nous avons passé ici, je chuchote en le regardant, alors que les souvenirs tournoient dans ma tête, dans une spirale de regrets et d'échecs, mais je me force à soutenir son regard, pour lui montrer qui je suis vraiment. Je n'étais plus une enfant, alors... – Ma voix se brise. – Je n'ai aucune excuse. J'ai délibérément ignoré tous les symptômes de sa maladie. Après l'enterrement, j'ai tourné le dos à Juliet, je suis partie visiter l'Europe avec mes copines au lieu de rester auprès d'elle, d'être là pour elle quand elle en avait besoin. Je les ai abandonnées toutes les deux, et pour quoi ?

Je sanglote, je me hais pour chacune de mes fautes, toutes les mauvaises actions que j'ai commises.

— J'aurais dû être une meilleure sœur. J'aurais dû être une meilleure fille, mais j'ai tout gâché, et maintenant je mérite ce qui m'arrive !

Je m'écarte de Garrett. Je préfère le quitter plutôt que de voir cette expression sur son visage maintenant qu'il connaît la vérité. Ce sont là mes secrets les plus sombres, des choses que j'ai à peine osé m'avouer à moi-même, toutes ces années : cette façon dont j'ai laissé tomber ma famille.

Combien mon cœur est en réalité noir et ignoble à l'intérieur.

Je suis quelqu'un de mauvais, sans espoir de salut, et maintenant, il me faut payer.

— Carina…

La voix de Garrett est douce, et je sens sa main sur mon visage, qui saisit gentiment mon menton et m'oblige à le regarder. Je résiste, je ne peux pas le regarder en face, alors je serre les poings de toutes mes forces, me préparant à son jugement.

Garrett prend mon visage entre ses mains, mais je continue de fixer l'océan, n'importe quoi pourvu que je ne voie pas la déception dans ses yeux.

— Tu n'as plus de raison de fuir, Carina, me dit-il avec tendresse.

C'est le choc. Je ne comprends pas. C'est là qu'il est censé se détourner de moi, me laisser ici pour de bon.

— Écoute-moi, continue Garrett, la voix chargée d'émotion.

Je trouve finalement le courage de lever les yeux vers lui, et ce que je vois dans son regard me sidère : ses yeux bleus brillent, pleins d'une passion brûlante. De compréhension.

Une étoile d'espoir dans la nuit orageuse de mes émotions.

— Quoi que tu aies pu te dire, quelles que soient les histoires que tu as pu te raconter, ce n'est pas la vérité.

J'ouvre la bouche pour protester, mais il m'interrompt.

— Ce n'est pas la vérité. Tu n'es pas quelqu'un de mauvais, Carina, en dépit de tout ce que tu peux croire. Tu as commis des erreurs, comme chacun de nous... – Les yeux de Garrett étincellent dans la pénombre. – Mais peu importe ce que tu as fait, tu ne dois pas renoncer à toi-même.

Je secoue la tête, tentant de le repousser.

— Tu ne comprends pas, je chuchote à nouveau, mais Garrett tient bon.

— Je sais de quoi je parle, Carina, crois-moi, insiste-t-il. Je sais ce que c'est de s'accabler de reproches pour des choses que tu ne peux pas contrôler, de chercher des raisons alors qu'il n'y en a aucune. Mais je te le dis, il n'est pas trop tard. Tu peux réparer ce que tu as fait, Juliet te pardonnera, mais d'abord, tu dois te pardonner à toi-même. Ce n'est pas ta faute, rien de tout ça n'est ta faute, et plus tu continueras à le croire, moins tu penseras mériter le pardon des autres.

Je secoue la tête en signe de dénégation.

— J'ai été égoïste...

— Et à partir de maintenant, tu feras mieux... – Garrett s'adoucit, il efface mes larmes d'un geste délicat. – Tu dois laisser le passé derrière toi. Tu crois être une garce, mériter un châtiment. Voilà pourquoi tu as laissé les autres te maltraiter. Ton père, Alexander… Tu vaux tellement mieux que ça, tu ne le vois pas ? Tu es quelqu'un de bien, tu regrettes le mal que tu as fait autour de toi, et aujourd'hui, tu dois tourner la page. Tu as le droit d'être heureuse.

— Non, je chuchote, et j'aimerais tant le croire, me voir à travers le prisme généreux de son regard.

— Bien sûr que si.

Garrett me dévisage avec une telle compassion, toute ombre a disparu de son visage. Il n'y a pas la moindre trace de déception ou de colère en lui. Il pense chacun de ses mots, vraiment.

Il croit que je vaux la peine, que je ne suis pas à blâmer.

Il voit des qualités en moi, quand moi je suis incapable de les voir.

C'est une révélation.

Je le dévisage, et je sens quelque chose vibrer à l'intérieur de moi. La gangue de glace qui a gelé autour de mon cœur depuis des années se fissure, explosant en fragments acérés autour de nous, dans la nuit.

Il ne me hait pas.

Il sait tout ce que j'ai fait, connaît toutes mes odieuses trahisons, et pourtant, il ne me hait pas.

— Garrett… je murmure, n'osant toujours pas le croire, attendant la gifle.

Car il ne peut pas comprendre, il ne réalise pas.

— C'est bon, répète-t-il, avec un tendre sourire. Je te le promets, ça va aller. Il faut juste que tu y croies. Tu vaux tellement mieux.

Mon cœur s'allège, juste à regarder la certitude dans ses yeux, la douceur dans son sourire. Je ne crois pas que quelqu'un m'ait jamais regardée comme ça, à nu, brisée, cassée, sans se détourner.

Je ne comprends pas. Je le connais à peine, mais d'une certaine façon il voit au fond de moi. Celle que je suis vraiment.

Une étrange sensation m'envahit, si forte que je ne réfléchis pas. Comme mue par une force plus grande que moi, j'approche mon visage du sien et presse mes lèvres contre les siennes dans un baiser plein de passion et de larmes.

Je sens le corps de Garrett se crisper contre le mien, mais le contact de ses lèvres agit comme un déclic, une sensation pure qui me submerge, et déjà je sais qu'il est trop tard pour revenir en arrière.

D'ailleurs, je n'en ai pas envie.

Je noue mes bras autour de son cou et l'embrasse de nouveau, plus fort, je savoure le goût de ses lèvres, je sens la chaleur irradier de son torse contre ma poitrine. C'est grisant, d'une douceur absolue après l'amertume de mes larmes, et je m'abandonne contre lui, je me noie en lui. J'enfouis mes doigts dans ses cheveux épais, doux comme la soie, je me presse contre lui, cherchant désespérément à oublier le monde et mon désarroi, pour me perdre dans cet instant, rien qu'un moment de bien-être, de plaisir, comme je n'en ai jamais ressenti auparavant.

— Carina...

Garrett me repousse.

— Je t'en prie, je chuchote, et de nouveau je l'embrasse. Garrett laisse échapper un gémissement torturé contre ma bouche et brusquement, tout ce qu'il retenait se libère.

Il m'attire contre lui, m'étreint sur ses genoux, et sa bouche dévore la mienne avec passion. Notre baiser prend une intensité nouvelle, nous sommes avides l'un de l'autre, et sa langue plonge dans ma bouche et me cherche. Je chavire contre lui, m'accroche à lui, balayée par des vagues d'émotion. Je pourrais me noyer dans ce baiser, m'abandonner à jamais entre ses bras et sous ses lèvres et oui, à sa langue experte qui s'enroule à la mienne, brûlante, dans une danse sans fin qui remplit mes veines d'une chaleur chatoyante, mon pouls pulsant à un rythme effréné dans mes oreilles.

Jamais je n'ai ressenti une telle chaleur avant, cet élan entre nous, la puissance du désir à l'état brut. Je croyais que c'était une fiction, que ça relevait du fantasme, un pauvre mensonge qu'on se raconte dans le noir, pour tenir jusqu'à la nuit prochaine.

Mais en un baiser, Garrett me prouve le contraire, il allume un brasier d'une intensité propre à réduire le monde en cendres. Je m'accroche à lui, ma tête tourne, je sens chacun de mes nerfs, chaque cellule de mon corps s'éveiller pour la première fois à la vie, une fantastique étincelle de désir, vive et radieuse.

Je veux tout, pour toujours.

J'ai envie de lui, tout de suite.

Nous roulons sur le quai, et je me laisse glisser, allongée sur les planches en bois, le corps de Garrett couvrant le mien, me pressant contre les planches dures. Je m'abandonne à la sensation de son corps, pesant solidement contre le mien, de sa puissance qui m'emprisonne. La fièvre s'empare de moi, désir prédateur, quand Garrett arrache sa bouche à la mienne. Je gémis, désemparée par son recul, mais il se penche et sa langue serpente délicieusement le long de mon cou, et tout en moi fond de plaisir sous son baiser, qui me subjugue, s'aventure plus bas sur la courbe de mon épaule.

Je gémis, je frémis sous lui tandis que la magie de sa langue opère, mais ce n'est pas assez. Je me cambre contre lui, nouant mes jambes autour de sa taille, bougeant les hanches avec une folle envie comme je n'en ai jamais ressenti. Garrett reprend son souffle, puis ses mains sont sur moi, il presse mes fesses contre lui, m'attirant contre son sexe dur. Et il me lèche encore, plus bas, explore le galbe de mes seins, s'insinue sous le tissu de ma chemise. Sa langue est râpeuse sur ma peau, puis sa main remonte, et remonte, déboutonne d'un coup sec ma chemise et caresse le bout de mes seins, dur, et sensible sous ses caresses.

Oh oui.

Ma tête se renverse contre la jetée, le monde s'évanouit dans la nuit immense parsemée d'étoiles au-dessus de moi. Je me perds dans toute cette splendeur, submergée par l'intensité des sensations. Le contact de son corps, lové contre le mien, la délicieuse caresse de ses doigts, qui me caressent, de plus en plus exigeants, et ne me lâchent pas. Ses lèvres se referment sur moi, douces et affamées, jusqu'à ce que je n'en puisse plus, alors je crie de plaisir et l'écho résonne dans la nuit.

Garrett gémit contre ma peau, et il glisse, toujours plus bas, et à chacun de ses baisers, sa bouche déclenche à travers moi un festival d'étincelles. Plus bas, encore plus bas, maintenant sur mon ventre nu, ses doigts s'agrippent à mes hanches. Ses baisers forment une voie chaude et m'enflamment de l'intérieur, dans un désir humide qui réclame son contact. Ma respiration est hachée, j'ai la tête qui tourne, je suis au bord d'un gouffre et je ne contrôle rien, je ne pourrais pas arrêter, même si je le voulais.

Je sens sa main sur ma taille qui glisse sous mes vêtements, des frissons pleins de promesses me parcourent. Mon corps se tend par anticipation, prêt à succomber, et juste au moment où je vais basculer enfin dans l'éclat de la sensation la plus pure, c'est fini.

Garrett s'écarte brusquement de moi, m'abandonnant haletante sur la jetée.

Je lève la tête, tente de comprendre.

— Qu'est-ce qu'il y a ? je bredouille.

— Je ne peux pas, dit Garrett entre ses dents.

Il se relève, tout son corps est tendu, cette puissance que j'ai sentie contre moi, contenue, à fleur de peau.

— Tout ça, il ne faut pas...

L'éclat de son regard est lugubre, coléreux. Mon cœur se serre.

— Non, Garrett, je le veux..., je proteste et je tends la main, mais il recule.

— Tu ne sais pas ce que tu veux, dit-il en secouant la tête, furieux. Tu es fragile et moi j'en ai profité. Je suis désolé, dit-il en s'éloignant. Je suis désolé.

Et il s'en va, s'éloignant à grands pas, une ombre dans la nuit, me laissant toute seule sur la jetée, le cœur et le corps pleins de désir.

Il est parti.

Chapitre neuf
Garrett

Aucune douche ne sera assez froide pour déloger le désir de mon corps. Aucun whisky assez fort pour noyer cette haine de moi, dans mon âme.

Je l'ai trahie.

Carina était blessée, vulnérable, privée de repères. Et au lieu de…

Je repense à la douceur de son corps, souple et chaud sous le mien, aux soupirs de désir qui s'échappaient de ses lèvres sous mes caresses.

Merde !

J'arpente la plage obscure à grands pas nerveux, en proie à la honte, hanté par le regret. Je ne voulais pas l'embrasser. J'ai résisté, essayé d'être fort, mais là, elle m'a appelé, elle est venue vers moi, puis elle a noué ses bras à mon cou, et m'a troublé avec la douceur de ses lèvres, jusqu'à ce que je craque.

Son corps est une merveille, ses baisers sont le plus doux des poisons. Elle m'a ensorcelé, m'a emporté au-delà de toute raison, là où il n'y a que chaleur et envie et puissance du désir. Que je me déteste pour ça.

J'ai profité de sa vulnérabilité, comme une sorte de bête, un prédateur, ignorant les tourments de son âme. Après ce qu'elle a enduré, elle avait besoin que je sois un mec bien, et j'ai échoué. Exactement comme les autres types, ces minables qui ont allègrement piétiné ses sentiments, profitant de sa gentillesse avant de l'abandonner, brisée par la douleur. Elle méritait mieux de ma part, et je l'ai laissée tomber.

Mais c'est toujours ce que tu fais. Mes plus noirs secrets resurgissent, me provoquent. *Tu échoues toujours, avec tout le monde, c'est pour ça que tu es seul. Tu n'as pas su garder ta femme, ni ta précieuse petite fille, alors qu'est-ce qui te fait croire que ça pourrait être différent aujourd'hui ?*

Je me tourne vers l'océan sombre, regarde les étoiles se moquer, étincelantes dans le ciel. Je m'effondre sur le sable, et laisse le désespoir me consumer. J'aurais tant voulu être un autre, meilleur que l'homme que je suis, brisé, raté.

Elle avait besoin de moi, et je l'ai laissée tomber.

Chapitre dix

Carina

Je rentre à la maison en pilote automatique, j'ai la tête qui tourne à force de vouloir trouver une explication à ce qui vient de se passer. Ma chambre est vide, trop silencieuse, alors j'attrape une couverture et je vais me pelotonner sur la balancelle, sous le porche, bercée par le fracas apaisant des vagues tout en me remémorant les événements de ces dernières heures.

À ma grande surprise, une fois l'afflux brûlant du désir dissout dans mes veines, je me sens plus calme, comme lavée par mes larmes. La douleur et la confusion qui pesaient sur mes épaules gisent sur la jetée en un enchevêtrement sinistre, là où j'ai enfin fait face à toutes mes erreurs et avoué la vérité à Garrett, là où j'ai avoué tout ce que j'ai fait. Je me suis dépouillée de tous mes secrets, les ai exposés à la lumière, et malgré tout, je me sens comme plus forte. Une graine d'espoir a lentement pris racine dans mon cœur, petite et délicate, mais nouvelle.

Maintenant je dois repartir à zéro.

J'inspire à pleins poumons l'air iodé et frais de l'océan. C'est fou de se sentir aussi clair dans sa tête, alors qu'une heure plus tôt je suffoquais, je gémissais, sans rien contrôler. Mais je vois tout avec clarté maintenant, après des années à me cacher dans la nuit.

Garrett a raison.

D'une certaine façon, j'ai assimilé tout ce que j'ai vécu, enfant, avec mon père, et j'ai reproduit les mêmes schémas pervers encore et encore avec chaque homme de ma vie. J'ai fait miennes les règles d'Alexander, en me voilant la face sur la superficialité de notre relation, simulant en toutes choses pour le satisfaire, parce que c'est ce que j'avais appris avec Papa. L'art de mettre une jolie robe et de le faire rire, tout ça avec l'impression de gagner, quand la victoire était tellement dérisoire.

Pas une fois, je ne me suis demandé ce qui *me* rendrait heureuse.

Je ne pensais pas qu'il existait une autre façon de faire – de construire sa vie, son couple, parce que je n'avais jamais eu que cet exemple devant les yeux. Se plier aux quatre volontés d'un homme égoïste, autoritaire. Intérioriser ma peur et ma culpabilité, jour après jour, jusqu'à penser que je méritais la façon dont il me traitait, comme une forme de châtiment pour mes crimes passés.

Tout ce temps, je n'ai jamais cessé de me reprocher de les avoir abandonnées, ma mère, Juliet. Je le sais, elles méritaient que je les traite mieux, et je n'ai rien fait, mais aujourd'hui je réalise qu'il y a quelqu'un d'autre que j'ai aussi laissé tomber, qui méritait mieux que ce que je lui ai donné, et qui a plus de valeur que ce que j'imaginais.

Moi.

Garrett me connaît mieux que je ne me connais moi-même. Quand il dit que je n'avais pas cessé de me punir moi-même, c'est la vérité. J'ai passé mon existence à ne rien accepter des autres, ou si peu, parce que au fond de moi, je ne croyais pas le mériter.

En fait, je n'ai pas arrêté de me saboter moi-même pendant tout ce temps, trop aveuglée par la honte et la culpabilité pour voir la vérité : que peut-être, juste peut-être, je pourrais être heureuse. Que même après tout ce qui s'est passé, je pourrais mériter l'amour que j'ai vu dans la vie de ma sœur, mériter de fonder une famille qui ne serait pas bâtie sur le mensonge.

J'en ai tellement envie. Oui, une partie de moi le veut si fort. Et maintenant, après avoir ressenti la passion entre les bras de Garrett, je le sais, je ne pourrai jamais revenir aux baisers creux et tièdes de mon passé. À ces relations qui n'étaient là que pour la façade, à cette vie parfaite qui s'est lézardée, morne et vide sous la surface.

C'est pour cette raison je suis là, je le réalise, en contemplant l'océan, enveloppée par l'aura chaleureuse de la lumière du porche, en sécurité et lucide. Je n'ai pas fui Alexander, j'ai couru *vers* quelque chose, vers l'espoir d'un avenir plus lumineux. L'espoir qu'en dépit de mes erreurs, il n'est pas trop tard pour recommencer à zéro, ici, dans cet endroit où je me suis le plus trahie.

C'est ici que mon enfance a pris fin, déchiquetée par les derniers soupirs de ma mère en train de mourir. Et c'est ici que je trouverai la force de recommencer.

J'ai dû m'assoupir bercée par les vagues, parce qu'à mon réveil il fait jour. Je m'étire, et je bâille. Une lueur blême se répand à l'horizon, et tout est calme.

Et c'est là que je vois Garrett, un café à la main, sur le rocking-chair, dans un coin du porche.

Je bâille, à moitié engourdie. On a jeté une couverture sur mes épaules, je remarque soudain. Il a dû la déposer en rentrant, cette nuit.

Cette nuit.

Les souvenirs ressurgissent dans mon esprit. La terrible dispute avec mon père, et Garrett qui est spontanément venu à mon secours. Ma confession, sur la jetée.

Le baiser.

Je m'assieds, tout à fait réveillée maintenant.

— Salut, je bafouille, en sentant mes joues se colorer. Il a l'air si tranquille, assis là, difficile de savoir ce qu'il pense ou ce qu'il ressent.

Mais tu connais le goût de ses lèvres. L'écho de ses gémissements, tout contre ta bouche.

— Bonjour, répond Garrett avec un petit sourire. Tu sais, tu parles dans ton sommeil.

— Ce n'est pas vrai ! je m'écrie, distraite pendant un instant.

— Je t'assure, dit-il en riant. Tu tiens carrément une vraie conversation quand tu es dans les choux.

— Qu'est-ce que j'ai dit ? je demande, en tentant de me souvenir de mes rêves.

— Ah non, c'est un secret, répond Garrett, avec un petit sourire espiègle qui réveille instantanément le désir et me renvoie d'un coup sur cette jetée : ses bras serrés autour de moi, sa bouche qui me rend folle.

En une fraction de seconde, j'ai de nouveau vraiment envie de lui. De l'embrasser à n'en plus finir, n'importe quoi pour retrouver ces sensations.

Je retiens mon souffle, et le sang bat soudain plus vite dans mes veines.

— Alors..., je commence, mal à l'aise, mais ma voix se meurt.

Dois-je évoquer ce qui est arrivé, ou faire au contraire comme si rien ne s'était passé ? Je ne sais pas comment gérer ce type de situation ; je n'ai jamais agi de façon aussi impulsive de toute ma vie.

Je ne vole pas de baisers aux mecs. Je ne me jette pas dans leurs bras.

Tu ne révèles pas tes plus sombres secrets à un parfait étranger, gémissant comme si personne ne te voyait.

En repensant à tout ce que je lui ai confié, je me sens brusquement à nu, exposée. Je resserre la couverture autour de mes épaules, comme si cela pouvait m'aider.

Je regarde Garrett à la dérobée, mais il reste toujours aussi indéchiffrable, affalé avec les pieds sur la rambarde du porche, dans son jean délavé et son T-shirt bleu. Le soleil matinal se reflète dans ses cheveux, ajoute des éclats dorés dans sa tignasse hirsute couleur châtain, tandis qu'une barbe de trois jours ombre ses mâchoires volontaires.

Quelque chose papillonne dans mon ventre, comme si j'avais quinze ans de nouveau.

Mais tu n'es plus une adolescente, Carina. Tu es une adulte, alors comporte-toi comme tel !

Je prends mon courage à deux mains.

— À propos d'hier soir…

Le sourire de Garrett disparaît.

— Merci, je dis rapidement, le cœur paniqué. Pour être venu à mon secours, avec mon père. Je ne sais pas ce que j'aurais fait, si tu n'étais pas intervenu.

— C'est normal, réplique Garrett. Tu n'as pas à me remercier.

— Si, j'insiste. Tu as été génial, d'abord en me laissant m'installer ici, et puis en m'écoutant la nuit dernière déblatérer sur tous mes problèmes merdiques. Tu n'étais pas obligé.

— Ne dis pas ça, répond Garrett d'une voix calme, et il me regarde affectueusement. Ne t'excuse pas d'avoir eu besoin d'aide. Tu étais mal, et moi, j'étais là. Tu ne me dois rien.

— Je sais. – Je me renfrogne, l'esprit confus. – Ce que je veux dire, c'est que ça m'a touchée. Tout le monde ne l'aurait pas fait.

Garrett hausse les épaules avec modestie, mais il ne se rend pas compte : personne d'autre ne se serait interposé pour me protéger comme ça. Et il n'y a pas une seule personne non plus à qui j'aurais pu me confier comme je l'ai fait avec lui, qui m'aurait écoutée comme lui, sans me montrer de mépris, sans me juger, en me tendant la main dans un passage si sombre.

— Je suis sérieuse, j'insiste. Tu as été trop bien avec moi.

— Stop, dit-il en se levant d'un bond. Je ne peux plus t'écouter dire toutes ces choses gentilles sur moi.

— Mais Garrett…

— Non, m'interrompt-il. Ce n'est pas juste, pas après… – Il me tourne le dos, et quand il revient vers moi, son visage exprime une profonde torture. – Je te dois des excuses.

— Pour quoi ?

— Pour avoir profité de toi, hier soir, répond Garrett, le regard plein de regret. Tu souffrais, tu étais vulnérable. Tu m'as fait confiance et je n'ai pas assuré.

Quoi ?

— Mais non ! je m'exclame et je traverse d'un bond le porche. Garrett, écoute-moi. Tu n'as rien fait de mal, voyons.

— Bien sûr que si. Et tu le sais. Je n'arrive pas à croire que je me sois comporté comme ça, aussi nul… Il se détourne, l'air désemparé.

Je sens la piqûre acide du rejet, mais je tiens bon. Je ne comprends pas qu'il se reproche ce baiser, on le sait tous les deux, c'est moi qui ai commencé, moi qui ai pressé mes lèvres contre les siennes, le provoquant jusqu'à ce qu'il finisse par répondre.

Il pense que ce que nous avons fait est mal, nocif. Une erreur.

Il ne réalise pas que c'est la seule chose bien que j'ai faite depuis des années.

— Oui, eh bien moi, je ne regrette pas !

Ma voix retentit avec éclat sous le porche.

Le dos toujours tourné, Garrett se raidit.

— J'avais envie de t'embrasser, je clame haut et fort. C'était peut-être un coup de tête complètement fou, mais j'en ai eu envie. Je l'ai *voulu*. Si tu savais, il y a si longtemps que je n'avais eu envie de quelque chose. Si longtemps que je n'avais ressenti quelque chose...

Lentement, Garrett se retourne pour me regarder. Il semble sur ses gardes, comme s'il hésitait entre me croire ou pas.

— Tu peux être désolé si tu veux, j'enchaîne sur le ton du défi. Tu peux penser que c'était une erreur, et préférer oublier, ça te regarde. Mais moi, je n'ai pas honte, et je ne suis pas désolée. Je ne veux pas l'effacer.

Je ne crois pas avoir jamais été aussi honnête de toute ma vie : dire simplement ce que j'ai sur le cœur, affirmer une vérité sans me demander comment ce sera interprété, ou si ça en dit trop sur moi ou si je vais passer pour une folle.

Un tout petit pas, mais qui compte pour moi. Qui compte plus que tout, peut-être même plus que sa réponse.

Et je reste là, le cœur battant, à attendre. Finalement, Garrett hoche la tête.

— OK.

OK ?

Je suis prise de vertiges. Qu'est-ce que ça veut dire ? Qu'il regrette toujours ? Qu'il accepte que je ne sois pas désolée ? Je l'observe, en quête du moindre indice de son état d'esprit, mais le visage de Garrett ne laisse rien transparaître. Il s'adosse à la rambarde, tendu.

— Bien, que vas-tu faire maintenant ? demande-t-il avec détachement, mais le message est clair : on ne parle plus de ce baiser. Quoi qu'il se soit passé la nuit dernière, c'est derrière nous.

Fin de la discussion.

Je rame, tentant de me reprendre.

— Tu veux dire ici, à Beachwood ? je demande.

— Est-ce que tu comptes rester dans le coin ?

Il y a de la réticence dans sa voix, c'est évident. Je vois bien qu'il n'a pas envie que je m'éternise dans les environs, et un sentiment de déception m'envahit, mais je m'applique à garder mon calme tout neuf.

— Je vais rester, je déclare, et la lueur de surprise dans ses yeux ne m'échappe pas. J'ai besoin de temps et de tranquillité pour faire le point. Savoir comment je vais pouvoir me rapprocher de Juliet, ce que je vais faire de ma vie. Et c'est ici que je veux réfléchir à tout ça.

Garrett acquiesce d'un signe de tête.

— J'imagine que dans ce cas tu es la bienvenue...

Il regarde dans le vague, le visage toujours crispé, et je réalise que je n'ai pas pensé à ce détail. Comment vais-je pouvoir dormir sous le même toit que lui ? Le croiser, matin et soir ?

Tomber sur lui dans la salle de bains, à moitié nu, l'eau dégoulinant sur son corps...

Oh pitié. Rien que d'y penser, je me sens rougir. Chaque heure de chaque jour, je serai soumise à la tentation permanente de sa belle bouche, et pire encore, en sachant qu'il considère que notre baiser a été une erreur.

C'est impossible.

— Je pourrais emménager dans le studio, au-dessus du bar, je propose, une idée subite comme ça, et qui me paraît soudain la solution rêvée quand je l'énonce à haute voix.

Yes !

— Je sais, tu m'as dit que la plomberie était dans un triste état, j'ajoute, pleine d'espoir, et je sens mon moral qui remonte. Mais je peux faire venir quelqu'un pour réparer, ça m'est égal.

Je suis prête à tout pour surtout m'empêcher de penser jour après jour à l'envie que j'ai de l'embrasser encore, en sachant jour après jour que lui s'en fiche complètement.

— À ce sujet, bredouille Garrett, l'air penaud, je, euh, bref, j'ai peut-être un peu déformé la vérité. En fait, la plomberie fonctionne, c'est juste que je préfère squatter ici. J'aime bien cet endroit, ajoute-t-il comme pour s'excuser.

J'éclate de rire et l'atmosphère se détend.

— Pas de problème, je ne te dénoncerai pas, je le rassure. Aussi longtemps que tu seras d'accord pour que j'aille habiter là-bas.

— Bien sûr ! s'exclame Garrett, me laissant à peine finir ma phrase. Si tu as besoin d'aide, viens me trouver. C'est un peu crade, tu verras. C'est Emerson qui vivait là-bas avant moi, et on ne s'est jamais vraiment préoccupé de déco.

— Une sorte de garçonnière, j'imagine… – Et j'affiche un sourire, cherchant à le rassurer : ce n'est pas parce que je reste à Beachwood qu'il faut en faire toute une histoire. – Ne t'en fais pas, je ne vais pas t'embêter. J'ai des tas de choses qui vont m'occuper l'esprit.

— Hé, s'adoucit Garrett, avec ce regard familier, amical, un brin moqueur. En cas de besoin, je suis là. Tu n'auras qu'à demander.

Je laisse échapper un soupir. J'ai un endroit où me réfugier, aussi longtemps que je voudrais, et un ami pour m'aider. Même si mon cœur continue de vibrer après un baiser qu'il refuse de réitérer.

Ce n'est pas énorme, mais ce n'est pas rien. Avec ça, je peux me débrouiller.

— Et si on commençait par emballer mes affaires ?

Chapitre onze
Garrett

Cette fille, c'est une bombe à retardement.

Une semaine que Carina a décidé de rester en ville, et je suis tellement tendu que je vais finir par craquer. J'essaie d'ignorer cette bizarre alchimie entre nous, en faisant comme si elle n'existait pas, comme si elle allait juste se dissiper, mais c'est de pire en pire. Depuis ce baiser, je ne pense qu'à elle, j'ai tellement envie d'elle, chaque seconde de chaque jour.

C'est fou. J'ai embrassé des centaines de filles, sans y prêter la moindre attention. Pour moi, ça a toujours été un préliminaire avant le grand saut. Comme un compte à rebours, jusqu'à ce que j'arrive à amener les choses à l'étape suivante, le genre d'étape où il y a moins de fringues et plus de soupirs.

Mais embrasser Carina…

C'est comme si plus rien d'autre n'existait. La souplesse de ses lèvres, leur douceur, et cet improbable soupir qu'elle a eu quand elle a enroulé ses bras autour de moi. Le contact de son corps, si tendre, si chaud sous mes mains…

J'aurais pu l'embrasser comme ça indéfiniment, rien qu'elle et moi sous les étoiles. Et magie de ce moment, mon passé semble s'être évanoui dans les profondeurs de ma mémoire. Plus de douleur, de chagrin, de regrets amers. Rien qu'elle. La douceur de son baiser, le désir qui palpite juste sous la surface.

Bon sang, c'était une vraie révélation.

La goûter, la caresser. Je n'ai jamais échangé un baiser comme ça, et je veux recommencer.

Mais il ne faut pas.

C'est ce que je me dis, chaque fois que je capte l'éclat de ces yeux bleus, que je la vois humecter ses lèvres d'une absolue perfection. Il ne faut pas. Ce qui est arrivé entre nous sur cette jetée était une erreur. Elle souffre, elle est fragile. Et merde, après tout ce qu'elle a traversé, il n'est pas étonnant qu'elle soit en quête d'un peu de réconfort dans les bras du premier venu.

Cela ne veut pas dire qu'elle me veuille, moi, elle est juste traumatisée par son histoire. Je serais le dernier des salauds si je profitais d'elle, alors je garde mes distances, et je fais comme si rien n'avait changé. Je l'aide à s'installer dans l'appart au-dessus du bar, je répare quelques trucs pour elle, et le soir venu je rentre à la maison, seul. C'est une amie, rien de plus. Pourtant, j'ai beau me répéter des centaines de fois qu'elle n'est pas en état pour s'engager dans quelque chose, qui plus est avec un paumé comme moi, je ne peux ignorer la vérité.

J'ai envie d'elle comme un mec qui se noie a besoin d'air.

— Quelle gueule tu tires aujourd'hui, monsieur Rayon de soleil ! s'exclame Brit en se hissant sur un tabouret, le dimanche matin.

J'ai décidé d'ouvrir tôt, le week-end, en proposant des petits-déjeuners sur la terrasse de derrière, mais ça ne fait pas le buzz apparemment, les clients ne se bousculent pas.

— Qu'est-ce qui t'arrive ? demande Brit avec un large sourire. Quelqu'un t'a dit que le plaid était démodé ?

— Lâche-moi, tu veux ? je marmonne. J'ai passé la nuit dernière en compagnie d'une bouteille de whisky, croyant qu'une cuite effacerait Carina de mon esprit. Tu parles d'un plan. Je me suis réveillé avec la gueule de bois, et seul dans mon lit. Et maintenant, je m'affaire dans le bar, prêt à étriper le premier qui me regardera de travers.

— Du calme, cow-boy, sourcille Brit. Qu'est-ce qui se passe ?

— Rien, je réponds, en inspirant un bon coup. Je suis juste… stressé.

— C'est miss Princesse qui te fait des misères ? demande Brit en faisant la moue. Elle lève les yeux en direction de l'étage supérieur, où Carina s'agite pour redécorer le studio.

— Ne l'appelle pas comme ça, je dis d'un ton crispé.

— Pourquoi ? Franchement, je peux pas croire que tu l'aies laissée s'installer, dit Brit en baissant la voix. Jamais je n'aurais cru qu'elle viendrait ici. Ils construisent une nouvelle aile dans sa villa de rêve ?

Le mépris affleure dans sa voix, et ça me hérisse le poil.

— Arrête, je te dis, je réplique. Tu ne peux pas la laisser tranquille un peu ?

Brit me regarde, les yeux ronds.

— Tu la défends ?

— Pas du tout, je mens, en m'efforçant de mettre ma mauvaise humeur en sourdine. Ce que je dis, c'est que tu ne la connais pas, c'est tout.

— Je connais Juliet, proteste Brit. Et c'est déjà pas mal. Elles ne s'adressent quasiment pas la parole, tu le savais ? C'est tout juste si Carina a daigné se montrer au mariage.

— Et alors, ça ne te regarde pas, je marmonne.

J'ai les mains liées, impossible d'expliquer à Brit ce qui se passe avec Carina sans trahir sa confiance, mais je ne supporte pas d'entendre Brit parler d'elle comme ça.

— On ne sait rien de leur histoire après tout, alors si tu arrêtais de la juger et si tu lui donnais une chance, non… ?

Brit plisse les yeux, mais elle ne bronche pas et fait mine de tirer une fermeture éclair sur sa bouche.

— À vos ordres, chef, le sujet est clos.

— Merci, je soupire, en tentant de chasser Carina de mes pensées. Et toi, comment ça va ? je change de sujet. Tu les as finis, ces croquis ?

— Tout juste, répond Brit avec un regard en coin, mais elle n'insiste pas. Je les ai expédiés et j'ai rendez-vous la semaine prochaine pour les présenter en personne.

— Tout se passera bien, je lui dis. Tu vas les épater.

Soudain, on entend un boucan de tous les diables, au-dessus de notre tête. Nous levons les yeux.

— Elle redécore l'appart, ou elle casse tout ? murmure Brit.

Et de nouveau un bruit, comme un truc qui s'écrase, et juste après, un cri perçant. Je me rue dans le couloir.

— Carina ? j'appelle, en grimpant les marches quatre à quatre. Ça va ?

Je m'engouffre dans l'appart et regarde autour de moi. La radio joue à fond, un morceau de country, et c'est le fouillis, des cartons partout dans la pièce principale, mais aucun signe d'elle. Je m'élance vers la cuisine, paniqué, et ce que je vois me cloue sur place.

Carina est en train de repeindre les murs, habillée d'un minuscule short en jean, le genre qui devrait être interdit par la décence, et d'un vieux T-shirt noué sur son ventre plat et bronzé. Sa peau est maculée de peinture, ses cheveux ramenés en un chignon approximatif. Et elle chante, comme si elle était seule au monde.

« Loin comme un train qui s'en va, loin comme le passé ! ». Elle a une voix étonnante, cristalline, pure. Elle lève le bras pour passer son pinceau au mur, et remue les fesses en rythme.

Un concentré d'énergie et de lumière, de vie et de joie. Rien qu'à la regarder, mon cœur s'envole. C'est un monde, une galaxie par rapport à la fille brisée, tendue, qui s'est pointée à la maison, une semaine plus tôt.

« Loin comme un… » Carina s'arrête net en m'apercevant.

— Garrett ! – Elle rougit, abaisse son pinceau. – Hé, hmm, salut. Je ne t'avais pas entendu monter.

— Désolé…, je toussote.

Qu'est-ce qu'elle est belle, comme ça, toute gênée, libre, les joues roses.

Exactement comme quand tu l'as embrassée.

Une pointe de désir me traverse. J'ai envie de l'attraper, de la plaquer contre ce mur et juste de la prendre. Comme ça. De lui arracher ses vêtements, de couvrir de peinture sa peau nue…

— Garrett ?

Je retombe brutalement sur Terre. Carina me dévisage, attend. On reste là un moment, les yeux dans les yeux, et j'en suis sûr, je vois le désir sur son visage, ses pupilles se dilatent, ses lèvres s'entrouvrent.

Oh My God.

C'est une guerre qui fait rage en moi, à la limite du supportable. Elle n'est qu'à quelques mètres, à portée de main. Je pourrais faire de mes fantasmes une réalité, lui montrer le plaisir qui hante mes rêves.

Et après ? me nargue la voix de la raison. *Tu ne vaudrais pas mieux que les autres.*

Je m'éclaircis la gorge.

— Oh, oui, hmm, j'ai entendu un bruit…

— Pardon. – Carina se mordille la lèvre et, que je sois maudit, une nouvelle salve de désir me transperce. – C'est à cause des meubles de rangement. Ils tenaient à peine debout, alors j'ai préféré carrément les démonter.

Je regarde les planches entassées dans un coin.

— Appelle-moi pour ce genre de truc. Tu pourrais te blesser.

— Je vais bien, dit Carina en riant. Et même ça me plaît. Ça me permet d'évacuer toute cette tension, tu vois ?

Je vois. Je pourrais lui être d'une certaine utilité, contre cette tension, je connais un million d'endroits par où commencer. Contre ce mur, par terre, sur le comptoir de la cuisine…

— Tu n'as qu'à m'appeler, je réussis à articuler, en me détournant brusquement, avant qu'elle ne puisse voir l'effet qu'elle a sur mon corps. Tu le sais, je suis en bas.

Et je m'en vais, avant de risquer de faire quelque chose que je regretterais.

De retour au rez-de-chaussée, je me réfugie dans mon bureau et j'attends que ce désir furieux se calme en moi. J'arpente nerveusement la petite pièce, mais tout ce que je vois, c'est Carina, si proche, et inaccessible.

Elle n'a même pas idée de l'effet qu'elle me fait.

Au comble de la frustration, je balance d'un coup tout ce qu'il y a sur mon bureau, la paperasse, les bouteilles vides, tout valdingue sur le sol. Et dans la foulée, je m'empare de mon téléphone et je déroule mon répertoire, parcours rapidement les filles dans ma liste de contacts. Je pourrais appeler n'importe laquelle, là tout de suite, et me retrouver dans un lit en moins de vingt minutes, et oublier Carina et ses yeux bleus, apaiser ce désir qui me ronge avec quelqu'un qui ne demanderait pas mieux.

Mais je ne peux pas.

Alors je pose mon téléphone et m'enfonce dans mon fauteuil avec un soupir.

Je n'ai pas envie d'une autre fille, qui ne serait qu'un éphémère soulagement de tous mes désirs et mes frustrations. Je veux Carina, je ne veux qu'elle, et pourtant je sais bien que cela ne ferait que m'attirer des problèmes.

Ce n'est pas seulement ce baiser qui a tout changé pour moi, c'est tout ce que nous avons partagé sur la jetée. Quand je lui ai juré que je prendrais soin d'elle, je le pensais. Je l'ai vue, au-delà du masque, derrière le vernis et l'agressivité, oui j'ai vu une belle âme, meurtrie. Elle s'est dévoilée entièrement à moi, la nuit dernière. Elle a trouvé le courage de me regarder dans les yeux et d'étaler devant moi ses plus noirs secrets et ses peurs, et que je sois maudit si son courage ne m'a pas touché en plein cœur.

Je n'ai jamais rencontré quelqu'un comme elle, pas même approché. Sur les décombres de son passé, elle tente de reconstruire sa vie, pierre après pierre, et ça m'est difficile de l'expliquer, ce n'est même pas rationnel, mais je le sais, je suis prêt à tout pour la protéger maintenant, peu importe le prix.

Oui, tout a changé. J'ai beau prétendre officiellement que nous ne sommes pas différents de ce que nous étions, sous la surface, c'est une autre histoire. C'est comme si j'avais soudain développé un radar détectant sa présence, percevant le moindre de ses mouvements, sans même m'en rendre compte, qui m'avertit si elle s'approche. Si elle sourit ou si elle est triste. Si je peux faire quelque chose, n'importe quoi pour chasser les ombres de ces beaux yeux et ramener le rire sur ses lèvres.

Quand je lui ai promis de la protéger, j'étais sérieux. Ce qui signifie que je ne peux pas la trahir avec mes instincts de base, un désir dont elle ne se doute même pas.

Je dois être un mec bien, pour elle. Elle a eu son compte de trous du cul égoïstes, des types qui se sont servis d'elle sans vergogne. Et je ne suis pas l'un de ces hommes, et cette simple pensée me rend malade.

Je ne peux pas l'avoir, mais je ne veux personne d'autre.

Résultat, je suis dans l'impasse. Une fois de plus.

J'inspire et souffle un coup, et je me dirige vers le bar. Il n'y a toujours pas un chat, personne sauf Brit accrochée au bar et deux types du coin qui consultent le menu du petit-déjeuner. Sauf qu'ils ont commandé des gaufres, et rien d'autre depuis près d'une heure.

J'attrape un carnet et implore en silence le dieu des bistrots. Ma vie privée peut partir en vrille, mais pas question de laisser mon business se casser la figure.

— Tu sais que ça va être la Nuit du Sport ? me lance Brit, un peu plus tard dans la journée. – Les affaires n'ont toujours pas décollé, et je me creuse la tête à essayer de trouver l'idée qui va sauver mon bar. – Tu pourrais installer de grands écrans et proposer des grillades et de la bière. Les gens adorent ce genre de truc.

— Je n'ai pas les moyens d'investir, je remarque. Et puis, il y a un café des sports, à Lawrenceville. Je ne peux pas lutter.

— Ce qu'il te faut pour te développer, ce sont des idées qui ne te coûtent pas cher pour changer ton image, résonne la voix de Carina, dans le couloir.

Je me retourne, et j'ai un coup au cœur. Elle est canon : ses cheveux tombent en cascades brillantes, et elle porte cette petite robe moulante rose qui colle à son corps svelte, et qui tient comme par miracle, par un simple nœud.

Je me demande, si je tirais sur le cordon du nœud, est-ce que toute sa robe tomberait à ses pieds ?

— Qu'est-ce que tu dis ? demande Brit, m'arrachant à mes fantasmes quasi porno.

— Le bar, répond Carina en venant vers nous. Cet endroit a du potentiel, il faudrait juste définir la bonne cible sur le marché...

Elle tend la main et désigne mon carnet. Je le lui passe. Elle l'ouvre, l'air songeur.

— Tu t'y prends mal, décrète-t-elle.

— Et qu'est-ce qui te permet de dire ça ? rétorque Brit, glaciale, malgré mon regard menaçant.

— C'est mon job, explique Carina. Le marketing, la publicité, l'événementiel... C'est mon domaine... – Elle se tourne vers moi. – Ce qui importe, c'est de bien cibler ton argument de vente.

— Mon quoi ? je répète, sceptique, un peu déstabilisé par cette nouvelle facette de Carina, professionnelle et sûre d'elle.

— Pour quelle raison les gens viennent-ils ici ? me demande-t-elle. Pas pour le sport, ni pour la carte des cocktails.

— Je ne sais pas.

Je respire quelques effluves de son parfum, et c'est le trou noir. Je bafouille pour dire quelque chose.

— Parce que... c'est un endroit familier.

— Ce bistrot existe depuis toujours, ajoute Brit. On ne peut aller nulle part ailleurs, quand on veut boire un verre en ville.

— Exact ! s'exclame Carina, tout sourire. En tant que bar du coin, cet endroit a une histoire. Tu dois jouer là-dessus. Le menu du petit-déjeuner par exemple, ça ne va pas, explique-t-elle. Si les gens ont envie de gaufres, ils vont chez Mrs Olson. Les clients viennent ici chercher de l'authentique, du brut. Ce qu'ils veulent, c'est de la bière et des cacahouètes. Il te suffirait de rendre le local un peu plus attractif, pour toucher un public plus large.

— Et comment je fais ça ? je demande en la fixant du regard.

— La salle est grande, répond Carina en regardant autour d'elle. Exploite cet atout. Pourquoi pas une soirée musique ? Tu pourrais faire venir des groupes, organiser un événement. Comme le dit Brit, il n'y a nulle part ailleurs où aller, alors si tu organises un spectacle, les gens viendront de partout.

— Et combien ça va me coûter ? je demande après réflexion. Mon budget est plutôt limité.

Carina éclate de rire.

— Des musiciens en quête de reconnaissance qui joueraient pour une bière, tu en trouveras, crois-moi. Tout ce dont tu as besoin, c'est d'emprunter une sono, quant à la publicité, je m'en charge. Pourquoi pas la semaine prochaine, vendredi ?

— Euh, bien sûr, je réponds, un peu sonné par son énergie. Elle note quelque chose sur son téléphone, tout en dégainant un sourire éclatant.

— Je peux aller chercher des flyers en ville aujourd'hui, et on démarchera des groupes. Demande autour de toi. Et toi aussi, dit-elle à Brit. Tu connais quelqu'un peut-être ?

— Je ne sais pas, répond Brit, sur ses gardes. Peut-être.

— Et si ça marche, au bout d'un moment, tu pourrais en faire un rendez-vous mensuel, ajoute Carina. Comme ça, tu installes la manifestation dans la durée. Mais dès le premier soir, le bouche-à-oreille va fonctionner.

Elle me rend mon carnet avec un sourire.

— Préviens-moi quand tu auras trouvé les musiciens, je serai de retour ce soir.

Et elle s'en va, sa jupe tourbillonnant. Un moment, je suis distrait par le mouvement parfait de ses hanches, puis mon cerveau atterrit soudain.

– Attends, tu retournes en ville ? je demande. Je bondis de derrière mon comptoir et la rattrape à la porte.

– J'ai rendez-vous, une baby shower, répond-elle. Et je dois récupérer mes affaires.

Ses affaires ?

– Pas question, je proteste et c'est plus fort que moi, je me mets en travers de son chemin. Tu ne retournes pas là-bas !

– Garrett…

Carina me regarde, surprise.

– J'ai dit non, je l'interromps, aveuglé par mon instinct protecteur. Tu ne remettras pas les pieds dans cette maison. Pas sans moi.

Dans ses yeux, je le vois, elle finit par comprendre.

– Tout va bien, Alex sera au bureau à cette heure-là, me rassure-t-elle, en posant gentiment sa main sur mon bras.

Ses doigts déclenchent un feu d'artifices en moi. Mais je ne me laisserai pas distraire. Cela ne fait que renforcer ma détermination.

– Je m'en moque, j'insiste. Tu ne peux pas retourner là-bas seule. Je viens avec toi, je décide sur le champ. Je vais fermer et t'emmener.

– Garrett, non ! s'exclame Carina, et elle fait un pas vers moi. Écoute, c'est gentil de me le proposer, mais je n'ai pas besoin d'un garde du corps. Tout se passera bien !

– Qu'est-ce que tu en sais ? je réponds, les dents serrées.

Elle me fusille du regard, et à ce moment je m'en veux de lui rappeler tout ça. Mais je n'y peux rien, il faut qu'elle comprenne, elle n'est en sécurité nulle part, avec ce salaud.

— Il ne sera pas là, répète Carina. Et tu ne viens pas.

— Et si je ne te laisse pas le choix ? je réplique. Elle me fixe, mâchoires serrées, têtue, mais je m'en fiche. Pour la protéger, l'empêcher de souffrir une fois de plus, je suis prêt à la jeter comme un sac sur mon épaule et à l'enfermer à double tour dans ce fichu appartement.

Nous nous affrontons, aucun ne veut céder. Puis Carina soupire.

— Garrett… – Elle baisse la voix, s'adoucit, son regard se fait suppliant. – Ce n'est pas ton combat. Je dois faire ça, moi-même. Tout ira bien, je te le promets. Mais si ça te rassure, je demanderai à une amie de m'accompagner, ajoute-t-elle.

Je reste planté là, partagé. Je ne supporte pas l'idée qu'elle retourne là-bas, mais je le vois dans ses yeux, elle ne cédera pas.

— Tu promets ? je demande, encore tendu.

— Je te le promets, répète Carina avec un sourire nerveux. Et je t'appellerai s'il se passe quoi que ce soit. OK ?

Non, ce n'est pas OK, mais pas du tout, mais je comprends que Carina n'en démordra pas.

— D'accord, je parviens à articuler. Mais si tu as besoin de moi…

— Tu viendras. Je sais. Merci…

Carina me lance un nouveau sourire, puis elle se hisse sur la pointe des pieds et dépose un baiser sur ma joue.

— Tu es un véritable ami, me chuchote-t-elle, avant de sortir au soleil dans un froufrou de soie rose.

Je respire profondément, troublé par le contact de ses lèvres sur ma peau.

Quand je reviens au comptoir, Brit m'observe avec des yeux de chat.

— Tu as perdu la tête ou quoi ? m'interpelle-t-elle.

— Qu'est-ce que tu veux dire ? je réponds avec un haussement d'épaules en évitant son regard.

— Tu sais parfaitement ce que je veux dire, répond Brit en désignant la porte d'un coup de menton. Tu n'es pas sérieux, voyons. Tu cherches les problèmes.

— Je ne cherche rien du tout, je réponds, même si je le sais au fond de moi, Brit a raison. – Je me reprends, et frime, comme si ça ne me rendait pas juste fou de laisser Carina partir. – Bon, tu vas rester assise là longtemps à raconter des conneries, ou tu comptes m'aider à trouver un groupe pour cette soirée musique ?

Brit affiche un sourire en coin, pas dupe une seconde.

— Des tas de problèmes…

Chapitre douze
Carina

N'oublie pas, si tu as besoin de moi, je suis là…

Je lis le texto puis je lance mon téléphone sur le siège passager avec un soupir de frustration. Je monte la radio à fond et sors de la ville à toute vitesse, cheveux au vent, mais c'est toujours la plus grande confusion, dans ma tête, chaque fois que je pense à lui.

Garrett.

Je devrais me réjouir : après tant de péripéties, nous sommes finalement parvenus à un certain équilibre. Je lui fais un signe de la main le matin, quand je fais mon jogging, et qu'il boit son café sous le porche. Parfois, le soir, il passe à l'appartement pour m'aider à la peinture, il apporte de quoi manger, me taquine sur mon choix de couleurs et « ce talent qu'ont les nanas » pour la déco. Un soir ou deux, je suis descendue, j'ai dîné avec lui au comptoir où il tue le temps entre chaque client.

C'est platonique, stable. Comme s'il était mon grand frère, chargé de veiller sur ma sécurité.

Sauf que je le sais, il n'y avait rien de fraternel, dans notre baiser.

Je soupire, me laissant aspirer par les souvenirs brûlants. Encore maintenant, je me réveille en sueur au milieu de la nuit, en proie au désir, je sens ses mains autour de ma taille, et le goût de sa bouche sur la mienne. Sans tabou ni réalité à quoi se raccrocher, après minuit, mon subconscient s'envole, me propulse dans des rêves si scandaleusement explicites que j'en rougis rien qu'à le regarder, le lendemain.

Je me dis que tout ça c'est de la fiction, que c'est juste mon cerveau qui s'emballe comme un fou dans le sommeil, que c'est le feu du désir qui me consume, pour la première fois de ma vie. Mais toutes les explications et la logique du monde n'y changent rien.

Je continue à me réveiller mouillée et à avoir envie de lui.

Je continue, dès que je pose les yeux sur ses yeux bleus, à rêver de sentir son corps bouger doucement contre le mien.

POUÊT !

Un bruit de klaxon me fait sursauter. Je reviens à la réalité d'un coup quand une voiture me dépasse à toute vitesse. Le conducteur brandit le poing et me fait un doigt d'honneur. Je baisse les yeux sur le compteur. Sans m'en rendre compte, j'ai ralenti, je roule à 40 km/h, presque au milieu de la route.

Bravo, Carina, je me secoue. *Vingt-six ans, et tu te retrouves à rêver tout éveillée comme une ado surexcitée. Concentre-toi sur la route si tu ne veux pas finir dans le fossé !*

Je reporte mes pensées sur ce qui m'attend. C'est la première fois que je reviens dans ma vie d'avant depuis que j'ai fui la maison en pleine nuit, comme une fugitive. Un frisson de nervosité me parcourt alors que Beachwood

Bay rapetisse dans mon rétro, à mesure que je me rapproche de tout ce que j'ai laissé derrière moi.

Je ne sais que penser. Je ne peux pas continuer à me cacher indéfiniment, même dans mon nouvel appart, au-dessus du bar. Je voudrais que mon passé s'efface comme par magie, mais trop de choses m'en empêchent, les gens, la vie. Mes vieilles copines m'assaillent en permanence de textos impatients pour me demander quand je rentre de ma soi-disant escapade dans un spa. Et puis, il y a le simple fait que je doive faire mes valises pour de bon, cette fois : j'ai juste emporté quelques fringues quand je suis partie, et malgré l'antique lave-linge séchant de l'appart, j'ai besoin de récupérer ma bonne vieille garde-robe et mes affaires de toilette. Je me suis dit que la baby shower de Suzie était le moment idéal pour affronter mon passé et tourner la page pour de bon, mais maintenant que je suis en route, mon instinct me hurle de faire demi-tour et de rebrousser chemin.

De rentrer à Beachwood, retrouver la sécurité de mon petit studio. De retourner à mes journées sans maquillage ni sèche-cheveux. De courir me cacher, loin du monde.

Auprès de Garrett.

Au moment où je m'engage dans l'allée qui mène à mon ancienne maison, j'ai l'estomac noué. Elle semble curieusement plus imposante que lorsque j'en suis partie : une énorme structure de pierre brute et de bois qui se dresse au-dessus de moi. La pelouse devant la maison est parfaitement taillée, partout on entend des bruits de tondeuses et de souffleurs de feuilles, une vraie ruche.

L'espace de quelques secondes, c'est comme si ces dix derniers jours n'avaient jamais existé. Rien n'a changé.

Rien, sauf toi, je me rappelle.

L'allée est déserte, il y a juste la vieille Honda de la bonne dans le garage, aussi je prends mon courage à deux mains et pousse la porte d'entrée.

– *Hello ?*

Je pénètre précautionneusement dans le hall, envahie par le début d'un frisson de panique. Je sais, j'ai menti à Garrett en lui disant que je me ferais accompagner par une amie. Il ne faisait que s'inquiéter pour moi, mais ça me semblait un peu exagéré d'avoir besoin d'une escorte pour retourner dans ma propre maison. Mais à présent que je suis là, je me rends compte que c'était vraiment une mauvaise idée de débarquer comme ça à l'improviste. Si Alex est là…

Un silence absolu règne dans la maison. S'il était là, son attaché-case se trouverait sur le fauteuil, dans l'entrée, son portefeuille et ses clés seraient sur la console. Mais aucun signe de lui.

Je laisse échapper un soupir de soulagement.

Je vais récupérer des cartons de déménagement dans le débarras et les emporte à l'étage, dans la chambre. Je commence par mon armoire, puis m'occupe de la salle de bain, de mes chaussures, de tout un tas de trucs. Je mets en boîte tous les attributs de mon ancienne vie.

Je croyais que je serais folle de joie de retrouver mes affaires, mais je suis plutôt accablée par la superficialité de ma vie. Tout cet argent dépensé en vêtements de marque, tout ce temps perdu à courir après la parfaite paire d'escarpins, ou cette robe bleu marine que je n'ai portée qu'une fois. Tout en remplissant les cartons d'affaires que j'ai à peine touchées en plusieurs mois, je me demande ce que je vais faire de tout cela maintenant. Et si ça va même entrer dans la minuscule armoire de mon nouvel appartement.

Puis je me tourne vers la table de chevet, et je découvre le mot posé dessus.

Je me fige.

C'est un mot écrit à la main, couvert de l'écriture d'Alexander, masculine, énergique.

Ils ont besoin de moi à Berlin pour les deux prochaines semaines. Ça peut durer plus longtemps. Nous parlerons à mon retour.

Je repose le mot, et soudain tout devient clair. Voilà pourquoi je n'ai eu aucune nouvelle de lui : il est à l'étranger. Il m'a mise de côté, comme quelque chose qui dérange et dont il s'occupera plus tard, quand il en aura le temps. Il était persuadé que je reviendrais, et que je serais là à l'attendre.

Il ne sait pas que c'est fini.

Je réprime un nouveau sursaut de panique à la perspective de la bataille qui devra encore se jouer.

Tu vas y arriver, Carina. Tu es assez forte pour le quitter.

La petite voix résonne, inattendue. Pas la voix cruelle, sarcastique de mes peurs, mais quelque chose de plus calme, de plus fort. Une voix qui ressemble un peu trop à celle de Garrett, c'en est louche.

Tu sais que c'est ce qu'il faut faire, continue la voix, apaisante. *Écoute ton instinct.*

Et ça marche. Je prends ma respiration, m'efforce de réfléchir posément. Lorsqu'Alex sera de retour et qu'il verra mes affaires emballées, il comprendra que c'est terminé. Il aura beau avoir retardé l'inévitable, il n'y échappera pas.

Je ne reviendrai pas en arrière.

En bas, je fais entrer les déménageurs que j'avais réservés, et je leur montre les cartons entassés dans le hall.

— Livraison à... Beachwood Bay ? demande l'un des types en consultant son bloc.

J'acquiesce d'un signe de tête, puis je les regarde charger mes affaires dans le camion, mes manteaux, mon service en porcelaine, mes skis et mon masque de plongée. Mais qu'est-ce que je vais bien pouvoir faire de tout ça ?

Soudain, j'ai une illumination.

— Non, une minute ! je m'écrie. Changement de plan. Vous allez livrer ces cartons-là à la Croix Rouge.

Le type se renfrogne.

— Vous êtes sûre, madame ?

— Oui ! je m'exclame, le cœur battant. Ne mettez que ceux-là dans la voiture. Le reste, emportez-le.

Je le vois échanger un regard avec son collègue, puis il hausse les épaules.

— Comme vous voudrez…

Ils reprennent le chargement, et moins de vingt minutes plus tard, le camion s'en va. Avec presque tout ce que j'ai jamais possédé.

Mais qu'est-ce que j'ai fait ?

Je devrais être consternée de tout voir disparaître comme ça, mais au contraire, je ressens une bouffée d'adrénaline, une vague de soulagement déferle dans mes veines. Voilà, tout est parti, c'est fini. Dans ma voiture, mes vêtements préférés et quelques objets dont je refuse de me séparer, les photos de famille. Le reste ? Ce n'est plus mon problème.

À ce moment, je suis prise d'un fou rire. Je suis complètement folle de m'en aller comme ça, sans rien ou presque. J'aurais pu vendre mes affaires, et utiliser l'argent pour commencer ma nouvelle vie.

Sauf que ç'aurait été un faux départ.

Ce que je veux, c'est un nouveau départ, et je suis libre maintenant de tous ces objets qui ne faisaient que me retenir, me peser.

Il reste encore une chose.

Lentement, je retire de mon doigt la bague de fiançailles. Elle scintille de mille feux, pleine de promesses. J'adore ce bijou. C'est moi qui l'ai choisi, mais plus que la taille et la limpidité du diamant, j'aimais ce qu'il représentait. Quelqu'un m'avait choisie, pour partager sa vie. J'appartenais à quelqu'un.

Mais tu appartiens à quelqu'un, je me rappelle. À toi.

J'abandonne la bague sur la console dans l'entrée, et referme la porte derrière moi quand je sors. La fin d'une vie.

Et le début d'autre chose, entièrement nouveau.

— Oh, mon Dieu, Carina, tu es venue !

Des cris d'excitation m'accueillent quand je passe la porte du loft de Suzie, en plein centre-ville.

— Oh, mais regarde-toi, tu es divine !

— Toi aussi, je souris, en la serrant entre mes bras. Tu es rayonnante !

Et c'est vrai. Six mois de grossesse, son ventre est tout rebondi maintenant, et je ressens une pointe d'envie en la voyant si radieuse et si enthousiaste.

— Oh, mais non, répond Suzie en balayant mon compliment avec un sourire suffisant. – Elle repousse une mèche de ses longs cheveux blonds et laisse échapper un soupir théâtral. – Il faut bien que j'en retire quelques avantages, avec cette chose qui m'oblige à courir aux toilettes vingt fois par jour et qui gigote toute la nuit. Tu verras, quand ce sera votre tour, à Alexander et toi, ajoute-t-elle en m'entraînant dans le salon sans me laisser le temps de répondre. Les filles, regardez qui est là !

S'ensuit un concert de bonjours. L'ensemble de mon cercle social est là, toutes impeccables et resplendissantes, dispersées sur le canapé panoramique blanc crème de Suzie, dégustant des thés glacés. Je sens leurs yeux qui me scrutent, et immédiatement je me rappelle les règles avec ce genre de personnes. La façon dont chacune s'efforce toujours de paraître au top, la façon dont la moindre faiblesse est à chaque fois sanctionnée par un sourire et un regard de commisération.

Je me tiens bien droite, avec dans mes mains le cadeau que je suis allée chercher pour le bébé avant de venir. Je remercie en silence le ciel d'avoir fait un brushing ce matin et mis ma robe la plus chic et des escarpins.

— Salut tout le monde ! je lance en agitant la main et en décochant mon plus beau sourire. C'est super de vous revoir.

— Tu nous as manqué ! s'écrie Mindy qui a organisé ce déjeuner avec une main de fer, tout en se jetant sur moi tous seins dehors pour déposer des baisers qui, au lieu d'atterrir sur mes deux joues, restent suspendus en l'air. Oh, mais tu es tout à fait sublime !

— Il faut absolument que tu nous donnes l'adresse de ce spa, ajoute une autre de mes amies, Alexis. Tu as perdu quoi, allez cinq kilos ! Espèce de garce, ajoute-t-elle avec un sourire chaleureux. Je te taquine !

Je ris, cherchant quelque chose à dire. Je suppose que, comme secret minceur, il n'y a pas mieux que de voir toute sa vie réduite en cendres, mais quelque part, ce n'est pas vraiment une réussite.

— Je me sens très en forme, je réponds sagement. Oooh, c'est génial, ces petits fours…

Je dévie la conversation sur le décor, et la fête incroyable que Mindy a organisée, et bientôt, toutes se désintéressent de moi. Je m'éclipse pour déposer mon paquet cadeau sur la table basse et me dirige vers la cuisine, laissant la porte battante se refermer sur les rires haut perchés et les voix sirupeuses.

Je respire, déjà épuisée. Après le stress des cartons ce matin, je n'ai qu'une envie, rentrer tête baissée à Beachwood Bay, et me plonger dans un long bain chaud.

Et inviter Garrett à te rejoindre...

— On dirait que vous avez besoin d'un verre.

Je sursaute et me retourne. Une jeune femme que je ne reconnais pas se tient dos à la porte du cellier, comme si elle voulait se cacher. Elle doit avoir à peine plus de vingt ans, les cheveux roux tressés, et elle porte une sublime petite robe d'été bleu.

— Suzie a dit qu'il n'y aurait pas d'alcool, je réponds tristement. Si elle ne peut pas boire, nous non plus.

— Je sais, dit la jeune femme avec un sourire de conspirateur. Mais je viens juste de trouver cette bouteille de bourbon qui traînait là... – Elle brandit la bouteille en question. – J'ai décidé que c'était une intervention divine.

J'éclate de rire, lui tends mon verre vide qu'elle remplit généreusement, puis elle lève le sien.

— À la vôtre. Au fait, je m'appelle Alicia, elle ajoute.

— Carina. Alors, comment avez-vous fait la connaissance de Suzie ? je demande, heureuse d'avoir échappé pour un temps à l'interrogatoire des autres, dans le salon.

— Je partageais la chambre de sa sœur, à la fac, explique Alicia. On ne se voyait plus beaucoup, mais je suis tombée sur elles deux, la semaine dernière, et elle a insisté pour que je vienne. Et vous ?

— Nous sommes amies depuis de longues années, je réponds. – Puis j'hésite, ces mots sonnent tellement creux. – Enfin, nous l'étions, je rectifie.

Je ne sais plus qui sont mes amies. Je sais juste qu'aucune n'est venue à mon aide quand j'en avais besoin, tout ça par crainte des ragots et de ce qu'on pourrait dire dans mon dos.

Et cette idée me met mal à l'aise.

— Ah, vous êtes là ! s'exclame quelqu'un à la porte.

Mindy entre, nous prend toutes les deux par le bras et nous entraîne hors de la cuisine.

— Vous ne pouvez pas rester cachées comme ça, on commence juste à s'amuser. Allez, asseyez-vous ! dit-elle en désignant le coin du canapé. Maintenant, Alexis, passe-moi ma liste !

Alicia et moi échangeons un regard amusé tandis que Mindy s'affaire, mettant en place tout son petit monde.

— J'adore votre robe, je lui dis, admirative. Elle est vraiment belle.

Alicia baisse les yeux sur sa robe.

— Oh, merci. En fait, c'est un modèle conçu par une styliste avec laquelle je travaille, Brittany Ray.

— Brit ? je m'exclame, surprise. C'est elle qui a fait ça ? Vraiment ?

Alicia semble abasourdie.

— Vous la connaissez ?

— Bien sûr, je réponds, avant de baisser la voix. En réalité, je vis à Beachwood en ce moment. Je l'ai croisée pas plus tard que ce matin. Vous avez quelque chose à voir avec cette grande présentation à laquelle elle doit se rendre ?

— Pas vraiment, je l'ai juste présentée à quelques personnes, c'est tout. Elle a beaucoup de talent, dit Alicia, l'air songeur. Et Hunter ? ajoute-t-elle, en toussotant. – Elle rougit, avale une gorgée de thé glacé. – Comment va-t-il ?

— Je n'ai pas de nouvelles, il est toujours occupé au ranch, mais Brit passe souvent au bar… – Je secoue la tête, sourit à cette coïncidence. – Le monde est vraiment petit !

— Oui, répond Alicia avec un sourire tendu. C'est fou.

— Carina ! hurle soudain Suzie. Mais où est passée ta bague ?

Le silence s'installe. Tout le monde se tourne vers moi. Mon cœur s'arrête.

— Oh...

Je retiens mon souffle, regarde ma main nue.

— Eh bien, en fait...

Je toussote, prête à leur expliquer qu'elle est chez le bijoutier pour une raison ou une autre, puis je me ravise. Je n'avais pas envie de le leur dire, et certainement pas dans ces circonstances, mais mentir ne ferait qu'empirer les choses.

J'inspire profondément et me lance :

— Alex et moi ne sommes plus ensemble. Nous avons rompu.

Le silence s'éternise, puis Mindy laisse échapper un petit rire.

— Ne me dis pas que tu l'as perdu, lui aussi ? dit-elle en me tapotant la main. Franchement, Carina, un c'est un accident, mais trois c'est de l'inconscience !

J'entends les autres glousser. Je sens mes joues s'embraser.

— C'est mieux comme ça, je réponds calmement.

— Mais que vas-tu faire maintenant ? demande Suzie. Alex était parfait.

— Tellement parfait, acquiescent les autres en chœur.

— Et qui va faire le quatrième, au tennis, maintenant ? se lamente Mindy.

— Tu es sûre que tu ne peux pas arranger ça ? insiste Suzie. Tu sais, des célibataires, il n'y en a plus tant que ça, ils sont tous en couple maintenant.

— Je n'imagine même pas la vie sans mon Preston, intervient Alexis. Nous sommes si heureux.

— Pauvre petite chose...

Je suis là assise, dents serrées, à écouter l'épanchement de sympathie visqueuse, les reproches à peine voilés.

— Mais tu es sûre ? Y as-tu bien réfléchi ? demande Suzie en revenant à la charge. Je veux dire, pèse bien le pour et le contre. Même si tu rencontrais quelqu'un demain, il faut compter au moins six mois avant des fiançailles, et une année jusqu'au mariage. Tu seras obligée d'essayer de tomber enceinte tout de suite, si tu veux un enfant avant trente ans, après la fertilité commence à diminuer.

On entendrait une mouche voler dans le silence.

— Je suis désolée, ma chérie, mais tu dois regarder la vérité en face, poursuit-elle avec un léger haussement d'épaules. Il nous a fallu deux ans à Perry et moi avant que je ne tombe enceinte. Tu ne peux pas attendre indéfiniment !

Je sens mon cœur qui se serre. Je regarde ces visages scandalisés dans le salon, et soudain quelque chose craque en moi. Personne ne m'a demandé comment j'allais, ou ce qui s'était passé, elles ont donné leur avis sur l'horreur de la solitude qui m'attendait. Seule Alicia, assise à côté de moi, m'offre un vrai sourire de réconfort.

Ces filles ne sont pas mes amies. Peut-être même ne l'ont-elles jamais été.

Je me lève d'un bond.

— Je dois y aller, je déclare, pleinement consciente que je m'apprête à tout envoyer au diable, et en fait ça m'est complètement égal.

Suzie prend un air catastrophé.

— Mais ma biche… Tu viens juste d'arriver…

— Je suis désolée, c'est une si jolie fête, mais il faut que je rentre… – J'attrape rapidement mon sac et ma veste. – Ravie d'avoir fait votre connaissance, je chuchote à Alicia avant de m'élancer vers la porte.

— Carina !

La voix de Mindy retentit, derrière moi. J'entends le claquement de ses talons dans mon dos, alors j'attends dans l'entrée, la main sur la poignée de la porte. Elle me rattrape, l'air furieux.

— Je n'en reviens pas que tu partes comme ça, c'est si grossier ! Tu ne crois pas que tu as déjà suffisamment traumatisé tout le monde, avec ton scoop, ajoute-t-elle, avec un air désapprobateur.

— Dans ce cas, il vaut mieux que je débarrasse le plancher avec mon traumatisme, je réponds tranquillement.

— Je ne comprends pas ce qui va pas, chez toi, dit Mindy en me fusillant du regard.

— Moi non plus, je réponds avec un haussement d'épaules.

Elle secoue la tête et baisse la voix, pour me chuchoter sur un ton sinistre :

— Nous avons bien voulu fermer les yeux sur tous les rendez-vous que tu as annulés, et manifestement il y a... quelque chose qui te tracasse. Mais il faut que tu le comprennes, notre patience a des limites..., lâche Mindy, lèvres pincées, clairement menaçante. Il y a quantité de femmes qui seraient prêtes à tuer pour participer à nos soirées. La liste d'attente pour le bureau de la Société de préservation du patrimoine compte à elle seule pas moins de cent candidates !

— Dans ce cas, tu n'auras aucun mal à me trouver une remplaçante, je réponds avec un sourire las. Écoute, Mindy, je sais que tu ne comprends pas, mais... Cette vie, ce n'est plus *moi*. Je suis désolée si je vous laisse tomber.

— Ne te fatigue pas à t'excuser, rétorque Mindy. Tu sais, personnellement, je ne t'ai jamais considérée comme des nôtres. Tu es tellement *volontaire*...

Sa voix se brise sur ce dernier mot, et j'éclate de rire, c'est plus fort que moi.

— Tu sais, c'est la chose la plus gentille que tu m'aies jamais dite, je réponds en souriant de nouveau. – Et c'est comme si un autre poids sur ma poitrine s'envolait. – Prends soin de toi !

Et je sors, m'engouffre dans le couloir, entendant derrière moi les langues qui se délient dans une explosion de cancans. Elles vont y passer la journée : mes fiançailles rompues, ma sortie fracassante et *volontaire*. Et Dieu seul sait ce que Mindy racontera sur notre tête à tête dans l'entrée, elle en rajoutera et d'ici la fin de la soirée, elle prétendra m'avoir passé un savon et même envoyé une gifle.

Mais je m'en fiche.

Le soulagement m'envahit, sauvage et pur. Quand j'émerge sur le trottoir, le ciel est plus bleu, la ville pétille, libre. J'ai tranché mes derniers liens, plus rien ne me retient ici désormais, et au lieu de me terrifier, cette pensée me donne des ailes. De l'espoir.

Je suis libre.

J'ai passé mon existence à me conformer aux attentes des autres. Je me suis ligotée toute seule en essayant d'être la plus jolie, la plus agréable, la plus parfaite des filles. Je n'ai fait que tourner en rond à essayer de vouloir faire le bonheur des autres : de mon père, de mes petits copains, de mes prétendues amies. J'ignore depuis trop longtemps mes propres désirs, c'est à peine si je les connais, si je connais la vraie Carina, derrière sa quête constante de perfection, en dehors de cette course pour être toujours la meilleure, à tout prix, et de l'image utopique de cette famille qui un jour serait la mienne, pour laquelle j'étais prête à faire n'importe quoi.

Terminé.

C'est aujourd'hui que tout commence, aujourd'hui que je commence à construire ma vie, enfin. Comme je l'entends, comme je la veux. J'ai des trahisons à guérir, de vieilles blessures pour lesquelles je dois m'excuser, mais plus que tout, je me dois désormais à moi-même d'écouter mon instinct, et de ne jamais plus me trahir.

Pas de compromis. Pas de solution de facilité. Rien que moi, seule, faisant de mon mieux pour vivre ce que je sais, au fond de mon cœur, être la vérité.

Une bouffée de détermination m'envahit. Ce ne sera pas facile. J'ignore à quoi ressemblera ma nouvelle vie, mais je sais où je veux qu'elle commence.

Avec la seule chose qui pour moi soit certaine. La seule chose que je veuille absolument dans ce monde.

Garrett.

J'ai faim de lui. Chaque cellule de mon corps a envie de lui, de ses mains, de ses baisers, du reste. Je sais, c'est une drôle de façon de commencer ma nouvelle vie, avec un homme comme lui, mais j'en ai assez d'être raisonnable et de tout planifier, assez de tout refouler et d'être comme anesthésiée, assez de vivre avec ma tête au lieu de vivre avec mon cœur.

Il a reculé une fois, pensant que c'était mieux, mais cette fois je vais lui montrer. Il n'y a rien de mal dans la passion qui grandit entre nous. Il est inutile de vouloir me protéger contre moi-même.

Je sens un sourire se dessiner sur mes lèvres quand je remonte en voiture. Garrett n'a pas la moindre chance. Même si ce n'est que pour une nuit, je vais sentir ce que ça fait de désirer un homme, de s'enivrer de ce plaisir dont je n'ai eu qu'un bref aperçu.

Je reviens pour lui, et je persévérerai jusqu'à ce qu'il soit à moi.

Chapitre treize

Sur la route qui me ramène à Beachwood Bay, je pense à une bonne centaine de scénarios de séduction, mais quand je me gare sur le parking de Chez Jimmy, de nouveau c'est le blanc dans ma tête. Par où dois-je commencer ? Je ne suis pourtant pas une midinette effarouchée, je suis une grande fille, mais quand il s'agit de Garrett, à chacune de mes pensées tournées vers lui je me sens comme une gamine inexpérimentée. Il est si différent des autres hommes avec lesquels je suis sortie. Avec eux, il y avait des règles : trois rendez-vous minimum, puis aller prendre un verre tard le soir chez l'intéressé, pour montrer que j'étais ouverte à une suite. Tout était codifié : le sourire suggestif, l'effleurement fortuit, les invitant à poursuivre leurs avances. Aujourd'hui, les rôles sont inversés, et je n'ai pas la moindre idée de ce qu'il faut faire.

Je ne suis pas habituée à courir après un homme, à avoir envie de lui comme ça.

À avoir besoin de lui.

C'est le soir, je passe discrètement la tête par la porte et promène mon regard sur la salle. Il y a du monde, comme chaque soir le week-end, mais je ne vois pas Garrett. Il doit s'occuper des clients. Bien. J'ai besoin de réfléchir et de préparer un plan, donc je vais...

— Tu en as mis du temps !

La voix de Garrett résonne dans mon dos, et me fait sursauter. Je fais demi-tour et le trouve là, dans le couloir. Il semble nerveux et passe la main dans ses cheveux ébouriffés.

— Je croyais que tu devais appeler.

— Uniquement s'il se passait quelque chose, je le reprends. Or il ne s'est rien passé. Je vais bien, tu vois ? je conclus avec un sourire.

Garrett laisse échapper un soupir, la tension de ses épaules se dissipe.

— Tu aurais dû appeler, répète-t-il, et je peux voir l'angoisse qui assombrit son regard.

Une douce chaleur se déploie dans mon cœur. Il a pensé à moi, il m'attendait.

— Hey, je dis tranquillement. Je suis désolée, mais tout va bien. Il n'était même pas là, j'ajoute. Je n'ai fait qu'entrer et ressortir de la maison, aucun problème.

— Bon, dit Garrett, qui semble soulagé et m'offre un petit sourire. Je sais bien, tu es assez grande pour prendre soin de toi toute seule, mais...

— Crois-moi, je réponds dans un éclat de rire, si j'ai besoin d'un costaud, c'est toi que j'appellerai en premier.

— C'est tout moi, ça, dit Garrett avec un clin d'œil. Je brise les cœurs et je démolis les figures dans toute la ville.

— Quelle modestie ! je le taquine.

Il s'éloigne pour retourner derrière le comptoir et soudain je sens l'angoisse me saisir.

C'est le moment, m'ordonne une petite voix.

— En fait, il y a bien quelque chose que j'aimerais que tu fasses pour moi, je me dépêche d'ajouter.

Garrett me dévisage, hausse un sourcil.

— Laisse-moi deviner, tu as des tas de cartons dans ta voiture et tu voudrais que je t'aide à les monter…

— C'est un peu ça, je réponds, évasive. Tu aurais un moment, ce soir, après la fermeture ?

— En fait, je sors ce soir, répond Garrett. J'ai une fête chez Brit et Hunter.

— Oh, je dis, le cœur serré, et j'essaie de cacher ma déception. Une autre fois alors, il n'y a pas d'urgence, j'ajoute sur un ton dégagé, alors qu'intérieurement j'enrage de frustration. Déjà, je sens ma belle détermination balayée par le poids du doute. Je dois le faire ce soir, sinon je le sais, je vais me dégonfler et jamais plus je n'oserai.

— Hé, mais pourquoi ne viendrais-tu pas ? suggère Garrett, en s'illuminant. C'est juste une soirée ciné et bière, mais ça devrait être sympa.

— Je ne sais pas…

J'hésite. Garrett doit mal interpréter la raison de mes réticences, parce qu'il me sourit.

— Allez, Brit n'est pas si méchante. Je sais, elle t'a donné du fil à retordre, mais une fois que tu la connais, elle est super, je t'assure.

— Non, ce n'est pas ça…, je commence, mais Garrett croit avoir compris.

— C'est décidé, tu viens, m'interrompt-il, puis il prend mon bras et on ressort. Tu as besoin de décompresser, ça te fera du bien. Et qui sait ? Toutes les deux, vous pourriez devenir amies.

— Tu es sûr que c'est une bonne idée ? je chuchote, nerveuse, tandis que nous approchons de la porte.

Sur le trajet, je me suis laissée distraire par sa présence, tentant désespérément de ne pas jeter des regards à la dérobée sur Garrett, détendu sur le siège conducteur. Mais maintenant que nous y sommes, l'angoisse me reprend. Je me rappelle la froideur de Brit, au bar, comme à chaque fois qu'on s'est vues, en fait.

— Je ne suis pas vraiment invitée…

— Détends-toi, me sourit Garrett. C'est une soirée toute simple. Et plus on est de fous, plus on rit.

Mais lorsque Brit ouvre la porte, elle a l'air de tout sauf d'avoir envie de rire.

— Garrett ! s'écrie-t-elle. Et…

Son visage se ferme quand elle se tourne vers moi.

— Oh, c'est toi.

— Wow, ça c'est une façon de souhaiter la bienvenue, Brit ! rigole Garrett avant d'entrer, en lui ébouriffant les cheveux au passage.

— Je suis surprise, c'est tout, elle répond en repoussant sa main. Je ne pensais pas te voir débarquer ici comme ça, ajoute-t-elle en me regardant alors que je lui emboîte le pas.

— Débarquer, c'est le mot, ricane Garrett. On dirait les docks, chez toi.

Je regarde autour de moi. Le rez-de-chaussée est conçu comme un loft, du bois, des luminaires industriels, de grandes fenêtres tout du long de la pièce.

— Ouah ! je m'exclame. Cette maison est géniale !

— C'est censé être de l'humour ? demande Brit, cynique.

— Non, je réponds tout de suite, prise de court. Je t'assure, je ne rigolais pas.

— Lâche-la, dit Garrett et il glisse son bras autour du cou de Brit et fait semblant de la malmener. Carina a bien voulu venir parce que *je* l'ai invitée, alors tu vas la jouer cool, ce soir. D'accord ?

Entre ses bras, Brit me jette un regard meurtrier.

— Très bien, marmonne-t-elle, quand apparaît un garçon dont le visage ne m'est pas inconnu. Il est grand, blond, porte un jean destroy et une chemise en jean.

— Salut, nous accueille-t-il avec un grand sourire. Content de te voir, mec… – Il se tourne vers moi. – Et toi aussi, Carina. Brit m'a dit que tu venais d'emménager en ville ?

— En quelque sorte, oui, je réponds en lui rendant son sourire. En fait, je ne sais pas trop ce que je fais en ce moment…

— À part saccager mon appart, intervient Garrett, goguenard. Si tu voyais ça ! Ce chantier, les murs, les meubles tout y passe !

— Ce n'est pas vrai, je proteste.

— On dirait qu'un ouragan a traversé le studio, continue-t-il à me taquiner.

— Ne l'écoutez pas. Cet appart était un vrai cauchemar. À tel point que je m'étonne qu'il ne se soit pas effondré au beau milieu de la nuit, j'explique à Brit et Hunter, avant de me retourner vers Garrett. En réalité, je suis en train de vous rendre service, cher monsieur, et si vous me remerciiez ? j'ajoute en lui donnant une claque sur l'épaule, quand Garrett attrape ma main.

— Doucement, jeune fille…

Ses yeux plongent dans les miens. Quelque chose palpite entre nous, brûlant et lumineux.

Mon cœur bat plus vite.

— Euh, dites, vous voulez une bière ? demande Hunter, et sa voix rompt le charme.

Garrett lâche ma main, il semble mal à l'aise.

— Bien sûr.

Ils se rendent à la cuisine, mais quand je veux les suivre, Brit se met en travers de mon chemin.

— J'ai eu Juliet au téléphone aujourd'hui, dit-elle en me dévisageant, le regard perçant. Ils sont rentrés de Californie.

— Comment va-t-elle ? je demande, avec une pointe de jalousie.

J'ignorais qu'elle était rentrée, et je n'ai eu aucune nouvelle d'elle pendant son voyage de noces. J'ai suivi leur périple à travers les photos qu'elle a mises en ligne et où elle pose très souriante, mais pas une fois elle n'a tenté de me joindre.

Pourquoi l'aurait-elle fait d'ailleurs ?

La gorge nouée, je me bats contre un sentiment violent de culpabilité, une infinie tristesse.

— Que t'a-t-elle dit ? je demande, tout en haïssant le fait de devoir passer par Brit pour avoir des nouvelles de ma propre sœur. Ils se sont bien amusés ?

— Ouais, répond Brit, impassible. Je lui ai dit que tu t'installais ici. Elle n'en savait rien.

J'esquisse un vague geste de la main.

— Je n'allais pas la déranger avec ça pendant son voyage de noces, je réponds, les yeux baissés.

— Hmm hmm…

Brit ne paraît guère convaincue. Elle ouvre la bouche pour ajouter quelque chose, mais à ce moment Garrett nous appelle, de la cuisine.

— Arrêtez de papoter, et venez boire un verre !

Brit s'éloigne, manifestement elle en a terminé avec son interrogatoire, et nous rejoignons les garçons sous le porche, où souffle une douce brise. Garrett me tend une bière, je la prends et la déguste à petites gorgées. On discute et on rit, dans une ambiance légère et amicale, mais à l'intérieur, je suis à des millions de kilomètres.

J'ai besoin de voir Juliet.

Et ça me ronge un peu plus chaque jour. Je dois absolument me réconcilier avec elle, mais comme avec tout le reste dans ce bazar qu'est ma vie, je ne sais pas par où commencer. Tant d'années nous séparent, tant de fois je l'ai laissée tomber. Quand j'y pense, l'étendue de mes trahisons me semble insurmontable, comme une montagne que je serais incapable de gravir même si j'avais la nuit des temps pour le faire.

— Ça va ? murmure Garrett quand nous rentrons dans le salon pour voir le film. Tu es bien silencieuse.

— Bien, oui, je mens. Je suis juste un peu fatiguée. La journée a été longue.

— C'était sympa, avec tes amies ? demande-t-il, et je ne trouve pas l'énergie de lui raconter ce qui s'est passé, alors j'acquiesce juste d'un signe de tête avant de m'installer sur le canapé moelleux, dans le salon.

Hunter et Brit occupent l'autre canapé, aussi quand Garrett revient de la cuisine avec un sachet de nachos, il ne lui reste que deux options pour s'asseoir : le fauteuil en cuir, ou ici, avec moi. Garrett n'hésite pas une seconde. Il s'affale à côté de moi avec un grand sourire et étend ses jambes, les pieds sur la table basse.

J'essaie de ne rien laisser paraître, mais soudain je suis troublée.

Tu parles d'une grande fille, je me sermonne, feignant l'indifférence. *Comme si le fait qu'il se soit assis là signifiait quelque chose.*

En tout cas, pour moi, c'est le cas.

Et tout ce qui concerne Garrett signifie désormais quelque chose, pour moi. Je suis touchée quand il me sourit tandis que la lumière faiblit et que le générique commence à défiler, et je suis touchée quand il s'enfonce dans le canapé, glisse un bras sur le dossier, sa main à quelques centimètres de mon épaule. Chaque geste qu'il fait, je le remarque. C'est comme si mon corps réagissait à sa seule présence, comme si chacun de mes nerfs était à l'affût du moindre mouvement, du moindre regard.

J'ai une conscience de lui qui va au-delà de tout entendement. Il n'y a rien de rationnel là-dedans. Je *sens* sa présence, et je dois prendre sur moi pour rester calme, pour faire semblant, alors que tout mon corps n'aspire qu'à se rapprocher du sien, à le toucher et à glisser mes doigts dans ses cheveux rebelles.

Dans la pénombre, mes yeux glissent discrètement sur lui quand il se penche pour prendre sa cannette. Je devine les muscles de son dos qui bougent sous le coton tendu de son T-shirt. Et je me souviens de cette sensation, quand j'ai promené mes mains sur ce dos, senti la puissance de ses larges épaules, et son poids sur moi…

Je frissonne et je croise les bras pour ne pas céder à la tentation de le toucher.

Garrett à ce moment se tourne vers moi, et surprend mon regard.

Je sens mes joues qui s'embrasent et je prie pour qu'il ne me voie pas rougir dans l'obscurité. Je force mon regard à revenir à l'écran. Je ne sais même pas ce que nous sommes en train de regarder, un film d'action quelconque avec un type qui court dans tous les sens. J'essaie de me concentrer sur l'intrigue, mais en fait je ne vois rien, je ne fais que penser à l'homme assis avec nonchalance près de moi, et qui sans s'en rendre compte me fait perdre la raison.

— Des chips ? murmure Garrett en me tendant le paquet. Je secoue la tête. Il se rassied, mais cette fois, sa main vient se poser presque sur ma nuque.

Presque.

Dans la pénombre, je peux sentir le poids de sa main qui effleure mes cheveux. Je frémis, fermant les yeux et imaginant un instant que nous sommes seuls. Je pourrais alors le toucher, laisser aller ma tête contre sa main. Me tourner et faire courir mes doigts sur son bras, l'enlacer et poser ma bouche sur la sienne…

Une explosion retentit, bruyante, et je rouvre les yeux. Quand je regarde Garrett, il fixe l'écran, totalement inconscient des fantasmes qui se bousculent dans ma tête, à quelques centimètres de lui. Voilà, je perds vraiment la raison maintenant, à imaginer des caresses qui n'existent pas, à interpréter des regards et des silences qui ne signifient rien.

Soudain, une peur intense vient me nouer le ventre. Tous ces plans pour le séduire… Et si j'avais tout faux ? Il l'a dit, m'embrasser était une erreur. Et si ses grands discours, ses excuses d'avoir profité de ma vulnérabilité, si tout ça en fait ne voulait dire qu'une chose : qu'il n'a tout simplement pas envie de moi ?

Non. Je me fais violence, je dois rester calme. Garrett a envie de moi. Je l'ai vu dans ses yeux, je l'ai senti à la fureur de son baiser. Je dois juste trouver le moyen de briser cette noble retenue et de lui montrer que moi aussi, j'en ai envie.

À cette perspective, mon cœur s'emballe. Je me tourne négligemment, change de position sur le canapé et ramène mes jambes sur les genoux de Garrett.

Il en sursaute et regarde tout autour de lui.

— Ça ne te dérange pas de me servir de coussin personnel ? je dis avec un sourire.

Il a un petit rire étranglé.

— Absolument pas.

Je m'installe confortablement et à présent, me concentrer devient totalement impossible, Garrett venant de poser sa main juste au-dessus de mon genou.

Des vagues de chaleur me submergent.

Lentement, sans détacher ses yeux de l'écran, Garrett fait doucement aller et venir son pouce dans le creux de ma jambe.

Je ne parviens plus à respirer.

Un effleurement, un léger contact, à peine une caresse, et me voilà complètement défaite, la plus infime sensation me renverse avec une force inouie, courant sur ma peau.

Je jette un regard sur lui, c'est plus fort que moi, et alors je vois qu'il me fixe, et son visage exprime un tel désir brut que j'en suis bouleversée jusqu'au plus profond de moi.

Scintillants dans le noir, ses yeux sont rivés sur les miens.

Lentement, sa main glisse un peu plus haut.

Oh pitié.

Je détourne la tête vers la télé, tentant de prendre un air détaché tandis que les battements de mon cœur retentissent à un rythme trépidant dans mes veines. Il me caresse à un centimètre seulement au-dessus du genou, et c'est à peine si son pouce bouge, invisible à quiconque autour de nous. Mais d'une certaine manière, cette caresse, toute délicate, m'embrase tout entière, les flammes s'emparant de mon corps.

Je brûle.

Ma tête tourne, et j'essaie de respirer, par petites inspirations, heureusement assourdies par le vacarme du film à l'écran. Le bout de mes seins durcit, sensible sous mon haut, et je sens l'univers se contracter, se refermer en une spirale autour de moi, jusqu'à ce qu'il ne reste plus rien que l'obscurité et le contact incroyable de Garrett et cette envie entre mes cuisses. Je mouille pour lui, je le désire terriblement, et tout ça sans échanger un seul mot.

Je pourrais jouir là, voler en un million d'éclats. Si seulement il me caressait un peu plus fort, posait ses doigts un peu plus haut, faisait glisser sa main sur ces endroits de moi qui ne veulent que lui...

Mais la main de Garrett ne bouge pas, repose légère sur mon genou, et me caresse doucement, inexorablement. Je plonge dans le brouillard, et le sang bat dans mes tempes, c'est une agonie exquise... Soudain la lumière se rallume, je vois le générique à l'écran et je réalise que c'est la fin du film.

— Pas mal, hein ?

Les joues en feu, le corps réduit à la seule sensation du désir, je reprends brutalement conscience.

— Pardon ? je parviens à articuler. Oh, oui, super.

Tranquillement, Garrett écarte ma jambe et se lève, puis s'étire.

— Je préférais la version originale, dit-il en bâillant, imperturbable, comme s'il sortait juste d'une petite sieste.

Je m'assieds avec peine, il faut que j'arrête d'être aussi idiote. Je baisse les yeux pour rajuster ma robe, mais tout est parfaitement en place : elle couvre sagement mes genoux, pas le moindre signe de cette sensation qui vibre encore à travers moi, pas la moindre trace des caresses affolantes de Garrett.

— Et toi tu en penses quoi, Carina ? me demande Hunter, qui sourit.

— Je... Je ne sais pas, je bafouille, et je me débats pour retrouver mes esprits. En fait, ce n'est pas vraiment mon style de film.

— Laisse-moi deviner, tu préfères les comédies romantiques, ironise Brit, cinglante. Les héroïnes parfaitement pomponnées et les happy end envers et contre tout...

Je suis trop ébranlée pour répliquer. Je me sens déconnectée, encore pelotonnée dans le noir cocon du désir. Je ne comprends pas comment ils peuvent tous se comporter de façon si désinvolte, avoir l'air si normal, comme si rien n'avait changé, alors que je sens mon monde complètement chaviré, l'envie marquée au fer rouge sur mon visage, comme un néon qui trahirait toutes mes pensées.

— C'était très sympa, mais on doit rentrer, décrète Garrett, impassible. J'ai des livraisons de bonne heure, demain matin.

— Tu es sûr ? demande Britt, toujours lovée entre les bras de Hunter.

— J'en ai bien peur. Mais ne vous dérangez pas, ajoute-t-il, crispé. On connaît la sortie. Allez, viens, Carina, m'interpelle-t-il, sans même me regarder, avant de se diriger vers la porte.

— Merci pour la soirée, je parviens à leur dire avec un sourire forcé, et je me lève, craignant à tout instant que mes jambes ne me lâchent, je suis encore faible, mais heureusement, je tiens debout. C'était chouette.

— Avec plaisir, répond Hunter, et Brit émet un soupir imperceptible. C'est quand tu veux.

— Entendu. Super.

Je me précipite vers la sortie. La porte d'entrée est grande ouverte, Garrett est déjà au volant de son pick-up, moteur en marche, et je me dépêche de le rejoindre.

— Une seconde, je commence, mais à ce moment il s'engage dans l'allée et s'éloigne sur les chapeaux de roues, avant même que j'aie eu le temps de refermer la portière. Garrett ! je crie, en me débattant avec la ceinture de sécurité. Ralentis !

Il m'ignore, prenant les virages à toute vitesse, les yeux fixés sur la route. Je m'agrippe au tableau de bord, le cœur à cent à l'heure. Tout son corps est tendu, il a les mâchoires serrées, et le silence s'éternise entre nous, contrastant avec les rugissements du moteur, tandis que les lumières de la ville défilent dans un halo.

Il a envie de moi.

Cette prise de conscience se répand en moi, douce et victorieuse. Son attitude désinvolte au ranch, c'était juste pour donner le change. Il ne se contrôle pas aussi bien qu'il le croit, et ce qui s'est passé pendant le film l'a bouleversé lui aussi.

Il est touché, près de céder.

Il ne me reste plus qu'à le pousser un peu pour qu'il craque.

Quand il se gare sur le parking du bar, mon cœur bat la chamade, ivre de désir. J'attends que Garrett prenne l'initiative, mais au lieu de cela ça, il laisse tourner le moteur.

— Bon, à plus tard alors, dit-il sur un ton bourru. Il refuse toujours de me regarder, fixe obstinément le pare-brise, les mains crispées sur le volant, si fort que ses articulations sont blanches.

J'en ai un coup dans l'estomac. Pas question. Je ne vais pas laisser cette chance m'échapper, pas après tout ce qui s'est passé.

Je ne sais pas si je trouverai de nouveau le courage.

— Monte prendre un verre, je suggère, la gorge nouée.

Ses yeux restent rivés devant lui.

— Pas ce soir.

Le désir soudain me donne de l'audace. En un éclair, je tourne la clé sur le contact, coupe le moteur et m'empare du trousseau.

— Mais qu'est-ce… ! s'exclame Garrett.

Il m'attrape le poignet et tire, et ses yeux plongent dans les miens.

Mon cœur s'arrête. Dans son regard, ce n'est que tempête, éclairs et chaos. Je devine ses efforts pour résister à la pression, tout son corps tremble sous l'effet de la tension.

Il est dangereux.

Et j'ai envie de lui plus que tout au monde.

— Juste un verre, j'insiste, le cœur au bord de l'implosion.

— Merde, Carina, grogne-t-il, furieux. Tu joues avec le feu.

J'essaie de déloger la boule dans ma gorge, d'ignorer mon estomac noué.

— Ce n'est pas un jeu.

Nous continuons de nous regarder encore une demi-seconde. Il inspire profondément, il lutte encore. Alors je prends la décision pour lui. Je descends du pick-up et me dirige vers la porte de derrière sans me retourner une seule fois.

J'entre, en laissant la porte ouverte.

Je t'en prie, suis-moi, je me répète comme un mantra, en grimpant les marches qui mènent à l'appart. *Pitié, suis-moi.*

Je m'arrête sur le palier, et j'attends, mais aucun bruit ne me parvient.

Puis soudain, j'entends un bruit de pas, un pas pesant mais déterminé dans l'escalier.

Yes !

Quand Garrett me rejoint, les battements de mon cœur sont anarchiques. Ses yeux croisent les miens, son visage est fermé, indéchiffrable.

— Un verre, c'est tout, dit-il, le regard brillant.

Je fais de mon mieux pour cacher mon sourire. C'est ce qu'il croit.

Je me tourne pour ouvrir la porte, quand je vois une enveloppe kraft scotchée sur le battant.

— Qu'est-ce que c'est ? je demande en la prenant.

À l'intérieur se trouve un CD glissé dans une pochette artisanale. « DC », c'est tout ce qui est marqué dessus.

– Sans doute une candidature pour la nuit de la musique, je dis en ouvrant la porte. Tu n'as qu'à le mettre. J'en ai pour une minute.

Je laisse Garrett avec le CD et file droit dans la chambre. Mon cœur bat maintenant comme un fou, tambourinant si fort que je m'attends à ce qu'il explose dans ma poitrine. Je suis comme une boule de nerfs, cette semaine de tension mêlée au souvenir de ses caresses, tout se confond en un tourbillon de désir intense, une envie si puissante qu'il semble que je ne tienne plus que grâce à elle.

Calme-toi, je m'ordonne. Je l'ai vu dans les yeux de Garrett, il tente encore de se maîtriser. Il est persuadé de devoir lutter contre cette attirance, que d'une certaine façon c'est mal.

Et c'est à moi de lui prouver qu'il n'y a rien de mieux au monde.

Chapitre quatorze
Garrett

Je dois m'y reprendre à trois fois pour ouvrir le boîtier du CD, et je tâtonne, pitoyable, en glissant le disque dans l'appareil.

Merde.

Je reprends mon souffle, le sang bat dans mes oreilles. Le peu qui me reste de raison me hurle de sortir d'ici.

Mon instinct, lui, me supplie de rester.

Regarde un peu ce que tu as fait, se moque la petite voix dans ma tête. *Tu savais que cette fille était une source de problèmes, et tu y es allé quand même.*

Je ravale un gémissement. C'est entièrement ma faute. Comme si ça ne suffisait pas de me retrouver sur ce canapé assis à côté d'elle, il a fallu qu'elle glisse ses longues jambes sur mes genoux.

Je n'avais pas la moindre chance.

Si Hunter et Brit n'avaient pas été là, je lui aurais arraché ses vêtements et je l'aurais baisée comme un fou entre deux coussins, avant même le début du film. C'était une torture, de la sentir si près, et en même temps inaccessible. Un vrai martyre. Aucun homme sur cette Terre n'aurait pu résister à la tentation, alors qui pourrait me reprocher d'avoir volé une petite caresse ?

Une caresse, c'est tout ce que je me suis permis, effleurer sa peau aussi douce que du satin, mais même cela, c'était trop pour moi.

L'éclat du désir dans ses yeux. Ce demi-soupir échappé de ses lèvres. Jamais je n'ai été aussi troublé de ma vie. C'est dingue, j'aurais pu avoir un orgasme là, une centaine de fois.

Et maintenant, je suis sur le point de me jeter dans le feu.

La musique démarre. J'espère que ce sera un morceau bien hard et rapide, mais au contraire, c'est une guitare acoustique, quelques notes douces et sensuelles. La voix d'un garçon s'élève, grave et sensuelle.

Tu es foutu.

— Il est doué…

La voix de Carina résonne derrière moi. Je me retourne d'un bond, et me fige.

Putain.

Elle se tient à la porte de la salle de bain, on dirait un ange, venu me chercher pour me conduire tout droit en enfer. Ses cheveux sont défaits, elle a passé un peignoir en soie noir quasi transparent, on devine la dentelle de son soutien-gorge en dessous.

— Qu'en penses-tu ? demande-t-elle, un sourire coquin aux lèvres. Lentement, elle pirouette sur elle-même, de sorte que je peux voir chaque courbe de son corps parfait. – De la musique, je veux dire…

Le tout d'un air entendu.

Au secours.

Un mec bien, meilleur que moi, lui aurait tourné le dos. Un homme bien serait resté de marbre, aurait ignoré les formes voluptueuses se devinant sous cette dentelle noire et l'éclat brûlant de la passion dans ses yeux.

Mes jambes me lâchent. Je m'effondre dans le canapé.

Carina s'avance vers moi, féline, puis elle tire sur le cordon en soie de son peignoir, qui s'entrouvre et glisse sur ses épaules couleur de lait et va s'échouer à ses pieds.

Mon cœur s'arrête. Ma vue se trouble.

La perfection incarnée.

— Que fais-tu ? je parviens à articuler, la gorge serrée, la voix rauque. Carina...

Elle se penche sur moi, si près que je peux sentir les effluves de jasmin de son parfum. Ses seins ronds à quelques centimètres de mes yeux, des seins généreux et fermes, qui se déploient hors de leur cage de dentelle.

— Tu me l'as promis un jour, chuchote-t-elle à mon oreille. – Le désir se répand en moi avec une telle force que c'est à peine si j'arrive à respirer. – Tu as dit que tu me montrerais ce à côté de quoi je suis passée, à quoi ça ressemble d'être avec un homme comme toi...

Je retiens un gémissement, écrase les coussins du canapé entre mes doigts pour ne pas me jeter sur elle. Quand je pense à ce que je pourrais faire avec elle, toutes les façons dont je lui donnerais du plaisir...

Mais il ne faut pas, elle n'est pas prête pour ça. Je m'accroche à cette pensée de toutes mes forces, et tant pis si mon corps me trahit, bandé de désir.

— Alors, poursuit Carina dans un murmure. – Elle grimpe sur mes genoux, me chevauche maintenant, ses hanches se pressent contre mon sexe dur et douloureux. – Montre-moi.

Elle plonge ses yeux dans les miens, son regard bleu est lumineux et érotique.

Je me sens faiblir.

— Apprends-moi.

Carina fait courir sa langue parfaite sur mon cou, lèche ma gorge en une caresse sensuelle.

Je gémis pour de bon cette fois, au bord de la folie. Le désir m'envahit, le corps tout contre sa chaleur torride.

— Prends-moi.

Un mec bien aurait su résister à la tentation, aux promesses divines de ce corps pressé contre le mien. Un mec bien lui aurait dit non.

J'imagine que je ne suis pas cet homme.

Chapitre quinze

L'espace d'une terrible seconde, je crois avoir commis une erreur. Garrett reste inerte sous moi, le visage impassible. Mon cœur se serre.

Oh non.

Puis il craque.

Avec un grognement féroce, il agrippe ma taille et me bascule sur le canapé, tandis que sa bouche dévore la mienne en un baiser dévastateur.

Yes.

Des étincelles éclatent dans mes veines, je bascule à la renverse, haletante, et je m'accroche à lui, désirant plus encore. Dans un mélange de mains et de corps et de baisers enfiévrés, le désir me prend, et m'aspire dans un gouffre sans fond, scintillant et noir. Je le caresse, fébrile, mais Garrett capture mes poignets et cloue mes mains au-dessus de ma tête, pesant sur moi de tout son poids, me retenant prisonnière sous lui et me maintenant fermement, tandis que son corps se presse contre le mien et que sa bouche exige tout de moi.

Je m'abandonne à lui, ivre de ses baisers, l'embrassant, exultant sous sa langue qui plonge dans ma bouche et, oh, son corps qui bouge contre moi, ce va-et-vient contre mes cuisses. Je me perds, complètement à sa merci, je me noie dans le frémissement féroce du désir et l'envie en moi se fait plus impérieuse, plus exigeante, l'envie de lui, de lui tout entier.

Garrett arrache sa bouche à la mienne et se met à genoux, sur moi. Je retombe en arrière, ma tête tourne tandis qu'il me regarde, me dévore des yeux. Durant un long moment, il se tient là, promène sur mon corps son regard de feu, accentuant le brasier au creux de mon ventre, je tremble tant j'ai envie qu'il me touche. Soudain, d'un geste brusque, il écarte mon soutien-gorge et referme sa bouche sur l'un de mes seins.

Je crie, me cambre sous ses lèvres. Sa langue râpe sur ma peau, brûlante et humide, et il suce le bout de mon sein, et déclenche en moi des explosions de plaisir tandis que je m'abandonne. Il passe à mon autre sein, sa main remplace maintenant ses lèvres, entre ses doigts il pince et fait rouler le petit bout de chair délicate et je m'accroche et supplie, balayée par des vagues de plaisir.

Garrett relève la tête et m'embrasse, de plus en plus bas, de plus en plus avidement, goûtant chaque centimètre de ma peau, dessinant avec sa langue une voie ardente tout le long de mon ventre. Je me tends, mais il n'y a pas de répit, je n'ai même pas le temps de respirer que déjà il arrache ma culotte et je sens sa langue humide glisser sur mon clitoris, là, *oh juste là*, entre mes cuisses, cet endroit de moi qui l'appelle et le veut.

— Garrett ! je gémis, je laisse retomber ma tête, et enfouis mes mains dans ses cheveux. Et il me lèche, exigeant, possessif, saisissant mes cuisses et les écartant pour m'ouvrir à lui, nue et totalement exposée. Mais je suis au-delà de toute pudeur, au-delà de toute pensée. Tout ce qui m'importe, c'est le sublime contact de sa langue contre moi, qui virevolte autour de mon clitoris, encore et encore jusqu'à ce que j'en délire de plaisir. Sa langue s'aventure plus bas, s'attarde dans les replis de mon sexe et puis plonge en moi dans un va-et-vient impitoyable qui me fait planer et supplier d'en avoir plus.

Une chaleur intense me submerge, me consume. Je n'ai jamais rien ressenti de tel. Les autres garçons avec lesquels je suis sortie ne m'ont jamais caressée comme ça, ou s'ils l'ont fait, c'était à contrecœur, avec impatience. Mais Garrett, lui, me dévore, me lèche avidement comme s'il n'en avait jamais assez. C'est un déluge de sensations, presque au-delà du supportable, et je cherche à m'accrocher au canapé comme à une bouée, tandis que le plaisir se répand en moi, et monte, et me propulse dans le néant étoilé.

Garrett me serre plus fort, et fait glisser une main sur ma cuisse où elle se joint à sa bouche et, *oh*, maintenant ses doigts me caressent, jouent avec moi tandis que sa langue poursuit sa délicieuse torture. Je me tords entre ses bras, tente d'échapper à cette sensation, mais de son autre main, il pèse sur ma poitrine et me cloue aux coussins, sans pour autant s'interrompre une seule seconde.

— Garrett, je murmure, tremblante.

C'est trop, trop et en même temps pas assez. Je ne comprends pas, chacune de ses caresses m'envoie un peu plus haut, j'exulte, et pourtant au fond de moi, le désir se fait de plus en plus impitoyable, ne cessant de me consumer.

— S'il te plaît, je supplie, sans même savoir ce pour quoi je l'implore. Garrett, s'il te plaît !

En guise de réponse, il gémit, et l'écho s'en répercute jusqu'au plus profond de moi, puis il noue mes jambes à son cou, m'ouvre un peu plus, sans ralentir ses assauts une seule seconde. Je suffoque, cherche à refaire surface, mais je n'ai pas le temps de reprendre mon souffle, pas le temps de rien, si ce n'est de me renverser en arrière et de crier quand il plonge deux doigts en moi.

Je pars.

Le monde se désagrège en un millier d'éclats, noir et vertigineux. Je me cabre contre sa bouche, tandis que le plaisir me fait tanguer, mais Garrett n'arrête pas. Il recourbe ses doigts en moi, et me pénètre plus profondément, tout en refermant ses lèvres autour de mon clitoris et en me suçant toujours plus fort.

Le plaisir me frappe, encore et encore. Je me colle à lui, désarmée, ballottée par la vague qui va et qui vient, et me renvoie encore et toujours à sa bouche, à ses doigts et à l'éclat aveuglant de l'orgasme. Puis je bascule dans les ténèbres, m'abandonne complètement alors qu'elles m'emportent dans la tempête de la passion, jusqu'à la dernière vague, à l'ultime reflux qui me laisse à bout de souffle et défaite.

Garrett me libère.

Je suis étendue là, immobile, encore perdue. J'ai la tête vide, l'esprit dans une sorte de brume mordorée, les membres imprégnés de plaisir. Je flotte, et peu à peu respire à nouveau.

Oh, je me sens… *C'est exquis.*

Je ris bêtement, et relève la tête enfin.

— C'était incroyable, je soupire, et je ne reconnais pas ma voix. Ouah !

Garrett me regarde, à genoux devant moi. Il promène ses yeux sur mon corps, et je suis son regard. Je ne ressemble à rien : soutien-gorge entortillé autour de la taille, culotte accrochée au bout de mon pied. L'ampoule à nu au-dessus de nos têtes jette une lumière sans concession sur moi et, l'espace d'une seconde, j'en ai une boule au ventre, en me demandant comment il me voit. Ma cellulite, mes imperfections. Puis je le regarde en face, et je ne vois aucun jugement dans ses yeux.

Rien que du désir, noir et brut.

Je frissonne.

— Tu portes trop de vêtements, je dis et je tends les mains.

C'est dingue, mais je sens encore l'envie qui me tenaille, au fond de moi. Je n'ai eu qu'un avant-goût de lui, de ce que son corps pouvait faire. Et je veux plus.

Je le veux tout entier.

Je soulève son T-shirt, fais glisser mes mains sur les reliefs puissants de ses abdos. Garrett a un mouvement de recul, comme s'il venait de se brûler.

— Carina, non.

Il se lève, s'éloigne de trois pas et quand il se retourne pour me regarder, son visage est fermé : disparu le désir, verrouillé derrière le masque glacial du sang-froid.

— Je n'aurais pas dû faire ça. Je suis désolé, lâche-t-il.

Ses paroles sont comme une claque. Il pense encore que tout ça est une erreur, il croit encore que c'est mal de me toucher, de me tenir. De me baiser.

— Bonne nuit...

Garrett s'éloigne de moi, et l'éclat de ses yeux est sinistre, au point de dissiper le cocon de plaisir dans lequel je baigne, pour le remplacer par une froide détermination.

— Ne t'avise pas de faire un pas de plus..., résonne ma voix, cinglante, dans la pièce.

Garrett s'arrête net.

Je descends à la hâte du canapé. Mon soutien-gorge pend à ma taille alors je m'en débarrasse et m'avance vers lui. Je suis nue, totalement dévoilée, mais je m'en moque pour l'instant.

— Je ne te laisserai pas faire, je lui jure. Pas une deuxième fois.

— Carina… – La voix de Garrett se meurt. Mâchoires serrées, il refuse de me regarder. – Tu ne comprends pas. Je m'efforce de me conduire bien.

— Non ! je hurle, et c'est toute ma frustration qui déborde finalement. Tu me traites comme si j'étais en sucre !

Garrett tourne brusquement la tête.

— Quoi ? Carina, non…

— Si, je réplique. Tu ne comprends pas. Je ne suis pas si fragile ! je crie. Je ne suis pas une espèce de nana paumée hantée par son passé. Il ne s'agit pas d'Alexander, là, ni de ce que j'ai vécu avec lui. Il s'agit de moi, de moi qui ai envie de t'embrasser, qui *ai envie* de toi.

Garrett respire avec difficulté. Il secoue la tête, comme pour effacer mes paroles.

— Tu dis ça, mais tu es blessée. Tu as besoin de temps pour surmonter ça.

— Je n'ai besoin que d'une chose, que tu me fasses confiance ! je m'exclame, et c'est un torrent de colère dans mes veines, plus vive que le désir, mais tout aussi puissante.

Que dois-je faire pour qu'il comprenne ?

— Il me frappait. Mon fiancé me frappait. C'est un moment de ma vie, et toi tu te comportes comme si je n'étais encore et toujours que ça… – Je me dirige vers lui, furieuse. – Je refuse que tu me réduises à ça, tu comprends ? Je ne l'ai pas choisi, ça m'est arrivé, et maintenant chaque fois que j'essaie de passer à autre chose, de faire quelque chose que *moi*, je choisis de faire, tu me repousses et agis comme si tu savais mieux les choses que moi. Mais je suis la seule capable de décider, j'insiste, le souffle court. C'est à moi seule de dire ce que je veux, et je te veux, toi !

Garrett me fixe, l'air buté. Ses yeux plongent dans les miens, noirs et sauvages, et s'emplissent peu à peu d'un espoir nouveau, brûlant.

– Tu es sûre ? murmure-t-il dans un soupir.

– Oui, j'en suis sûre ! J'ai envie de toi ! La seule chose que je veux au monde en ce moment même, c'est que tu me fasses l'amour à me rendre folle, alors si tu pouvais arrêter une seconde de…

Il ne me laisse pas finir. Avec un sifflement rauque, Garrett me prend dans ses bras, m'entraîne et me plaque contre le mur. Son baiser est torride, passionné, possessif, exigeant tout ce dont mon corps n'osait pas rêver.

Gagné !

Je laisse échapper un soupir de soulagement, m'agrippe à son corps, à sa fabuleuse puissance. Cette fois, il n'y a plus trace de retenue. Garrett se presse contre moi et je lui arrache son T-shirt, soupirant au contact de sa peau nue contre la mienne, de son torse lourd contre mes seins. Il enfouit ses mains dans mes cheveux, tire ma tête en arrière, dévore ma gorge de baisers, tandis que fébrile je m'attaque à sa ceinture. Oui… De nouveau, je chavire, c'est de la lave en fusion qui se répand dans mes veines sous ses caresses, urgentes, grisantes. Enfin, la boucle cède sous mes doigts maladroits et je me débarrasse de son jean, et après de son boxer, et enfin, il n'y a plus rien entre nous, rien que le mouvement ardent de son corps et lui entre mes mains, dur et dressé.

– Putain ! suffoque Garrett qui tressaille contre mon cou, quand je referme ma main autour de lui, troublée par son corps qui me désire. Carina…

Je le caresse, plus fort.

Garrett laisse échapper un râle, puis il agrippe mes fesses, me soulève et me cloue dos au mur. Je m'accroche à lui quand il noue mes jambes autour de sa taille, et les écarte largement, avant de plonger en moi d'un seul coup puissant.

Oui !

Je crie, en sentant qu'il s'enfonce en moi et me remplit. Il se retire, et de nouveau me pénètre avec un cri sauvage, plus fort cette fois, et si profondément que j'en perds le souffle, j'en perds la tête, j'en perds tout ce qui n'est pas cette puissance de son corps, qui me fait l'amour juste comme il faut, si bien, *là*.

Je crie, je gémis et me cambre contre lui, accordant mon corps au rythme du sien, mes ongles griffant son dos, ses dents courant sur mon épaule. Garrett relève la tête pour plonger dans mes yeux, saisit mon menton et me maintient ainsi prisonnière. Je le fixe, désarmée, sans voix, subjuguée par le mouvement torride de nos corps et le plaisir incandescent qui jaillit en moi, à chaque va-et-vient. Nous sommes à bout de souffle, unis dans notre abandon désespéré et je me noie dans la profondeur de ses yeux ardents, et de mes lèvres s'échappent des prières interdites, alors que ses bras me crucifient et que son sexe me possède.

— Garrett ! je crie, et de nouveau la chaleur monte en moi. Non, ne t'arrête pas.

— Jamais. De nouveau il me plaque contre le mur et donne à son coup de reins une précision diabolique. *Ah !* Je suffoque, ivre de ce rythme, et encore une fois au bord de la falaise, si vite que je ne peux même pas me retenir, je suis incapable d'arrêter mon corps qui jouit de nouveau, entre ses bras. J'ai la tête qui tourne, le plaisir traverse tout mon être, l'écho de la jouissance continue de se répercuter en moi tandis que Garrett m'emporte sur le canapé.

Il m'allonge presque brutalement, mes jambes sont si faibles qu'elles ne me portent plus. Je m'accroche à lui tandis qu'il fait courir ses mains sur mon corps.

— Carina, ton cul est incroyable, grogne Garrett les mains sur mes fesses. De son visage émane une envie torride comme je n'en ai jamais vue. En un geste brusque, il me retourne, passe un bras sous mon ventre et se glisse derrière moi sur le bord du canapé.

Un nouveau frisson de désir me transperce. Le visage enfoui dans les coussins, il m'est impossible de le voir, mais oh, je sens ses mains sur moi, brûlantes et possessives, qui palpent mes seins depuis l'arrière, qui en titillent le bout, puis il empoigne mes hanches, les attire à lui et me fait prendre une nouvelle position.

Je me prépare à l'assaut de son corps. Mais au lieu de cela, il entre en moi doucement, centimètre par centimètre.

C'est si bon.

C'est une nouvelle sorte de folie, une sensation différente. Il plonge lentement en moi sans aller assez loin, puis se retire, me laissant désemparée et perdue. Je le désire terriblement. Je sens sa respiration saccadée derrière moi, son corps brûlant contre mes fesses. De nouveau il me pénètre doucement, puis se met à aller et venir avec fureur, en me plaquant sur le canapé.

Oui !

Je soulève mes hanches, j'essaie de l'attirer de nouveau plus profondément en moi, mais Garrett plante ses mains sur mes hanches, contrôle complètement la cadence, plonge en moi lentement, encore et encore.

Le visage dans les coussins, je laisse échapper un sanglot étouffé. Non, c'est au-delà de mes forces, je suis à bout, le corps tout entier noué par une tension exquise, et tout ce temps, Garrett n'en finit pas de me tourmenter, de s'enfoncer de quelques centimètres avant de ressortir, à chaque fois plus profondément, avant de se retirer.

C'est au-delà du plaisir, au-delà de tout ce que j'ai pu ressentir auparavant. Doux et violent, cruel et divin. Je suis complètement à sa merci, aux bord des larmes, m'efforçant d'aller à sa rencontre, laissant échapper des cris de plaisir presque inhumains, à chacun de ses assauts. Garrett enfouit ses doigts dans mes cheveux et me saisit, fait plier mon corps contre le sien, et me baise de plus en plus vite et à présent, c'est ensemble que nous crions, mes hoquets se mêlent à ses râles alors que je sens la pression croître, insoutenable, que dans la nuit noire j'appelle le plaisir.

— Carina ! Garrett répète mon nom, et plonge de nouveau en moi. Je le sens, oh je ne sens que lui, ses mains et sa chaleur et la puissance implacable de son membre qui va et vient en moi, rythme obsédant et victorieux.

— Viens, grogne-t-il, Carina, viens !

Mais je ne peux pas répondre, je suis trop haut, trop loin, les vagues enflent en moi à la force de sa passion et alors, je sens son corps se tendre contre moi et j'entends un cri guttural, et Garrett s'enfonce de nouveau plus profondément, frottant mon clitoris et je tombe, je tombe, et le monde se contracte et se réduit à cette explosion qui ricoche à travers mon corps et submerge tout mon être, toute mon âme.

Je le sens qui jouit en moi, je sens la force de son orgasme, tandis qu'il crie mon nom. Et quand nous nous effondrons, à bout de souffle sur le sol, dans une confusion de chair, de sueur et d'émerveillement, une pensée éclôt en moi dans le brouillard de mon délire. Une vérité toute simple.

C'est lui.

Cet homme. Cet homme infernal, exaspérant, ce prodige, ce miracle.

C'est lui.

Chapitre seize

Je m'éveille, désorientée, la lumière du jour se déverse par la fenêtre ouverte du salon. Je regarde autour de moi. Je suis pelotonnée sur le canapé, une couverture jetée sur moi, nue, mes vêtements éparpillés sur le sol. Je m'étire, encore dans le brouillard. J'ai la nuque coincée, mon corps me semble lourd, rompu de fatigue, et j'ai des courbatures inhabituelles, comme si j'avais couru un marathon.

Comme si j'avais baisé toute la nuit.

En un éclair, tout me revient. Garrett en train de me jeter sur le canapé, de me plaquer contre le mur, et de me faire crier, supplier, et de me faire jouir encore et encore.

Garrett.

Je balaie la pièce du regard, mais apparemment je suis seule dans l'appart, il n'y a que moi et le bazar que nous avons laissé la nuit dernière. Soudain, je suis prise de panique. Il est parti. Il m'a laissée là, comme si rien ne s'était passé, comme si j'étais juste un coup d'un soir. Une nana de plus, à épingler à son tableau de chasse, juste un corps chaud et consentant.

Est-ce qu'il t'a jamais promis autre chose ?

J'ai le cœur serré. Dans le feu de l'action, au milieu de tout ce plaisir, je n'ai pas cessé de me demander ce que tout cela signifiait, ce que je représentais pour lui. Aujourd'hui, à la lumière crue du jour, je réalise que tout ça pourrait bien ne rien signifier du tout.

Puis j'aperçois un mot sur la table basse, avec mon nom griffonné dessus.

Suis parti bosser, dit l'écriture quasi illisible de Garrett. *Rendez-vous à la maison de la plage pour le petit-déjeuner.*

Un immense soulagement m'envahit. Il ne s'est pas éclipsé comme un voleur. Ça veut dire qu'il ne regrette pas ce qui est arrivé entre nous.

Il ne s'est pas non plus attardé pour t'embrasser à ton réveil, me rappelle une petite voix. *Ce mot, il aurait pu le laisser à n'importe qui. Ce qu'il ressent vraiment, tu n'en sais rien.*

Je fixe le bout de papier, tentant de déchiffrer un quelconque sens caché entre les lignes, mais je ne vois rien dans ce bref message. Je me sens frustrée. Voilà ce que je n'ai pas appris, toutes ces années où j'ai joué selon les règles. Les clefs pour affronter le lendemain matin, ou comment s'éveiller après une nuit de plaisir incroyable sans tomber dans un fatras de peur et de doutes.

Soudain, ça me frappe : le nombre de fois où il a déjà dû faire ça auparavant, alors que moi je l'ai si peu fait.

Pas quand ça comptait, pas quand c'était important.

Stop.

Je m'interdis de me faire des idées, et m'efforce d'arrêter mes délires. Ce n'était qu'une nuit. Une nuit incroyable, indicible, fascinante, mais pour autant que je sache, ça n'ira pas plus loin.

Et ce courant que j'ai ressenti, ce sentiment intense de plénitude qui m'a envahie, dans ses bras ? C'était juste physique, je me sermonne. Rien qu'une réaction chimique, une onde de choc, due au séisme de mes sens après la plus géniale partie de jambes en l'air de ma vie. Il a beau m'avoir fait perdre la tête, penchée sur le canapé du salon, ça ne veut pas dire que ce sera plus qu'une simple liaison.

Une liaison. Oui. Je m'accroche à cette idée, de toutes mes forces. Une histoire pour le plaisir, libre, sulfureuse, destinée à m'aérer la tête et à me réveiller, après des années passées à nier mes véritables aspirations. Garrett est bien le dernier garçon au monde dont j'aurais besoin pour me projeter dans le futur. Ses projets d'avenir ne vont carrément pas plus loin que sa prochaine bière ou sa prochaine conquête. Je pourrais prendre exemple sur lui et vivre au jour le jour, pour une fois.

Ta vie est assez compliquée comme ça, Carina, je me dis en prenant la direction de la douche. J'ai déjà une tonne de problèmes à régler, pas question d'aller en chercher d'autres.

Une fois douchée et habillée, je me mets en route pour la maison de la plage. Les ultimes fragments de la brume matinale qui flottait dans mon esprit se sont éparpillés. Oui, je me sens au contraire vibrer, l'esprit vif, en quelque sorte plus *vivante*. C'est une magnifique journée de printemps, le ciel est bleu au-dessus de ma tête et dans la baie, la mer est claire et transparente, le long de la route de Beachwood. J'ai l'esprit clair, le corps alerte, en effervescence, je suis prête à mordre à pleines dents dans la journée qui s'annonce.

Décidément, je devrais baiser comme ça plus souvent.

J'éclate de rire toute seule en tournant dans Main Street. J'ai passé l'âge de ce genre de plan débile, mais je ne me suis jamais vraiment lâchée à la fac. Quand je sortais avec un mec, c'était avec une seule idée en tête : j'étais fermement décidée à trouver l'homme idéal, le mari et le père exemplaires, pour fonder cette famille dont je rêvais. Moi-même je m'étais transformée en fiancée modèle, douce et réservée, le genre de fille que les mecs présentent à leurs parents, pas la fille qu'ils plaquent contre un mur et qu'ils baisent à la faire crier.

Je ne m'amusais pas tellement, je n'expérimentais rien du tout. Le sexe était sage, protégé, et je m'efforçais de toujours être à la hauteur de leurs attentes, d'être la meilleure, comme si j'étais en compétition perpétuelle avec les filles de leur passé. Même Alexander n'aimait pas que je prenne le contrôle ou montre trop de passion. Il était du style missionnaire, quelques minutes de coups de reins frénétiques, et hop, il n'y avait plus personne. Je simulais pour lui, gémissements et soupirs, puis dès qu'il s'était endormi, je me faufilais dans la salle de bain pour me donner du plaisir, vite fait, me sentant honteuse de ne pas avoir été comblée par lui.

Mais avec Garrett, je n'ai pas eu à simuler. Loin de là !

Je sens mon pouls s'emballer, rien qu'à la pensée de son désir, de ses caresses qui m'ont rendue folle, jusqu'à me faire tout oublier. Il sait comment s'y prendre avec le corps d'une femme, presque mieux que moi-même. Toutes ces choses qu'il est capable de faire, avec sa langue…

Une bouffée de chaleur me traverse, puis j'ai la chair de poule, et je réalise que je suis de nouveau tout excitée. Là, en plein jour, devant les piétons qui arpentent les trottoirs et les enfants qui jouent dans le parc à côté de l'église. Je m'arrête à un feu rouge, je regarde les gens traverser, et soudain je me sens prête à tout.

J'attrape mon téléphone et tape un texto pour Garrett.

J'ai encore envie de toi.

J'appuie sur « Envoi », avant d'y réfléchir à deux fois, grisée par mon audace. Des voix que je connais bien s'élèvent dans ma tête, pour protester. Il risque de me prendre pour une traînée, une fille facile, et alors je comprends, stupéfaite, que ça m'est complètement égal. Je peux être tout ce que je veux maintenant, c'est même le but, non ? Laisser ma vie d'avant derrière moi, et repartir à zéro ici...

Je peux être qui je veux, faire ce que je veux. Tout ce dont j'ai envie.

Et j'ai carrément envie de Garrett !

Quand j'atteins la route du littoral qui mène à la maison de la plage, j'ai déjà pensé à une bonne dizaine de moyens de faire craquer Garrett. L'impatience allume des étincelles dans mes veines. Une fois à destination, je saute hors de la voiture et gravis d'un bond les marches du porche, et ce n'est qu'une fois la main sur la poignée de la porte que le message capté par mes yeux parvient à mon cerveau et que je remarque la vieille Honda toute cabossée, garée à côté du pick-up de Garrett.

Juliet.

Je me fige, mon sang se glace. En un instant, toute ma bonne humeur se volatilise, remplacée par le poids terrible de la culpabilité et du doute. Que fait-elle ici ?

— Hello ? j'appelle, prudente, en entrant. Garrett ?

— Ici ! répond-il et je suis le son de sa voix dans le couloir, jusqu'à la cuisine. Il rigole tout en faisant griller des tranches de bacon dans la poêle, tandis que ma sœur boit tranquillement un café, assise à table.

— Regardez qui est passé, dit Garrett en se tournant vers moi.

— Salut, je dis à Juliet, la gorge nouée. Euh, et cette lune de miel ?

— Génial, répond-elle sèchement.

— Je... je ne savais pas que tu venais, je remarque.

— Comme ça, on est deux, répond Juliet en me regardant, nettement sur la réserve. Garrett était juste en train de m'expliquer que tu étais à Beachwood depuis deux semaines ?

— C'est vrai, je dis, en jetant un regard inquiet à Garrett.

— Je lui ai expliqué que tu avais rompu avec Alexander, s'empresse-t-il d'expliquer. Et que tu avais besoin d'un endroit où te poser pour réfléchir.

Il hoche imperceptiblement la tête, comme pour me rassurer. Il ne lui en a pas dit plus.

Je ne sais pas si je dois être soulagée ou pas.

— Désolée pour ta rupture, dit Juliet, après un silence. Et ça va ?

Je hoche la tête.

— Je vais bien maintenant. J'avais juste besoin de faire un break, je réponds, toujours mal à l'aise, à la porte de la cuisine. Je me suis installée au-dessus du bar.

— Pas avec moi, m'interrompt aussitôt Garrett.

Un peu trop vite.

Je le regarde, m'interroge sur le sens de ces paroles. Aurait-il peur que Juliet pense que nous sommes ensemble ? Pour quelle raison ?

Suis-je censée me comporter comme si nous n'étions que des amis ?

Tandis qu'une foule de questions se bousculent dans ma tête, Garrett s'éclaircit la voix.

— Je ferais mieux d'aller voir comment ça se passe au bar, dit-il en éteignant le gaz. Il sort de la cuisine, me frôle au passage et effleure mon épaule un quart de seconde en un petit geste réconfortant.

— Commencez votre petit-déjeuner, toutes les deux, murmure-t-il. Y a tout ce qu'il faut.

— Oh, bien sûr…

Je le regarde s'en aller, l'esprit confus. Je n'arrive pas à me décider sur le comportement que je dois avoir avec lui, alors je reporte mon attention sur le petit-déjeuner et j'aide Juliet à mettre le couvert. Dans l'espace exigu, on se contourne et on s'évite sans échanger un mot, puis enfin nous nous asseyons, nos assiettes remplies d'œufs et de toasts.

Silence.

Je mords dans un toast, mais soudain j'ai perdu tout appétit. Je jette un regard à Juliet, en face de moi, la dévisage pour la première fois, depuis le mariage. Ses cheveux bruns sont attachés haut en queue-de-cheval, elle porte un sweat bleu et un jean, elle semble sûre d'elle, plus mature.

Ma petite sœur, plus si petite que ça.

Je ressens une douleur sourde et profonde. Il me semble qu'hier encore, elle jouait à se déguiser, subtilisant les robes dans la pile de linge à la buanderie. Mais ça doit bien faire quinze ans, au moins.

Quinze ans. Oh, ça fait donc si longtemps ?

— Que fais-tu ici ? je demande, rompant finalement le silence. Je veux dire, je vous croyais débordés, Emerson et toi, en ville, j'ajoute.

Elle hausse les épaules, joue avec ses œufs du bout de sa fourchette.

— On l'est, mais... Je devais venir. C'est l'anniversaire de Maman, répond-elle, les yeux baissés.

La culpabilité me frappe de plein fouet.

— Oh, là, là... J'avais oublié, je chuchote, et je me sens comme la pire personne au monde. Comment ai-je pu oublier ?

— C'est rien, dit Juliet avec un sourire crispé, et de nouveau elle hausse les épaules. Je voulais juste aller me recueillir sur sa tombe. Emerson avait prévu de m'accompagner, mais il avait rendez-vous avec les types du chantier, au restaurant, et il n'a pas pu se libérer.

— Oh, je dis, la gorge serrée, d'accord.

Le silence s'installe, et la culpabilité imprègne mon corps, en envahit chaque pore et je frémis, avec un mépris de moi-même glaçant. J'aurais dû être au courant, pour l'anniversaire de Maman. Je devrais m'en souvenir, chaque année, le moment venu. Mais je n'y ai jamais pensé, trop absorbée par le chaos de ma propre existence pour seulement m'en soucier, ou même m'inquiéter de savoir comment allait Juliet, cette date lui rappelant l'absence cruelle de sa maman, et l'impossibilité de partager avec elle tous les grands événements de sa vie.

Maman n'était pas là quand Juliet a eu son diplôme. Elle n'était pas là à son mariage. Et elle ne sera pas là non plus pour la naissance de ses enfants et tous les anniversaires à venir.

Je retiens mon souffle, épiant le moindre signe d'émotion sur le visage de ma petite sœur, mais Juliet reste impassible. Elle boit son café à petites gorgées, sans dire un mot. Et moi-même, je ne sais que lui dire. Tout me semble sonner si faux. C'est comme si nous étions des inconnues, placées à la même table et forcées de se faire poliment la conversation, un monde nous sépare.

J'ignore tout de sa vie, j'ignore ce qu'elle ressent. Je ne sais rien du tout de ma sœur, et c'est de ma faute. Tout est de ma faute.

La porte de la cuisine s'ouvre, et Garrett réapparaît. Il nous regarde, l'une et l'autre.

— Bon, la baraque est encore debout, plaisante-t-il. C'est plutôt une bonne chose, non ?

— C'est sûr, répond Juliet avec un sourire affectueux, le genre de sourire qu'elle n'a jamais eu pour moi. Alors, comment ça se passe, au bar ?

— Comme ci, comme ça, dit Garrett en se laissant tomber sur une chaise. Tu ne manges pas ça ? demande-t-il en désignant mon assiette.

Quand je secoue la tête, il la prend, attrape une fourchette et commence à manger sans prendre le temps de respirer. – En basse saison, c'est dur, poursuit-il. Emerson a dû te le dire, mais on essaie de monter des projets. Carina a eu une super idée : faire des soirées musique, elle t'a dit ? On a trouvé un mec qui compose, impressionnant. Je l'ai appelé pour lui dire qu'on était intéressé, ajoute Garrett en se tournant vers moi. Tu sais, celui qui a laissé son CD, hier soir...

Je croise son regard, surprends l'éclat furtif d'un sourire. L'espace d'un instant, mon stress et mes histoires de famille s'évanouissent, et je me revois, alanguie sur le canapé, bercée par la voix de velours de notre crooner, tandis que Garrett m'envoie au septième ciel. Je rougis.

— Il est doué, je murmure en détournant le regard. Il pourra venir, vendredi ?

— Mouais, répond Garrett, la bouche pleine. Je te ferai écouter ça, ajoute-t-il à l'intention de Juliet. Je jurerais avoir déjà entendu cette voix, ça m'énerve. Bref, tu verras, super.

— D'accord, dit Juliet en souriant. Excellente idée.

— C'est l'idée de Carina, répète Garrett. C'est elle le cerveau de tout ça, elle a été géniale.

— Oh... L'enthousiasme de Juliet semble dégringoler. Bien... C'est bien.

Silence.

Juliet repousse sa chaise.

— Bon, je dois y aller. J'ai rendez-vous avec Brit, tout à l'heure. On a prévu d'aller faire un tour. Tu devrais venir avec nous, suggère-t-elle à Garrett.

Je le sais, il n'y a aucune raison pour qu'elle m'invite, moi aussi, nous nous sommes à peine croisées ces dernières années, pourtant son rejet me fait mal.

— Je ne sais pas, répond Garrett en me jetant un regard. Peut-être.

— Appelle-moi, lui dit Juliet. Tu as mon nouveau numéro ?

Il hoche la tête.

Un nouveau numéro ? Je la regarde, abasourdie, tandis qu'elle embrasse chaleureusement Garrett.

— Prends soin de toi…

À la porte, Juliet m'adresse un petit signe de la main, puis elle s'en va.

Je reste sans voix, blessée par la distance qui s'est installée entre nous ! C'est idiot, je sais, je n'ai à m'en prendre qu'à moi-même, là. C'est moi qui l'ai repoussée, qui l'ai tenue à distance, toute notre enfance, avant de partir sans un regard en arrière. Mais aujourd'hui, ça me fait mal de voir combien je compte si peu dans sa vie, combien nous sommes des étrangères l'une pour l'autre.

— Ça va ?

La voix de Garrett m'arrache à mes pensées.

— Oui. Non, je réponds en me tournant vers lui. Je ne sais pas, je finis par murmurer, avec un haussement d'épaules, désemparée.

— Tu pourrais y aller, toi aussi, suggère-t-il calmement.

— Où ça ? Sur la tombe de ma mère ?

À cette idée, j'en ai des nœuds à l'estomac, pas question de faire sauter le verrou de cette cage remplie d'émotions que je maintiens sous clé à l'intérieur de moi depuis si longtemps.

— Je ne peux pas. Elle ne voudrait pas que je vienne de toute façon, je serais de trop.

Garrett avance la main et prend la mienne.

— Ce n'est pas l'impression que j'ai eue, remarque-t-il avec douceur.

Mes yeux rencontrent les siens.

— Je ne peux pas, je répète dans un chuchotement en me sentant honteuse.

— Tu as dit que tu voulais réparer ce qui était cassé entre vous, insiste-t-il.

— Mais je ne sais même pas par où commencer, je soupire, écrasée par le poids de mon indifférence, pendant toutes ces années.

— Par le début, suggère-t-il, avec un sourire malicieux. Aujourd'hui. Le premier jour du reste de ta vie.

— Quoi, tu me donnes des leçons de sagesse maintenant ? je réplique, l'anxiété encore à fleur de peau.

— Ne me tente pas, répond-il, un peu moqueur, un brin solennel. Tout voyage commence par un premier pas. La seule chose dont tu dois avoir peur, c'est de la peur elle-même.

Un rire s'échappe de mes lèvres.

— C'est comme ça, dit-il en serrant ma main. – J'entrelace mes doigts avec les siens, un contact qui m'apaise en dépit de la douleur de mes émotions. – Il se pourrait que ce ne soit pas aussi dur que tu le penses. Moi je dirais qu'elle avait envie que tu l'accompagnes.

— Tu crois ? je demande, et je me prends à rêver, juste un peu.

Garrett hoche la tête, et il lâche ma main.

— Je n'ai pas entendu la voiture démarrer, me fait-il remarquer. Si tu te dépêches, tu peux encore la rattraper.

Je le dévisage, partagée, puis soudain ma décision est prise. Je me lève d'un bond.

— On se voit plus tard ? je m'inquiète, déjà prête à sortir.

— Je reste dans les parages, répond-il avec un clin d'œil.

Un désir soudain s'empare de moi. J'ai envie de l'embrasser, de passer mes bras autour de son cou et de tout oublier, pour un moment, en sécurité entre ses bras. Puis j'entends Juliet qui démarre. Le temps presse.

— Merci ! je crie avant de sortir en courant. Je me retrouve dehors, dévale les marches du porche. Attends ! je lance à Juliet qui recule dans l'allée.

Elle s'arrête, et m'attend, moteur en marche.

— Qu'est-ce qui ne va pas ? demande-t-elle par la vitre quand je la rejoins.

— Je veux venir avec toi, je réponds, le souffle court. Pour voir Maman. Enfin, si tu es d'accord.

Juliet semble surprise.

— Tu es sûre ? Tu n'es pas obligée.

— Je sais, mais j'en ai envie, j'insiste. Je n'arrive pas à croire que j'ai pu oublier cette date, alors, oui, je veux t'accompagner.

Juliet hésite. Un moment, j'ai l'impression qu'elle va refuser, mais elle a toujours eu horreur des conflits. Elle soupire.

— D'accord, tu peux venir.

Chapitre dix-sept

Juliet ne semble pas vraiment se réjouir de mon initiative, mais je ne vais pas faire la difficile. Je m'installe sur le siège passager et boucle ma ceinture tandis qu'elle s'engage sur la grand-route. Les maisons et leur petit jardin défilent, l'océan scintille sous le soleil entre les branches des arbres.

— Alors… Je cherche un sujet de conversation neutre, un endroit par où attaquer sans passer par la case histoires de famille et tous ces drames, dont nous évitons soigneusement de parler. Comment va Emerson ? Et le restaurant, ça avance ?

— Il va bien, répond Juliet en me décochant un regard en biais, comme pour s'assurer que ma question ne cache pas un piège. On a trouvé un local superbe, une ancienne caserne de pompiers. Mais ça fait des années que l'endroit est à l'abandon, et il y a pas mal de travaux.

— Ça a l'air chouette. Et vous pensez en faire un resto à thème ou… Je m'interromps, mal à l'aise. Euh, je ne sais pas comme on appelle ça, ce style d'établissement.

— Oh non, pas de thème, répond Juliet. Juste de bons petits plats, tu vois, une nourriture rustique, bien de chez nous. Mais il n'a pas encore réfléchi au menu. L'ouverture n'est pas prévue avant plusieurs mois.

— Génial, je répète.

— Et toi ? demande Juliet poliment. Comment ça se passe, ton job ? C'est sympa de leur part de t'avoir laissée prendre quelques jours de congé.

— Oui, ils sont très sympas, j'essaie de plaisanter, mais ça tombe à plat. En fait, ils m'ont virée il y a déjà plusieurs mois.

— Oh, je ne savais pas.

Le silence s'abat sur nous. Juliet a les yeux rivés sur la route, et moi, je reste le nez collé à la vitre, en plein désarroi. Pourquoi ai-je laissé Garrett me pousser là-dedans ? C'est évident, Juliet n'a pas la moindre envie de passer une seule minute de plus avec moi. Nous menons depuis si longtemps notre vie chacune de son côté, nous ne savons même pas ce que l'autre fait.

C'était une grosse erreur.

Juliet tourne pour emprunter la route sinueuse qui mène aux falaises, de l'autre côté de la ville. Kilomètre après kilomètre je sens mon estomac se nouer un peu plus. Maman n'a pas de sépulture, pas vraiment. Nous avons dispersé ses cendres au-dessus de l'océan, cet été-là, il y a presque cinq ans. On a dit que c'était le cancer qui nous l'avait enlevée, et d'une certaine façon, c'était le cas, mais en réalité, c'était la faute d'une poignée de cachets, qu'elle a avalés une après-midi, mettant ainsi définitivement un terme à son combat secret.

Je n'étais pas là. Je me trouvais à la plage, à peaufiner mon bronzage, à envoyer des textos à mes copines pour leur raconter à quel point j'avais hâte que cet été se termine. Je ne pardonnais pas à Maman de nous avoir traînées à Beachwood. Je venais juste de sortir de la fac diplôme en poche et je m'apprêtais à partir pour un grand voyage avec mes copines. Je ne supportais pas de me retrouver coincée avec elle, Papa et Juliet, piégée une fois de plus au milieu de ce mariage catastrophe.

Maman disait que c'était notre dernière chance de passer l'été tous ensemble. À l'époque, j'ai cru qu'elle voulait dire avant que je ne déménage, et ne commence ma vie d'adulte. Après ce qui est arrivé, je me suis demandée si elle n'avait pas prémédité tout cela depuis le début. Savait-elle que ça se terminerait ici, d'une façon ou d'une autre ?

Je regrette qu'elle ne nous ait rien dit. J'aurais agi tellement différemment. J'aurais été meilleure, plus gentille. Une autre moi. Mais elle nous a caché sa maladie, même quand son état a empiré et qu'elle s'est mise à maigrir. La faute à la grippe, elle nous disait, une infection virale, et je suppose que je ne me suis pas plus interrogée que ça.

Je me reprocherai toujours mon égoïsme.

C'est Juliet qui l'a trouvée. Encore une chose que je ne peux me pardonner. C'est elle qui est entrée dans sa chambre, elle qui a vu le corps sans vie gisant sur le lit. Elle a appelé l'ambulance, attendu les secours, toute seule, et moi j'ignorais ses appels, trop occupée à flirter avec le maître-nageur, et partie en ville pour m'acheter une glace, tandis qu'à quelques kilomètres de là, elle vivait un cauchemar.

Je suis sa grande sœur. J'aurais dû être là, la protéger. J'aurais dû lui épargner cette douleur. Mais j'étais trop égoïste, trop enfermée dans ma propre culpabilité et le deuil, pour me soucier de son désespoir. Même quand Emerson a rompu avec elle, comme si elle avait besoin d'une douleur supplémentaire ! et que je l'ai vue anéantie, j'ai été incapable de partager sa tristesse. Je ne voulais pas prendre le risque de voir se lézarder la forteresse de déni derrière laquelle je m'étais réfugiée. J'étais terrifiée à l'idée que si je prenais son fardeau sur mes épaules, je pourrais me briser. Alors j'ai fait comme si je ne voyais pas l'étendue de sa détresse. J'ai continué à vivre ma petite existence misérable. Et ensuite j'ai fait ce qu'il y a de pire.

Je suis partie.

Juliet quitte la route pour se garer sur le parking du belvédère, au sommet des falaises. C'est le désert ici, à part un coin pique-nique pour les touristes, avec un gazon jauni. Pendant un moment, elle reste immobile, le regard fixé droit devant elle, derrière le pare-brise.

— Quelle belle journée..., je dis, sur un ton que je veux léger. – Je regarde les petits nuages cotonneux dans le ciel bleu, et le vert des arbres qui bordent le site. – Maman adorait quand le soleil brillait, comme ça.

Juliet se tourne vers moi et me décoche un regard acide, comme si je n'avais pas le droit de parler de ce que Maman aimait. Elle se retourne pour prendre un bouquet de fleurs que je n'avais même pas remarqué sur la banquette arrière.

— Du lilas, je réalise. Ses préférées.

— J'en apporte chaque année, répond Juliet calmement. Même quand je ne viens pas ici, à cette date j'en achète toujours un bouquet pour elle. Des jonquilles aussi.

— Tu te souviens quand elle a voulu peindre les murs du salon en jaune jonquille ? je me rappelle, la gorge serrée. Pour que ce soit le printemps toute l'année dans la maison...

Le regard de Juliet, imperturbable, rencontre le mien.

— Papa avait protesté en lui disant que tout ce jaune lui donnerait mauvaise mine. Tous les deux, vous avez tellement ri qu'elle a choisi du bleu en fin de compte.

Ses paroles me prennent au dépourvu. J'ouvre la bouche pour répondre, mais Juliet descend de voiture et s'éloigne vers la falaise.

Je reste là, pétrifiée, submergée par la honte et la culpabilité. Comment pourrais-je justifier mes actes, ou ne serait-ce qu'espérer le pardon pour tout ce que j'ai fait ?

Je regarde la silhouette de Juliet, devant la table d'orientation, face au panorama grandiose. De là, je le sais, on a le meilleur point de vue sur la baie : Beachwood et le littoral qui contourne le vieux phare et la campagne au-delà. L'image est inscrite dans mon cerveau, comme tout ce qui s'est passé ce jour-là. La robe que je portais, noire et austère, l'étiquette que j'avais oublié d'enlever et qui me grattait la nuque. Une belle robe, hors de prix et seyante, mais que j'ai jetée à la seconde où je suis rentrée à la maison. Je n'aurais pas supporté de la voir sur son cintre, dans mon armoire, comme un rappel de tout ce que j'avais perdu ce jour-là.

Je me reprends, puis je descends de voiture et vais rejoindre Juliet. Le jour où nous avons dispersé les cendres de Maman, il faisait froid et gris, il tombait une espèce de crachin typique des fins d'été, dans la région. Une météo affreuse, mais qui rendait d'une certaine façon les choses plus faciles. La fin de l'été, et la fin aussi de cette partie de ma vie. De mon enfance, de l'innocence. J'ai regardé ses cendres danser dans le vent, tourbillonner et disparaître tout en bas dans le bleu de l'océan déchaîné. Maman. Partie à jamais, avant son heure.

Quand j'arrive à son niveau, Juliet est en train de murmurer quelque chose. Aussitôt, elle se raidit, et se tait à mon approche. Elle semble si frêle, accrochée à ses fleurs, le menton fièrement relevé. Je ressens alors le besoin de glisser mon bras autour de ses épaules, et de la serrer contre moi, mais quand j'avance d'un pas vers elle, Juliet s'écarte.

Je me fige. Silence. Elle regarde au loin, au-delà de l'océan, les yeux remplis de larmes.

— Je ne peux pas le croire, presque cinq ans déjà, je dis doucement. Parfois, j'oublie même qu'elle est partie. Un coup de fil un dimanche matin, et je décroche, persuadée que c'est elle. Elle avait l'habitude de m'appeler ce jour-là, quand j'étais à la fac. Chaque dimanche matin, réglée comme une horloge.

Et je sens les larmes monter, brûlantes au coin de mes yeux.

Juliet se tourne vers moi.

— Ne fais pas ça, me dit-elle, agressive.

— Faire quoi ?

— Comme si elle te manquait, elle réplique en me fusillant du regard. Tu ne t'es jamais souciée d'elle quand elle était là.

— C'est faux, je proteste, en ravalant un sanglot.

— Si peu, me reproche Juliet, pleine de mépris. Tu n'étais pas là. Tu n'as jamais essayé… – Elle s'interrompt. – Tu sais quoi, c'était une mauvaise idée. Allons-y.

— Juliet…, je tente de la retenir, mais elle s'éloigne, va déposer soigneusement les fleurs à l'abri, près de la table d'orientation. Elle ferme ensuite les yeux pendant un petit moment, envoie une prière à Maman, puis elle tourne le dos au panorama et se dirige vers la voiture.

La douleur est insupportable, dans mon cœur, si aiguë que j'arrive à peine à respirer.

Elle me déteste.

Ma propre sœur ne supporte pas ma présence. Toutes ces années, nous avons été si distantes, elle a été polie, réservée avec moi, mais maintenant le masque est tombé, et je peux voir les blessures cachées par son sourire indifférent, des blessures dont je suis la cause, ces douleurs que je lui ai infligées. Je savais que je lui faisais du mal, mais aujourd'hui je comprends à quel point, et comme je m'en veux ! Comme il est lourd et amer ce poids sur ma poitrine, il pourrait me balayer.

Pourrais-je jamais arriver à réparer tout ça ?

Je me retourne face à l'océan et serre les dents pour ne pas pleurer.

Maman, je prie en silence dans le vent, attendant désespérément une réponse. *Dis-moi ce que je dois faire. Comment dois-je m'y prendre pour réparer tout ça ?*

Mais je ne reçois pas de réponse, bien sûr. Je suis seule face au fracas de l'océan contre les rochers tout en bas, seule avec ma culpabilité et ma honte, et toutes les erreurs que j'ai commises.

Il n'y a personne d'autre que moi et tout le mal que j'ai fait.

Je suis désolée, je lui dis. *Je suis tellement désolée pour tout ce gâchis.*

Mais ce n'est pas à elle que je dois présenter des excuses aujourd'hui. J'entends le moteur démarrer derrière moi, alors je rejoins la voiture, abandonnant les fleurs sur place, un bouquet, tout seul, en haut de cette falaise.

Quand je monte dans la voiture, Juliet ne m'accorde pas un regard. Elle garde les yeux rivés sur la route devant elle et négocie l'un après l'autre tous les virages tel un automate, en faisant comme si je n'étais pas là, assise à côté d'elle.

Je n'en peux plus. Je sens le désespoir qui menace de m'avaler tout entière, l'amertume qui me ronge. Comment vais-je bien pouvoir jeter le début d'un pont pour franchir le gouffre vertigineux qui nous sépare ?

Tout voyage commence par un premier pas.

La voix de Garrett résonne dans ma tête, taquine, mais chaleureuse. Elle m'encourage. Je me rappelle sa compréhension, ce fameux soir sur la jetée, quand je me suis confiée à lui, quand je lui ai montré tout ce que je dissimulais depuis si longtemps. Il a tout vu, le pire de mes secrets.

Et s'il pense que je peux le faire...

J'inspire profondément.

— Je te demande pardon, je chuchote, en me forçant à regarder Juliet.

Elle reste de marbre, ne cille même pas.

— Je sais, je t'ai laissé tomber, je dis, avec plus de force maintenant. Et tu n'imagines pas combien je suis désolée. Si je pouvais effacer le passé, crois-moi je n'hésiterais pas une seule seconde. J'ai tout foutu en l'air, et je ne sais pas comment faire pour arranger les choses. Mais tu dois me laisser essayer, Jul', il le faut.

J'attends une réponse, un signe qui montrerait que mes paroles ont du sens pour elle, mais Juliet se borne à agripper le volant et accélère dans ces rues à présent familières qui nous ramènent à la maison de la plage, et elle accélère encore, comme si elle avait le diable aux trousses.

Je réprime un sanglot. À chaque kilomètre qui défile sans un mot de sa part, la douleur croît en moi, et m'enserre de plus en plus, une agonie dont je suis la seule responsable, jusqu'à ce que Juliet s'arrête enfin, au bout de l'allée, et laisse le moteur tourner, attendant que je descende.

— Dis quelque chose, je chuchote en la regardant une dernière fois. Juliet, je t'en prie...

Finalement, elle se tourne vers moi, et dans ses yeux il y a de la colère et tant de souffrance.

— Que veux-tu que je te dise ? Tu m'as abandonnée, Carina ! Tu es partie !

— Je sais, dis-je en grimaçant devant cette vérité, mais Juliet secoue la tête.

— Non, tu ne sais rien, réplique-t-elle avec férocité. Maman était morte, Papa ne faisait que boire, Emerson m'avait plaquée. Je n'avais personne ! Tu m'as abandonnée, tu as préféré partir en vacances, comme si tout allait bien. J'ai dû affronter ça toute seule !

Sa voix se brise, des larmes rebondissent sur ses joues.

— Jul'…

Je veux la prendre dans mes bras, mais elle me repousse.

— C'est trop tard ! crie-t-elle, décomposée par le chagrin. J'ai passé des années à attendre que tu viennes à moi, que tu te comportes comme une sœur avec moi. J'espérais qu'un jour, tu te réveillerais et que tu aurais envie de me retrouver, que tu m'aimerais, mais tu n'es jamais venue. Alors j'ai arrêté d'attendre. – Juliet s'essuie les joues d'un geste rageur. – J'ai arrêté d'espérer il y a longtemps. Tu arrives trop tard.

Mon cœur se brise.

Juliet se détourne ostensiblement, elle en a terminé avec moi. J'ouvre la portière, descends de voiture et la regarde s'éloigner dans un nuage de poussière.

J'arrive trop tard.

Le poids de ces mots me percute comme une gifle. Les chances que j'ai laissé échapper. Tout ce temps, je me suis accrochée au vague espoir que peut-être, avec le temps, elle me pardonnerait. Mais aujourd'hui, je comprends que c'était terriblement naïf. Il n'y a pas de pardon possible pour la façon dont je l'ai trahie, pas de rédemption pour tout ce que j'ai réduit à néant. C'est fini aujourd'hui, après toutes ces années passées à l'ignorer, à la rejeter, à prendre ma sœur à la légère, quand tout ce qu'elle voulait, c'était mon affection et mon attention.

C'est fini. Je ne peux pas revenir en arrière. Elle ne me pardonnera jamais.

Et pourquoi le devrait-elle ? Tu n'as pas changé, pas vraiment. Tu ne pourras jamais réparer tout le mal que tu lui as fait en la laissant tomber.

Ces voix que je me suis appliquée à étouffer reviennent de plus belle me hanter, cruelles. Je cours vers la maison, comme un zombie, cherchant à échapper à la vérité, mais les mots me poursuivent, lugubres, étourdissants.

Tu l'as bien cherché. C'est de ta faute, tout ça, entièrement de ta faute.

Je m'effondre sous le porche, et sanglote avec un sentiment de vide atroce qui me consume, et occulte le soleil. Sous mes pieds, c'est un champ de ruines. Je croyais pouvoir reconstruire ma vie, et cette fois faire mieux, mais je le comprends à présent, j'avais tort. Il n'y a pas de renouveau possible, aucun moyen de faire table rase du passé. Mes erreurs me collent à la peau, et rien ne pourra changer ça.

C'est terminé. Mes fautes ne seront pas effacées. Tout ce qui me reste maintenant, c'est cette sensation de vide, la honte et le regret qui m'aspirent tout au fond, dans les ténèbres des abysses où je pourrais me noyer.

J'arrive trop tard. Je l'ai perdue à jamais.

Une déferlante de sanglots me secoue, plus forte que moi. Alors je pleure, j'ignore combien de temps, jusqu'à ce que je n'aie plus de larmes en moi, lessivée, seule. Je pleure sur toutes ces chances que j'ai laissé m'échapper, sur le chagrin que j'ai causé. Je pleure sur cette sœur qui ne veut pas me connaître, sur la mère que j'ai rejetée, jusqu'à la fin. Je pleure sur la promesse d'un nouveau départ à laquelle je m'étais accrochée, ce frêle canot de sauvetage balayé par les vagues. Je reste échouée là, seule.

Que puis-je faire maintenant ? Est-ce même encore la peine d'essayer ?

Tu mérites de souffrir.

Chapitre dix-huit

Je suis encore sous le porche, anéantie, lorsque Garrett me trouve, des heures plus tard.

— Carina ?

En l'entendant, je lève la tête. Il descend en trombe de son pick-up, pique un sprint à travers la cour, et son regard trahit son inquiétude.

— Que s'est-il passé ? demande-t-il en s'agenouillant devant moi. Ça ne va pas ?

Je secoue la tête, incapable d'articuler un mot. Je dois avoir l'air pitoyable. Les yeux tout gonflés et rougis à force de pleurer, sans parler de cette migraine qui pulse dans mon crâne.

— Elle me déteste, je réussis enfin à chuchoter, abattue. Juliet, elle refuse de m'écouter. J'arrive trop tard, voilà ce qu'elle m'a dit. Il n'y a pas de retour en arrière possible…

Et de nouveau c'est un flot de larmes, brûlantes et acides.

Garrett me prend alors dans ses bras, avant de se figer, surpris par la fraîcheur de ma peau.

— Depuis quand es-tu dehors comme ça ? demande-t-il, l'air inquiet. Viens, rentrons.

Il m'aide à me relever et m'entraîne à l'intérieur de la maison. Je le suis sans un mot. Je me sens complètement molle entre ses bras, comme une poupée de chiffon, vidée après tant de larmes. Ce matin, j'étais si enthousiaste et pleine d'énergie, j'avais le sentiment de reprendre enfin le contrôle de ma vie. Mais il a suffi d'un seul après-midi pour que tout parte en fumée.

Je n'arriverai jamais à rattraper les choses.

Garrett me fait asseoir sur le canapé et glisse une couverture autour de mes épaules.

— Je reviens tout de suite, dit-il, avant de disparaître dans la cuisine.

Je fixe la cheminée vide et froide, et j'aimerais tant que tout s'efface, juste en fermant les yeux. J'ai horreur qu'il me voie dans cet état, une fois de plus. Il doit me prendre pour une véritable épave. Chaque fois que je trébuche et m'écroule, il est là derrière moi, et c'est lui qui me rattrape, qui me rassure et me promet que tout va s'arranger.

Mais il a tort.

Cette fois, il se trompe.

Il n'y a aucun espoir d'arranger ça. Aucune chance de me faire pardonner. J'ai essayé, et j'ai échoué, et je n'ai que ce que je mérite. Un cœur brisé à jamais.

Après quelques minutes, Garrett réapparaît. Il s'assied à côté de moi et me glisse une grande tasse entre les mains.

— Du thé ? je l'interroge, encore détachée de tout ce qui m'entoure.

— Du café, corrige-t-il. Irish coffee. Ne discute pas, bois.

J'avale une première gorgée, le liquide brûlant s'écoule dans ma gorge. Je sens les yeux de Garrett sur moi, inquiets, mais je ne trouve pas la force de croiser son regard. Je suis accablée par la honte et la haine de moi.

Combien de fois vais-je m'effondrer ainsi devant lui ? Combien de putain de fois ?

— Je suis sûre que tu commences à en avoir marre de tout ça, je finis par dire, et l'amertume transparaît dans ma voix. De devoir me ramasser en petits morceaux et essayer de me réconforter. Je devrais porter une pancarte sur le front, « attention épave », non ?

— Hé…, proteste Garrett, bourru. Il pose une main sur mon bras, et son contact me fait vibrer. Enfin, je trouve le courage de le regarder.

Il m'observe, son beau visage est grave, et je devine en lui une envie féroce de me protéger.

— Ne dis pas ça, m'ordonne-t-il, les yeux brillants d'émotion. Je suis heureux d'être là. Enfin, pas heureux, s'empresse-t-il de rectifier. Je veux juste dire, nous avons tous besoin de quelqu'un sur qui nous appuyer, parfois. Personne ne devrait traverser ça seul.

Ses yeux voient tout au fond de moi, comme à chaque fois : ils transpercent tout, directement jusque dans ce cœur ravagé et brisé qui est le mien.

Je détourne les yeux, ma honte s'accroît. Depuis le soir sur la jetée, le soutien de Garrett est comme une bouée de sauvetage pour moi, l'unique planche de salut à laquelle me raccrocher, même au plus fort de la tempête. Mais là, je me surprends à souhaiter de tout mon cœur qu'il ne me regarde pas avec tant de tendresse. Je voudrais qu'il soit juste ce dragueur sexy pour lequel je le prenais, au début, uniquement en quête d'un peu de bon temps. Avec cet homme-là, je saurais gérer ; je trouverais d'une façon ou d'une autre l'énergie de me ressaisir, et de rire à ses bêtises.

Mais que faire face à cet homme, avec le cœur sur la main, une compassion que je ne croyais même pas possible ? Cet homme causera ma chute. Je ne ferai que le décevoir, exactement comme j'ai toujours fini par décevoir les autres.

Ne voit-il pas qu'il n'y a pas de rédemption qui tienne pour moi ?

De nouveau, je n'éprouve que du mépris pour moi-même.

— Non, je dis alors, agressive. Pas de ça avec moi.

— Quoi, Carina ? demande Garrett, perplexe. J'arrache ma main à la sienne.

— Ne me sers pas tes platitudes de merde, comme quoi il faut faire amende honorable et que c'est le premier pas qui compte ! je m'exclame, et les larmes de nouveau s'accumulent dans ma gorge, mais cette fois, ce ne sont pas des larmes de rejet, mais d'humiliation, brûlantes et furieuses. Tu n'as pas idée de ce que c'est. Je ne voulais même pas parler à Juliet aujourd'hui, tu te souviens ? – Je le regarde, et je me hais tandis que je déverse ma colère sur lui. – Je savais qu'elle n'était pas prête, surtout un jour comme celui-là, mais tu m'as poussée vers elle.

— Arrête, essaie de m'interrompre Garrett.

— Bien sûr que si ! je hurle, et c'est un torrent d'amertume dans mes veines. C'est toi qui m'as dit d'aller vers elle, et d'essayer d'arranger les choses. Tu as dit que tout irait bien, et tu t'es trompé !

— Je cherchais seulement à t'aider, dit Garrett, le visage fermé.

— Eh bien arrête ! je continue en bondissant sur mes pieds. La honte et le mépris de moi-même m'enserrent le cœur comme un étau. – Ce ne sont pas tes affaires ! je crie. Tu ne sais pas ce que c'est, de tout perdre, de voir toute sa vie partir en fumée, et tout ça par ta faute ! Tu ne sais rien ! je sanglote.

Les yeux de Garrett étincellent. Il se lève et s'éloigne.

— Et toi, tu ne sais rien de moi, dit-il à voix basse, sinistre, tout son corps en proie à une tension extrême, jusqu'à ses poings serrés.

— Faux, je sais une chose, je réplique, laissant exploser ma colère aveuglément. Tu n'as jamais essayé d'avoir une vraie relation dans ta vie, je l'accuse. Tout ce que tu fais, c'est baiser une fille après l'autre. Tu es incapable de comprendre ce que je traverse.

— La ferme ! rugit Garrett, mais je ne peux pas m'arrêter. J'ai besoin de quelque chose sur quoi me défouler avant que la douleur ne m'entraîne tout au fond.

— Tu ne sais pas ce que c'est, de vouloir une maison, une famille, et de voir tous ces rêves t'échapper !

— Si, je sais ! aboie Garrett, si fort que sous le choc, je recule. Son visage est décomposé et exprime une atroce agonie, un désespoir sans fin.

— J'ai eu une femme autrefois, et une petite fille ! explose Garrett, et l'écho de sa voix se répercute dans le silence de la maison. Il n'y a pas un matin où je me réveille sans qu'elles me manquent, mais elles sont parties. J'ai tout perdu, Carina. Toutes les personnes que j'aimais ! Alors ne viens pas me donner des leçons sur le futur que tu vois t'échapper, parce que moi aussi j'en ai eu un, et tout ça est parti en fumée !

Chapitre dix-neuf
Garrett

Les mots restent un moment en suspension entre nous, pesants dans le silence. Ma honte. Mon secret.

Ma perte.

Je n'arrive pas à croire que je le lui ai dit. Moi qui n'en avais jamais parlé à personne, qui n'avais pas même prononcé ces mots à haute voix. Durant des années, je les ai maintenus dans une prison de silence. Au début, j'ai essayé de noyer tout ça dans l'alcool et les paradis artificiels, avec l'espoir que l'amnésie effacerait la douleur. Que l'espace de moments fugitifs, je serais libéré du poids du chagrin. Et ça a fonctionné. Jour après jour, c'est devenu un peu plus facile, nuit après nuit, les ténèbres se sont estompées. Mais d'une certaine manière, l'oubli est pire. Si les souvenirs étaient tout ce qui me restait pour tenir, alors que se passe-t-il quand ces souvenirs s'effacent ?

Il ne me resterait rien. Pas le moindre signe qu'un jour elles m'aient appartenu.

Carina s'avance vers moi. Je la repousse, encore tendu, mais elle prend ma main et la serre.

— Je suis tellement désolée, chuchote-t-elle, son beau visage dévasté par l'émotion. Oh, Garrett, je suis tellement désolée. Je ne pensais pas ce que je viens de dire, je veux que tu le saches. J'étais furieuse contre moi-même, pas contre toi. Jamais personne n'a été aussi gentil que toi avec moi.

J'essaie de ravaler la boule d'angoisse en travers de ma gorge.

— Ça va, je dis avec brusquerie, et je me déteste pour cet aveu de faiblesse. C'était il y a des années. Tu ne pouvais pas savoir. Je n'aurais pas dû en parler.

Carina porte ma main à son cœur. Je devrais arrêter là, j'en ai déjà trop dit, mais je ne peux pas. La douceur de sa peau est celle de la soie la plus pure, l'éclat fugitif d'une lueur dans la tempête.

Je voudrais me noyer dans ce bien-être, et laisser pour toujours la nuit derrière moi.

Elle cligne des yeux nerveusement, se mordille la lèvre.

— Tu n'es pas obligé d'en parler, si tu n'en as pas envie, commence Carina, hésitante. Mais… Que s'est-il passé ? Comment sont-elles mortes ?

Mortes ?

Je la regarde, perdu, puis soudain tout s'éclaire. Je me rappelle mes propres paroles, quand j'ai dit que je les avais perdues, qu'elles étaient parties à jamais…

Elle croit qu'elles sont mortes.

— Ce n'est pas ça, j'arrive enfin à expliquer, honteux. Elles ne sont pas… Je veux dire, elles vont bien. Elles sont vivantes, j'ajoute, avant de me taire, écrasé par l'insupportable vérité.

— C'est juste qu'elles ne sont plus avec moi.

Carina écarquille les yeux et me dévisage, l'air confus.

La culpabilité me prend à la gorge. Et merde. Je n'aurais jamais dû commencer à parler de ça. Dieu seul sait ce qu'elle pensera de moi après, mais si quelqu'un a le droit de connaître la vérité, c'est bien Carina. Elle s'est montrée mille fois plus courageuse que n'importe qui, à affronter son passé sans faillir, à ne jamais reculer devant les pires horreurs de son existence. Elle a tout partagé avec moi, le bon comme le mauvais, sans penser un seul instant à l'image que cela donnerait d'elle.

Si elle peut le faire, alors moi aussi.

— Elle s'appelait Charlotte, je commence, la voix éraillée à force d'avoir tu toute l'histoire, pendant tant d'années. S'appelle, je veux dire. On s'est rencontré après mon premier séjour en Irak, dans un bar à côté de la base. J'avais vingt-deux ans, elle dix-huit. C'était la soirée d'enterrement de vie de jeune fille de sa copine, et elles étaient toutes costumées, tu sais, des écharpes et des couronnes…

Encore aujourd'hui, je la revois avec son T-shirt rose layette et son jean, cheveux retombant en cascade sur les épaules, le visage rieur.

Carina se rassied sans bruit sur le canapé, mais pour moi, impossible de rester en place. J'arpente le salon de long en large, nerveux, en me préparant à exhumer les cadavres de mon passé.

— Le courant est passé instantanément entre nous, elle était d'un abord facile, toujours de bonne humeur, et joyeuse, j'explique et je sens la douleur qui rebondit dans ma poitrine. On a couché ensemble ce premier soir, et juste comme ça, on s'est mis ensemble. Tout était génial, je me souviens, effondré. Je suis reparti en Irak, mais on est resté en contact, par courrier, via Skype et compagnie. Elle me faisait parvenir des colis, avec des cookies et d'autres gâteaux. Tous les types l'adoraient pour ça, j'ajoute avec un sourire las.

Je regarde Carina. Elle a replié ses jambes sur le canapé et m'écoute attentivement. Elle semble ouverte et compréhensive. Mais je le sais, ça ne durera pas.

— À mon retour, on a emménagé ensemble, à côté de la base, je continue. Tout allait bien, et puis... Elle est tombée enceinte, je dis, en détournant les yeux, honteux. Je... Je n'étais pas prêt. J'étais encore un gamin, je pouvais être renvoyé en opération à tout moment, je tente d'expliquer, même si je sais que ça ne justifie rien. Ses parents étaient attachés aux traditions, alors on s'est marié. Pas la grande cérémonie, juste une formalité à la mairie, avec nos témoins. Une partie de moi avait envie de fuir. J'avais l'impression que ma vie m'échappait.

Je lève les yeux sur Carina, et je me hais.

— C'est peut-être ce que l'on appelle le karma, je dis, avec une impression de vide. Ce que je ressentais, alors. Mais une chose est sûre, à la seconde où le docteur a mis ma petite Kaylee dans mes bras, ça a été le déclic. Là, tout d'un coup, je me suis senti prêt, je jure, avec tout mon cœur. J'aurais fait n'importe quoi pour cette enfant, pour ma famille. J'aurais donné ma vie pour elles.

— Je sais, dit Carina avec douceur. Je n'en doute pas une seconde.

De nouveau, je me remets à arpenter le salon.

— Je pensais que tout allait bien. J'ai effectué mes deux dernières missions, et après j'ai cherché un job sur la base, de façon à pouvoir être plus souvent à la maison avec elles. Charlotte semblait heureuse, j'ajoute avec un rire plein d'amertume. Elle avait repris ses études et suivait des cours du soir, pour décrocher son diplôme. En tout cas, c'est ce qu'elle prétendait...

Je m'interromps, et le passé amer me frappe de nouveau. Tous ces signes que j'aurais dû détecter, tous ces indices que j'étais trop aveugle pour relever.

Si je l'avais vu venir, cela aurait-il changé quelque chose ? Existait-il un moyen d'atténuer la souffrance ?

— Kaylee grandissait si vite... – Je m'enfonce un peu plus dans les souvenirs, jusqu'aux plus douloureux. – En un rien de temps, elle marchait, et parlait. J'ignorais qu'on pouvait aimer autant quelqu'un. Mais quand elle me souriait, ou m'appelait... – Je me tais, les souvenirs me font trop mal. – Je n'ai jamais connu un amour aussi fort. Elle était tout, pour moi.

Je suis obligé de m'arrêter, trop bouleversé pour continuer. Carina attend, patiente. Sans un mot, elle me laisse le temps de reprendre mon souffle.

— Elle avait deux ans quand Charlotte me l'a dit. Ça m'est tombé dessus comme ça, sans prévenir. – Je me remémore ce jour atroce, où j'étais rentré à la maison sans me douter de rien. – Kaylee n'était pas là à mon arrivée. Charlotte a dit qu'elle était avec sa grand-mère, que nous devions discuter.

Je serre les poings en repensant au regard de Charlotte. Elle arrivait à peine à me regarder dans les yeux, elle n'avait même pas été capable de me donner ça.

— Elle m'a dit qu'elle partait. Et qu'elle emmenait Kaylee avec elle. Elle avait un amant, je dis, la gorge serrée. Elle sortait plus ou moins avec lui, depuis le lycée. Et elle voulait vivre avec lui maintenant. Elle l'aimait depuis toujours... – Je serre les dents. – En fait, elle n'avait jamais cessé de le voir. Même après notre mariage. Après Kaylee. Tout ce temps, quand j'étais loin... Elle me trompait avec ce type.

La trahison me transperce maintenant, plante des couteaux profondément dans mon cœur. Des semaines, des mois, des années de mensonges. À me tromper, à se cacher, à découcher pour voir cet autre type.

— Elle menait une véritable double vie. – De nouveau, la fureur m'envahit, stupide rage impuissante. – À aucun moment je n'ai eu de doute. J'étais là comme un idiot, croyant que j'avais tout.

— Oh, Garrett… – Le visage de Carina exprime une profonde sympathie. – C'est terrible.

Je secoue la tête, en me maudissant.

— Ce n'est pas que… J'aurais pu faire face à ça. Je veux dire, c'était une trahison, mais bon, j'aurais pu trouver un moyen. Mais alors… Alors elle m'a dit… – Je ferme les yeux. – Elle a dit que Kaylee était la fille de ce type.

J'entends Carina qui gémit.

— Ma fille, ma petite poupée, ce n'était même pas la mienne… – Je rouvre les yeux et fixe Carina, sans vraiment la voir. – Je l'aimais, je la regardais grandir, et tout ce temps, elle n'était pas à moi. Je n'étais pas son vrai père.

— Si, tu l'étais, dit Carina avec fermeté. Tu étais là, tu l'aimais, c'est tout ce qui compte.

— Non, je réponds, anéanti. Pas au regard de la loi en tout cas. Ce jour-là, Charlotte est partie, et Kaylee, elle, était déjà loin. J'ai tenté de la voir, j'ai tout essayé, mais ils n'ont rien voulu savoir. Il était son père biologique, je n'avais aucun droit. Charlotte a même dit qu'en me comportant ainsi, je lui faisais du mal, j'ajoute, en ravalant mes larmes. Elle a prétendu que Kaylee était perturbée, chaque fois qu'elle me voyait. Elle a dit que j'étais trop souvent parti, et que ce type, lui, était de toute façon plus un père pour elle que moi.

— C'est ahurissant ! bondit Carina, furieuse. Comment ose-t-elle dire ça ? Tu n'étais pas un père irresponsable. Tu te battais pour ton pays !

Sa colère me touche, mais ça ne fait aucune différence.

— Qu'est-ce que tu crois ? Je me suis défendu, cent fois ! Devant les assistantes sociales, devant plusieurs juges. Ça n'a servi à rien ! Kaylee est heureuse avec eux aujourd'hui. Ils forment une famille maintenant. Et moi, je...

Les murs se referment sur moi. Je recule, secoue la tête.

— Je ne peux pas faire ça. J'ai besoin d'air, je lâche, brutal, et je la plante là pour me réfugier sous le porche.

Le soleil s'est couché, la baie se dessine sous une funeste aura d'argent et de gris. J'arpente les planches usées du porche, et je regrette, jamais je n'aurais dû commencer à me confier sur les ratés de mon existence. J'aurais dû le savoir, ça serait trop. Trop de déception, trop de peine. Trop de questions qui me rendent fou dans mes nuits solitaires et profondes, à ressasser les tourments de mon passé, à espérer de tout mon cœur une autre issue à cette histoire, une fin heureuse.

Parce que, une fois ma colère contre Charlotte dissipée, après le chagrin causé par la perte de Kaylee, je me suis retrouvé seul face à la pire vérité de toutes.

Je les avais déçues.

Je m'agrippe à la rambarde du porche, et je prends une profonde inspiration avant de faire face aux plus sombres de mes regrets. Si j'avais été un meilleur mari, si j'avais été un meilleur père, alors Charlotte ne serait jamais partie. Elle serait restée avec moi et je n'aurais rien su de sa trahison. J'aurais été heureux comme ça, avec une famille que j'aimais, au lieu de me retrouver seul avec une bouteille de whisky et une fille différente chaque soir, pour tenter d'anesthésier la douleur.

Je n'ai pas été à la hauteur. Si elle est partie, c'est à cause de moi.

Et l'ironie dans tout ça ? La famille que je n'étais même pas sûr de vouloir au début, c'est quand je l'ai perdue que j'ai touché le fond.

Perdu dans ma douleur, je sens une main légère effleurer mon épaule.

Je sursaute.

— Oh Garrett, murmure Carina avec douceur. Je suis si triste. Je ne savais pas. Je ne peux même pas imaginer tout ce que tu as dû souffrir…

Je me retourne lentement et croise son regard. Et la tendresse absolue de ses yeux bleus trouve la faille, un moyen de percer mes défenses, jusqu'à la tragique et désespérante vérité.

— C'est comme si tout ça n'avait jamais été réel, j'avoue, la voix rauque. Nous avons vécu des années ensemble, et aujourd'hui, il ne me reste rien d'elles. C'est comme si c'était moi qui étais mort, j'ajoute, les poings serrés. Elles sont passées à autre chose, elles m'ont oublié. Kaylee était trop petite. Bientôt, elle ne se souviendra plus de moi du tout. Elles sont loin, heureuses là où elles sont, et moi je suis scotché là, abandonné…

À ce stade, je me tais. Il n'y a rien d'autre à dire, je n'ai aucun moyen d'exprimer la profondeur de mes tourments. J'attends des banalités en guise de compassion, quelques lieux communs offerts en guise de réconfort, mais quand je regarde Carina dans les yeux, je réalise que je n'ai pas besoin de mots. Elle comprend ; je le vois sur son visage, à cette tendre expression de tristesse.

La souffrance de perdre ce qui compte le plus, elle connaît.

— C'est pour cela que tu ne restes jamais plus de quelques nuits avec une fille, murmure doucement Carina, et je vois dans son regard le puzzle se mettre en place. Comme ça, tu ne risques pas de t'attacher. Et ainsi ton cœur ne sera pas brisé une nouvelle fois.

— Je sais ce que c'est que de tout perdre, j'acquiesce. Et je refuse de revivre ça. Je ne peux pas, c'est tout. Alors oui, pas question de m'engager avec une fille. C'est plus facile comme ça.

— Mais tu ne te sens pas seul ? demande-t-elle d'une voix posée, ses yeux sondant les miens. Tu n'as pas envie de ressentir quelque chose à nouveau, de prendre le risque ?

Je sens mon cœur qui se serre.

— Non, je mens, en tentant d'ignorer la vérité, en évitant de m'attarder sur mes nuits misérables et le vide de mes jours, toutes les fois où j'ai rêvé de sentir à nouveau ce courant, cette harmonie avec quelqu'un, d'aimer comme j'ai pu aimer ma famille. Et puis…

— Tu combles ce vide en toi de différentes façons, dit Carina en terminant ma phrase, et elle s'approche de moi, posant gentiment sa main sur ma poitrine. Comme ça, chuchote-t-elle, tandis que la chaleur de sa main se répand dans mon corps.

Je retiens mon souffle, mon corps s'embrase en la sentant si proche.

— Ou comme ça, continue-t-elle, en se rapprochant encore, pour déposer un tendre baiser sur ma gorge.

Le désir m'envahit, me submerge. Je prends une inspiration tremblante.

— Carina, je commence, la voix mal assurée. La tempête d'émotions qui m'agite s'intensifie soudain et se mue en une spirale de désir si forte, que je tiens à peine debout.

J'ai envie d'elle, c'est fou comme j'ai envie d'elle. Envie d'oublier en m'enivrant de ses baisers, envie de l'extase ressentie près de son corps. Je veux fermer la porte au monde, me noyer dans sa douceur et que mon passé ne soit plus qu'un souvenir lointain.

— Ça va aller, chuchote-t-elle, me comprenant à demi-mot. – Elle fait descendre sa main sur mon corps, en d'infimes caresses qui me rendent fou. – Je sais ce que c'est.

Tu veux juste effacer tout ça. Moi aussi, c'est ce que je ressens, Garrett. – Elle plonge ses yeux dans les miens. – Parfois, je me sens si seule, qu'il m'arrive de penser ne plus pouvoir supporter cette douleur.

Mon cœur se serre. Ses yeux sont comme deux lacs remplis de l'eau la plus pure, cristalline et vraie. Je pourrais m'y noyer avec délice, plonger jusqu'au cœur de son monde et ne jamais refaire surface pour reprendre mon souffle.

— Laisse-moi t'aider à oublier, dit-elle, sans réaliser ce qu'elle m'offre : le monde, son monde, tous les plaisirs interdits de l'univers. Laisse-nous oublier tous les deux, et juste être ensemble. Toi et moi.

Ses yeux étincellent d'un désir profond et ardent. Et la vérité se répand en moi, éclatante, plus puissante que n'importe quelle drogue.

Elle me veut, moi.

Malgré tout ce qu'elle sait maintenant, mes échecs, mon incapacité à savoir retenir Charlotte et Kaylee. Sachant combien je les ai poussées à partir. Carina me veut, malgré tout.

J'avance ma main et effleure ses lèvres, plongeant mes yeux dans les siens. Sa peau se fait brûlante et je bande.

Bordel, moi aussi, je la veux. Oublier, laisser le monde derrière nous pour une nuit, et ressentir cette sorte de plénitude à laquelle j'ai goûté dans ses bras. Peut-être est-ce égoïste et que c'est mal de vouloir la prendre, quand je sais pertinemment que je ne pourrai jamais rien donner de plus, mais à cet instant, la tentation est trop forte.

Si je dois être égoïste, alors oui, je ferai tout pour qu'elle se sente bien. Je la ferai soupirer et gémir, je mettrai le feu à son monde. Et alors, peut-être alors, aurons-nous droit à ce dont nous avons besoin, tous les deux, à la faveur de nos étreintes, nus l'un contre l'autre, comme si le monde extérieur n'existait plus.

— Prends-moi, murmure Carina, et à ces mots, je me rends.

Je cède au désir et à l'envie dévastatrice, me penche sur elle pour doucement capturer dans un baiser cette bouche parfaite et irrésistible.

Elle a la saveur du paradis, des jours d'été et de la providence.

Je ferme les yeux, retenant l'instant, savourant la douce pression de ses lèvres, la lueur fugitive de tendresse, à son contact. Le temps se dissout, et les tourments cruels du monde cessent.

L'espace d'un instant, je suis en paix, complètement.

Lentement, je remonte à la surface pour reprendre mon souffle. Carina laisse échapper un imperceptible soupir, puis ses mains viennent se nouer à mon cou, et m'attirent. Je cède à mon désir, et rien au monde pourrait m'en empêcher. J'étreins son corps qui palpite de désir, et je la dévore et l'explore, ouvre ses lèvres et glisse ma langue au plus profond de sa bouche pour me noyer dans sa douceur humide.

Carina répond par un gémissement qui m'électrise. Je la serre contre moi, referme mes mains autour de ses fesses comme deux fruits ronds. Je suis dur, tout contre elle, mais quelque chose m'empêche de la dévorer comme je l'ai fait la nuit précédente. C'est différent cette fois, un brasier sourd de passion, quelque chose de noir et d'impatient, qui enfle à chaque seconde, à chaque caresse, qui nous relie dans ce baiser.

Je m'arrache à ses lèvres, prends son visage entre mes mains pour la regarder : ses yeux brillent, et sa peau est incandescente.

— Tu es si belle, je murmure, et je couvre de baisers la ligne de sa gorge pâle. Carina frissonne sous mes baisers, ses yeux se ferment alors qu'elle se liquéfie entre mes bras. J'effleure du bout des doigts le creux de ses reins, et je sens chaque centimètre de sa peau tressaillir. Je ramène doucement ma main sur sa poitrine en l'effleurant.

Elle étouffe un cri.

Je n'ai jamais rien vu d'aussi sexy qu'observer ces sensations qui la parcourent. Je dois recourir à tout mon sang-froid pour ne pas la croquer, pour ne pas lui arracher ses vêtements et la prendre là, maintenant, la baiser comme un fou, mais je me contiens, je caresse doucement le bout de ses seins magnifiques, déjà durs sous son haut.

Carina laisse échapper un autre gémissement. Je continue de la caresser, accentue la pression, juste un peu.

Elle soupire et se cambre, s'offre un peu plus à mes caresses. Merde. Je me retiens, serrant les dents pour ne pas la dévorer. *Pas encore. Prends ton temps.* Mes doigts la survolent, la torturent, contournent le bout de ses seins, et je sens son corps se tendre, son souffle qui s'accélère, qui s'affole et implore.

Lentement, je fais rouler le bout de ses seins entre mes doigts, et je serre doucement.

Carina rouvre alors les yeux, ses lèvres s'entrouvrent dans un « O » rond de plaisir.

Je me penche sur elle, capture à nouveau sa bouche, mais cette fois, sans retenue. Je plonge ma langue au plus profond de sa bouche en un baiser torride, jusqu'à ce que mon sang pulse violemment dans mes veines et que mon cœur batte à un rythme désespéré, assourdissant.

Je la veux nue, tout de suite.

Je la soulève sans effort, et plaque son corps contre le mien tout en me dirigeant vers l'escalier. Cette fois, ce ne sera pas l'amour vite fait contre un mur. Cette fois, je le jure, je vais la goûter des heures entières. Chaque centimètre de son corps parfait. Chaque soupir de béatitude. Je vais lui montrer un ciel nouveau.

J'emporte Carina à l'intérieur, puis je monte, pousse la porte et l'allonge sur le lit. Elle se redresse sur les coudes, le souffle court, ses seins enflent et retombent, à chacune de ses respirations.

Putain, j'ai besoin d'elle.

Je chevauche son corps, écartant lentement son haut de sa peau, bouton après bouton. Carina me regarde, sûre d'elle, haletante, mais je prends mon temps. J'ouvre son jean, le fais glisser sur ses jambes, jusqu'à ce qu'elle soit allongée là, devant moi, tout juste vêtue d'un bout de soie et de dentelle, sa peau veloutée implorant mes caresses.

C'est dément ce qu'elle est belle !

— Par où vais-je commencer ? je murmure, prenant mon temps. Ici ?

Je me penche et lèche le bout de ses seins à travers la dentelle rêche de son soutien-gorge. Carina laisse échapper une plainte, elle se cambre sous ma bouche, mais je la repousse en riant.

— Ou bien là... ?

Et je fais courir ma langue sur son ventre, puis sur la soie de sa petite culotte, et je plonge pour la lécher entre les cuisses.

Cette fois, Carina crie et enfouit ses mains dans mes cheveux.

— Pas si vite, je m'amuse en me libérant. – Je prends ses poignets et les place au-dessus de sa tête, j'enroule ses doigts autour des barreaux en fer de la tête de lit. – Du calme, ma belle, je murmure, en déposant un baiser sur son front. Et si tu as trop envie, tu n'as qu'à crier.

Les pupilles de Carina se dilatent, électriques, mais elle ne proteste pas, se contente de s'accrocher un peu plus fort au lit. Je glisse sur son corps, en prenant mon temps, savourant chaque pore de sa peau. Comme une pêche. Mûre depuis des jours, ne demandant qu'à être léchée, taquinée, mordillée. Je me perds en elle, je chuchote des baisers sur sa peau délicate et sucrée, puis je suce avec vigueur le bout de ses seins, à la faire crier, son désir au paroxysme se mêlant au fracas de mon cœur, jusqu'à ce que je voie flou et perde la raison, et je ne peux plus alors que serrer ce corps entre mes mains de plus en plus fort, et descendre encore, jusqu'à ce satané triangle de soie, le centre de mon univers.

Je glisse mes pouces sous sa culotte et je la fais glisser vers le bas, ivre de désir. De toute ma vie, jamais je n'ai eu autant envie de quelqu'un, mais c'est un désir différent qui pulse comme de la lave en fusion dans mes veines, un désir primitif et féroce, qui me dépasse, nourri par chaque soupir, chaque gémissement. Je n'ai pas uniquement envie de la baiser jusqu'à perdre la raison, je veux l'entendre me supplier, la rendre folle. Tellement folle de désir, à hurler mon nom jusqu'à ce qu'elle s'abandonne.

Je veux effacer en elle tout souvenir des autres hommes, jusqu'à ce que n'existent plus pour elle que mes mains sur son corps, que mes caresses, qu'elle appelle dans la nuit. Je veux qu'elle soit si mouillée, qu'elle jouisse à la minute où je plongerai mon sexe en elle, si pleine de désir qu'elle n'en aura jamais assez.

Je veux la faire *mienne*.

Carina relève la tête, rencontre mon regard alors que j'empoigne ses hanches et écarte ses jambes devant moi. Ses pupilles se dilatent, mais je ne bouge pas, je ne fais que m'agenouiller, regarder sur son visage le désir qui la torture à la faire se contorsionner, toujours accrochée aux barreaux du lit, comme si sa vie en dépendait.

— Je t'en prie, chuchote-t-elle doucement, si bas que sa voix est presque couverte par le fracas des battements de mon cœur.

— Je t'en prie de quoi ? je la taquine, et je lui enlève cette fois sa petite culotte.

Je plonge tête la première entre ses cuisses pour lécher sa peau, si douce à cet endroit, pour la respirer, m'enivrer de son odeur.

— Je t'en prie, encore ?

Et je la lèche, de plus en plus près du point limite. Carina laisse échapper un gémissement.

— Je t'en prie, plus fort ?

Et lentement, du bout de la langue je contourne la zone la plus sensible, jusqu'à ce qu'elle tremble.

— Je t'en prie, maintenant ?

Je ne bouge plus, immobile entre ses jambes, ma bouche à quelques centimètres d'elle. J'inspire et j'expire, sentant son corps sublime trembler entre mes mains.

— Garrett ! s'écrie-t-elle, à bout de nerfs, je t'en prie !

Je joue avec le feu. Déjà, ces émotions sont trop fortes. Cette passion, trop dangereuse. Je pourrais me perdre en elle, oublier tous mes serments amers. Mais l'écho de mon nom sur ses lèvres, comme une prière, est plus qu'un homme tel que moi ne peut en supporter. Un sentiment de puissance me submerge, suffisamment féroce pour me faire tout oublier. J'envoie tout au diable, même la petite voix qui résonne dans ma tête, qui m'alerte du danger. Je ne peux pas me retenir une seconde de plus.

J'approche mon visage du sien et ma bouche s'empare de la sienne, et ça y est, je suis foutu.

Chapitre vingt
Carina

Cette fois, c'est différent.

Garrett prend son temps, il me transporte, m'emmène tout près du paradis et s'arrête, jusqu'à me laisser pantelante, ivre entre ses bras. Et quand finalement je ne peux supporter une seconde de plus sans lui, et qu'il déploie enfin son corps sur le mien, la sensation de son sexe qui s'introduit doucement en moi est merveilleuse.

C'est lui que je veux.

Aussitôt je pars, une sensation de douce ivresse me parcourt, et je l'attire plus profondément en moi. Garrett prend appui sur ses coudes au-dessus de moi, et je cède avec délice sous son poids dans le moelleux des draps, peau contre peau, dans un délicieux mouvement de nos corps moites qui me fait une fois de plus m'envoler.

Il prend mon visage entre ses mains, plonge ses yeux dans les miens, et lentement me pénètre avec une précision dévastatrice.

Je plane. Je ne trouve même pas les mots pour décrire le fait de le sentir comme ça, partout. C'est comme si je me liquéfiais pour n'être plus que cette sensation absolue, fleuve qui épouse son corps à lui, sans forme ni poids, déferlant autour de son être, de son essence même. Je prends ma respiration sur ses lèvres ; à chaque impulsion qu'il imprime à l'intérieur de moi, je gémis de plaisir. Et tout ce temps, le désir sombre de ses yeux m'appelle, met mon âme à nu et voit au cœur même de mon être.

Jamais je ne me suis sentie tout à la fois aussi vulnérable et protégée, entre les bras d'un homme. Toutes mes peurs, tous mes doutes se dispersent sous son regard déterminé et exigeant, au va-et-vient régulier de son corps. Je me cambre, je le veux, fébrile, et je me mets au diapason de sa cadence, j'adopte son rythme alors que Garrett me maintient collée à lui, ses hanches menant la danse, en un mouvement perpétuel et encore lent. Mais j'ai maintenant dépassé le stade de la faim, en moi c'est une nouvelle sorte de désir. À chaque mouvement de nos corps, je me rapproche toujours plus de lui, de son univers magique, dans cette nuit où n'existent plus que ses caresses démentes, que ses yeux, rivés aux miens et l'électricité entre nos corps. Tout cela m'emporte au-delà de tout ce que j'ai jamais connu, vers un lieu où il n'y a ni passé, ni regrets, ni haine de soi, en un endroit où je suis moi et ouverte, dans toute ma vérité.

Garrett s'arrête, le souffle court, son corps emprisonné en moi. Je vois dans ses yeux l'éclat de l'émotion, je sens la tension envahir son corps. Il se retient, même maintenant, tente de garder le contrôle, mais je sais déjà qu'il n'y a aucun moyen d'arrêter ça. Je suis toute à lui, corps et âme, et je fais glisser mes mains sur son corps puissant, je sens les pulsations de ses muscles, son tremblent sous mes doigts. Je me resserre autour de lui, je l'enserre de mes muscles les plus intimes et Garrett laisse échapper un râle, son front en sueur vient s'abattre sur ma poitrine.

— Viens, je chuchote en bougeant contre lui. Le corps de Garrett frémit, résiste. Laisse-toi aller, je dis. Regarde-moi, je l'oblige à relever le menton, et je vois dans son regard qu'il est sur le point de perdre le contrôle, de tout lâcher. – Il n'y a que toi et moi, ici et maintenant. Maintenant. Laisse-toi aller.

Ses yeux trouvent les miens, puis quelque chose se fragmente dans son regard. Son visage soudain s'illumine, lueur sauvage, puis ses lèvres s'emparent des miennes, redoublent de passion. Il empoigne mes hanches, plonge en moi tout en roulant sur le dos, et maintenant je le chevauche, empalée sur son sexe tendu, qui va et qui vient en moi, tout au fond de moi.

Je crie, l'écho de ma voix résonne alors que le plaisir déferle en moi, et monte, vertigineux. Garrett reprend aussitôt ses assauts, ses mains dirigent mes hanches, contrôlent le tempo délicieux et je perds toute conscience, transportée, et m'écroule sur son torse. Garrett rugit maintenant, le souffle court, une passion aveuglante brille dans ses yeux et je me fige, subjuguée par son regard. Nous nous rejoignons, nos corps fondus l'un dans l'autre, nos cris confondus à chaque mouvement, et il n'y a plus rien que les yeux de l'autre, son contact, sa saveur. Et maintenant je la sens déferler, cette vague contre laquelle je ne peux rien, elle me balaie avec une puissance délirante, incontrôlable, indéniable, faite du choc de nos corps. Je suis impuissante, totalement prisonnière du regard de Garrett, de son corps qui bouge dans le mien, son corps qui me prend, et me caresse partout, surtout *là*. Oh je ne peux plus tenir. Je gémis son nom, encore et encore, tout à la fois en une mélopée, un cantique et une libération. Je bascule dans le plaisir qui m'entraîne au sommet, toujours plus haut, vers la liberté, vers lui, rien que lui, partout, et tout ce à quoi j'aspire, tout et plus encore.

— Garrett ! je hurle, au désespoir, tout près de basculer. Dans un rugissement, il se cambre et dans un élan puissant pénètre une dernière fois au plus profond de moi. Je sais qu'il y est aussi, je vois cette lueur dans ses yeux quand il jouit, je sens son corps qui explose, ardent, en moi, partout, et oh oui, je tombe, je bascule, à perdre la raison, le plaisir me consume en vagues successives et ardentes et je m'effondre sur lui, mon âme à nu.

Et lorsque je m'endors entre ses bras, je le sais, je ne serai plus jamais la même.

Chapitre vingt et un

Il est minuit passé quand je m'éveille. Le bras de Garrett repose en travers de mon corps, protecteur. Je me laisse bercer par l'écho paisible de sa respiration, calme dans le noir, et épie le moindre frémissement involontaire de ses muscles.

Je me retourne doucement pour le regarder, ses cheveux châtain clair ébouriffés, la ligne de sa mâchoire. Il bouge, murmure quelque chose dans son sommeil, trop bas pour que je comprenne.

Je me demande de quoi il rêve.

Je le dévisage, et une immense tendresse envahit soudain mon cœur. Je suis incapable de l'expliquer, mais désormais je me sens différente. Changée. Depuis ce fameux soir sur la jetée, j'étais la seule à lui avoir confié mes secrets, à avoir mis mon âme à nu sous son regard bienveillant.

Désormais, nous sommes à égalité.

Ce soir, il m'a révélé le côté obscur de son propre passé, les tourments et le désespoir qui le hantent jour après jour. À présent, je le comprends comme je n'ai jamais compris personne. Quand nous étions les yeux dans les yeux alors qu'il allait et venait en moi, plus rien ne nous séparait, aucune barrière à laquelle se raccrocher, ce n'était plus lui d'un côté et moi de l'autre, mais nous deux confondus.

C'était exaltant, enivrant.

Terrifiant.

Je soulève son bras posé sur ma taille et me lève silencieusement. J'attrape son sweat sur le dossier d'un fauteuil et le glisse sur mon corps nu, puis je ferme doucement la porte derrière moi. Il fait noir, mais je connais le chemin par cœur et descends sur la pointe des pieds cet escalier que j'ai grimpé si souvent au fil des années.

Dans la cuisine, je me sers un verre d'eau et bois tout en regardant par la fenêtre la plage plongée dans la nuit. Je me sens fébrile, nerveuse, quelque chose de frénétique que je ne m'explique pas bat dans ma poitrine.

Ça s'appelle l'émotion, idiote, me chuchote la petite voix, amusée. *Tu n'avais pas l'habitude de ressentir ce genre de choses, avec un homme. Bienvenue dans le monde réel, bienvenue chez les humains.*

C'est donc ça que je ressens. Ce mélange d'allégresse frivole et de terreur absolue. C'est donc ce que vivent les gens normaux, quand ils n'ont pas passé des années à étouffer leurs émotions, à garder sous clé le moindre sentiment dans le plus sombre, le plus secret des cachots ? En faisant l'amour avec lui cette nuit, je voulais Garrett tout entier : m'éveiller entre ses bras chaque matin, et m'y effondrer de sommeil le soir venu. Chasser ces fantômes, dans ses yeux, et panser ces plaies, ces cicatrices béantes que lui a infligées le passé. À cet instant, dans le silence de la maison vide, j'entends mes pensées, je me sens bête, comme une adolescente trop romantique et pleine de candeur, avec des rêves d'amour, d'âme sœur et de bonheur éternel.

Tu es trop vieille pour ce genre d'inepties, Carina. Le temps de la naïveté est passé, depuis longtemps.

Pourtant... Je le sens dans mon cœur, cet espoir, l'envie d'y croire, les battements d'ailes frénétiques du désir. Pas uniquement le désir de son corps superbe, mais aussi celui de son esprit : de son humour, de ses rires, de sa compassion et de sa force. Et plus que tout, de son cœur.

De son cœur brisé, perdu, blessé.

Je le veux tout entier, malgré moi. Malgré ma promesse de ne plus jamais m'exposer à ce genre de douleur, de ne plus jamais faire confiance à un homme qui forcément m'abandonnera. Mais la raison ne peut rien contre cette bouffée d'émotion qui me submerge, qui me transporte, et je suis sans défense contre les sensations qui m'envahissent lorsque je suis entre ses bras.

Pourquoi ? je m'interroge, désemparée, et je dérive d'une pièce à l'autre, dans l'obscurité, jusqu'au salon. Pourquoi nos cœurs se sont-ils rapprochés, s'accrochent-ils l'un à l'autre, sans aucune promesse de quoi que ce soit en retour ? Est-ce inscrit dans le marbre de notre ADN, ce désir qui agit comme un aimant, même face à de tels obstacles, ou est-ce le seul moyen pour nos âmes de trouver un peu de paix en ce monde ? Rencontrer enfin l'autre qui va accompagner vos pas dans les ténèbres de la solitude, celui ou celle qui va prendre une part de votre fardeau sur ses épaules.

Mais que se passe-t-il quand tout cela part en vrille ?

Je regarde autour de moi, cette maison qui a abrité tant de disputes entre mes parents, tant de souffrances, que les larmes accumulées pourraient effacer le moindre souvenir de rire et de joie.

Il y a eu de la joie, ici, je me rappelle. *Souviens-toi.*

Comme aspirée par une force magnétique, je me dirige vers le piano, dans un coin de la pièce. Je m'assieds sur le tabouret, fais courir mes doigts sur le bois lisse du couvercle. Je ferme les yeux, imagine ma mère à côté de moi, en train de m'apprendre des accords. Le soleil se répand par les fenêtres ouvertes, le vent d'été vibre de l'écho de son rire.

— Tu sais jouer ?

Une voix résonne derrière moi, dans la pénombre. Je rouvre les yeux.

Garrett est là, à l'entrée du salon, vêtu de son seul boxer. Il s'avance vers moi, le pas traînant.

— J'avais complètement oublié ce truc, ajoute-t-il, ça fait si longtemps qu'il est là, je ne le vois même plus...

Il faut quelques secondes à mon cerveau pour revenir à la réalité, pour me dépouiller du passé qui pèse sur moi comme une chape.

— Ma mère m'avait appris, je réponds, les yeux baissés. La guitare aussi, il y a des années.

— Je ne savais pas...

Il se rapproche, s'assied à côté de moi sur le banc. Je retiens mon souffle, je profite de la chaleur de son corps contre le mien, du contact de sa peau nue.

— Il y a tant de choses que tu ignores, je dis, avec calme.

Garrett soulève le couvercle sur le clavier, l'ivoire des touches scintille dans l'obscurité.

— S'il te plaît. J'aimerais t'entendre jouer.

— Je ne peux pas, je réponds en secouant vivement la tête. Ça fait des années que je n'ai pas touché à un piano.

— Je suis sûr que ça va te revenir, dit Garrett, et il m'encourage d'un sourire. Je t'ai entendue chanter dans l'appartement la dernière fois, tu as une voix incroyable.

— Le piano n'est pas accordé, je réponds, en cherchant une autre excuse. Il doit être plein de poussière.

— Juste un morceau, insiste Garrett avec douceur, et il prend ma main, la place au-dessus du clavier. Pour moi...

J'inspire à fond. Je n'en ai pas envie, quelque chose en moi est terrorisé à la seule perspective de toute l'histoire que je vais ramener à la surface en appuyant sur ces touches, et puis je vois ses yeux, il attend, curieux, sourire aux lèvres.

Je ferais n'importe quoi pour lui.

— Je ne suis pas douée, je le préviens. Et puis, je n'ai pas de partition.

— Je m'en fiche, répond-il, sans cesser de sourire.

— Qu'est-ce que tu veux entendre ? je demande en essayant de me rappeler ces chansons que j'interprétais, seule à la maison, faisant courir mes doigts sur les touches, encore et encore, jusqu'à ce que ce soit juste.

— Ce que tu veux. Quelque chose que tu aimes, ajoute-t-il. Qui évoque des souvenirs, pour toi.

Je rassemble mon courage et ferme les yeux, et j'essaie de m'imaginer, je suis seule dans le salon. Je pose mes doigts sur le clavier, les positionne, puis je commence.

C'est une berceuse, l'une des chansons préférées de ma mère, douce et acidulée, et maintenant la mélodie me revient, mes doigts se déplacent sur les touches et je joue comme si c'était hier.

— « Combien de temps veux-tu être aimée ? », je chante. « Est-ce que l'éternité suffit, est-ce que l'éternité suffit ? »

Elle me chantait ce morceau quand j'étais petite, pour m'apaiser le soir, quand elle venait me border dans mon lit. Tout en jouant, je sens si fort sa présence que des larmes de feu s'échappent de mes yeux, rebondissent sur ma joue, alors que mes doigts dansent sur les touches, que mes mains volent sur le clavier.

L'espace d'un instant, elle est revenue avec moi, juste là. Puis les dernières notes résonnent, et je le sais, c'est terminé, elle ne reviendra jamais.

— C'était beau, dit doucement Garrett.

Je m'essuie les yeux, soudain gênée.

— Je te l'ai dit, je manque d'entraînement.

— Non, c'était parfait, insiste-t-il, en caressant gentiment ma joue. Tu es fantastique.

Je suis encore bouleversée, la gorge serrée. Alors je le regarde et je me perds dans l'infinie tendresse de ses yeux. Jamais on ne m'a jeté un tel regard, pas même une esquisse. De nouveau, je sens ce frémissement, comme un battement d'ailes dans ma poitrine, et l'espoir prend son envol.

— Merci, murmure-t-il, les yeux immergés dans les miens. D'avoir partagé ça avec moi.

Je détourne le regard.

— C'était rien du tout, je mens, voulant encore donner l'impression que je contrôle. Et toi, tu sais jouer ?

Garrett rigole, et l'intimité de ce moment se dissipe.

— Des trucs ultra simples, dit-il, avant d'ajouter, sarcastique : mes parents n'étaient pas vraiment du genre cours de piano.

— Ah bon ? Et quel genre étaient-ils ?

— Tu sais, le genre normal, répond Garrett avec un haussement d'épaules.

— Non, je ne sais pas, je dis avec calme. En fait, je ne sais quasiment rien, sur toi.

— Excepté mes secrets les plus enfouis, les plus noirs, tu veux dire, remarque Garrett sur un ton léger, mais derrière le sourire narquois, je vois bien l'éclat de la douleur.

— Exactement, je réponds avec un regard rassurant, sur un ton détaché. Toi et moi, on est très doué pour parler des traumatismes du passé, en revanche pas un mot sur tout le reste...

— Qu'est-ce que tu veux savoir ? demande Garrett en riant. Il se lève, prend ma main et je me lève à mon tour.

— Je ne sais pas, je réponds. Juste des trucs normaux, du quotidien. Quel genre de mec étais-tu avant... avant cette histoire. Où as-tu grandi ? je demande, curieuse. Je veux tout savoir de lui, le moindre détail. – Tu as des frères, des sœurs ? Qu'est-ce que tu voulais faire, quand tu étais petit ?

— Asheville, dit Garrett en prenant place sur le tabouret, face à moi. Il se penche et dépose un baiser furtif sur mes lèvres entre chaque réponse. Une sœur, plus jeune que moi. Elle est partie vivre à New York avec son mari. Et je rêvais d'être astronaute.

— Pourtant, tu t'es engagé dans l'armée...

— Oui. Mon père était militaire, mon oncle aussi, comme une flopée de mes copains de lycée. Ça m'a semblé la chose la plus logique à faire.

— C'est très courageux de ta part, je dis, impressionnée par son sens du devoir et sa loyauté.

— Non, répond-il, avec un sourire espiègle. Je ne dis pas que c'était une partie de plaisir là-bas, mais j'ai eu de la chance. Et bon, ça n'a pas été le cas pour pas mal de types.

Je serre fort sa main dans la mienne.

— Dis donc, si je dois subir un interrogatoire, je vais avoir besoin d'un petit-déjeuner, ajoute Garrett, en détournant les yeux.

Je me demande si je n'ai pas commis une erreur en le poussant à me confier des données très privées sur lui.

— Un petit-déjeuner ? Mais il doit être quelque chose comme 2 heures du matin, je remarque, sur un ton volontairement léger.

— Parfait, dit-il, tout sourire. C'est le moment idéal. Viens... Il se lève, me tend sa main, que je prends. Il m'entraîne vers la cuisine où il commence à s'affairer d'un placard à l'autre. Je vais te préparer mes fameuses gaufres. Toutes les nanas en sont folles.

Je ressens un immense soulagement.

— C'est donc ça, le secret de ton succès, hmm, je dis, en le taquinant.

— Ça et mon physique de rêve, répond Garrett avec un clin d'œil. Sans parler de mes performances de super-héros, au lit.

— Et aurais-je l'honneur de goûter un jour à ces performances ? je demande, avec le plus grand sérieux.

— Hé ! Garrett m'attrape, me plaque contre le réfrigérateur.

Je retiens un cri au contact glacial du métal sur mon dos nu... et au contact du corps de Garrett qui se presse contre le mien, brûlant.

— Qu'est-ce que tu viens de dire là ? murmure-t-il, en couvrant mon cou de baisers. Je tressaille, me contorsionne entre ses bras.

— Juste que tes gaufres doivent être délicieuses, je plaisante, alors qu'une douce chaleur m'envahit. Garrett promène ses mains sur mon ventre, il effleure le bout de mes seins, il m'électrise, met le feu à ma peau.

Il relève la tête, et sa bouche prend la mienne avec un appétit renouvelé alors que nos corps fusionnent et se cherchent et s'embrasent, comme s'ils n'étaient faits que pour ça.

— Le petit-déjeuner peut attendre.

Chapitre vingt-deux

– Tu as pensé à placarder des flyers, près du port ? je demande, inquiète. On est vendredi soir, à quelques heures à peine du concert, et les clients se font désirer. Et avant même de commencer, mon grand projet de redynamisation du bar semble tout près d'échouer.

— Oui, m'dame, répond Garrett avec un clin d'œil. J'ai donné dix dollars à deux gamins et une centaine de flyers. Ils ont dû retapisser les murs jusqu'à Terranceville à l'heure qu'il est.

— Mais alors, où sont-ils, tous ? je m'angoisse, en réarrangeant les salières sur les tables pour la quinzième fois.

— Ils finiront bien par se pointer, répond Garrett avec un haussement d'épaules.

J'ai du mal à comprendre. Comment peut-il être aussi calme ? C'est le grand soir, j'ai préparé cet événement toute la semaine, et si près du but, j'ai envie que tout se passe bien. – Je vais voir si tu as bien posé le panneau d'affichage, je dis en descendant de mon tabouret. Peut-être que tu l'as mis à l'envers, ou un truc comme ça.

— Eh, doucement... Garrett sort en vitesse de derrière le comptoir, il attrape ma main et m'attire vers lui. Serais-tu en train d'insinuer que je ne suis pas capable de reconnaître ma droite de ma gauche ?

Mon cœur bondit, rien qu'à me retrouver dans ses bras. Garrett me regarde, ses yeux pétillent, pleins de malice.

— J'ai placé ce fichu panneau comme tu m'avais dit. Tu sembles oublier combien je suis obéissant, murmure-t-il, ses lèvres douces et chaudes contre mon oreille. « Encore, plus fort, maintenant... »

Je rougis, furieuse, et il rigole.

— Tu es tellement mignonne les joues rouges comme ça. Ça me rappelle comme tu es belle quand je te baise comme une bête.

Sa voix est à peine perceptible, mais soudain je suffoque, scandalisée. Autour de nous, il y a des gens assis à leur table, d'autres qui discutent, au comptoir. Et tout ce temps, Garrett laisse peser une main possessive sur mes fesses, et ses allusions sensuelles me font frissonner jusqu'au creux des reins.

— Je pourrais faire une pause, continue-t-il dans un souffle, les yeux brillant de pensées malhonnêtes. Tu viendrais me retrouver, derrière, sur le parking et... soudain, Garrett me lâche et s'écarte. Salut, vous deux, lance-t-il sur un ton enjoué par-dessus ma tête. Quoi de neuf ?

Je me retourne, encore toute tremblante. Brit et Hunter avancent vers nous. Elle porte une jolie robe, la même qu'Alicia à la baby shower, des bottines sexy et ses cheveux retombent en fines boucles autour de son visage, faisant ressortir ses yeux soulignés de noir. Elle me décoche l'un de ces regards mauvais dont elle a le secret, puis bondit sur un tabouret de bar.

— Enfin une soirée digne de ce nom à Beachwood, pas trop tôt, dit-elle en souriant à Garrett. On va pouvoir vider ton stock de whisky et aller se bagarrer dans la rue pour enfin réveiller cette ville morte !

— En attendant, je vous offre un pot, répond Garrett, hilare, avant de retourner derrière le comptoir où il attrape deux bières. Merci d'être venus.

Hunter regarde de l'autre côté, la scène improvisée.

— C'est super, mec. J'ai entendu dire que tu avais casté un pro, pour le concert de ce soir.

— Ouais, dit Garrett avec une grimace. Mais je ne pense pas qu'on fera salle comble.

— Les gens vont venir, je dis, et j'aimerais être aussi confiante que j'en ai l'air. Mais où est-il, ce type ? Il a dit qu'il serait là vers 20 heures.

— Il n'est que moins le quart, me fait remarquer Hunter.

— Bon, je vais vérifier ce panneau d'affichage, je répète. Je regarde Garrett, en quête d'un peu de réconfort, mais il est déjà parti servir un autre client. Je reviens, dis-je à Brit et Hunter, préoccupée.

— Prends ton temps, répond Brit.

Je ravale un soupir et m'éclipse. Je comprends, c'est la belle-sœur de Juliet, et elle pense que je ne suis qu'une garce sans cœur, mais elle adore Garrett, alors j'espère juste qu'elle laissera tomber cette agressivité assez longtemps pour me donner au moins une chance.

Je sors, je vérifie le panneau annonçant la prestation de notre chanteur en *live*, m'assure que le vent n'a pas fait des nœuds avec les serpentins dont j'ai décoré les fenêtres, à l'étage. Ça a de la gueule. Je rectifie vite fait certains détails, quand deux voitures se garent devant le bar, avec un groupe de jeunes.

— Hé ! appelle l'un d'entre eux. C'est bien ici, pour le concert, ce soir ?

— Oui ! je réponds, soulagée. Vous y êtes !

— Super. Le type se tourne et crie à ses copains. Appelez Jake et les autres, dites-leur qu'on a trouvé !

Tel un essaim de fringues à la mode, ils surgissent de leurs véhicules. Je les fais entrer, et promets de leur envoyer leurs amis dès leur arrivée. Moi qui étais à bout de nerfs toute la journée, je commence à me détendre. J'avais raison sur toute la ligne. Tout se déroule selon mon plan. Les flyers ont inondé la région, j'ai fait passer de la pub dans tous les journaux du coin et inscrire le nom du bar en ligne, avec les bonnes adresses destinées aux noctambules. Et puis, nous avons mis en place des tarifs promotionnels pour la bière et les hamburgers, afin de stimuler la consommation pendant le concert. Tout devrait se dérouler sans accroc.

Ce qui signifie que je me retrouve sans rien pour me distraire de la seule chose qui hante véritablement mon esprit.

Garrett.

Je l'observe derrière le comptoir, il sert des bières et rigole avec les nouveaux venus. Mon cœur palpite rien qu'à le regarder, mais au-delà du joyeux déferlement d'hormones, je suis mal, au point d'en avoir l'estomac noué.

Je n'arrive tout simplement pas à le cerner.

Je croyais que ce serait différent, aujourd'hui, après cette nuit où il m'a confié ses secrets. J'ai senti notre lien se resserrer, soudé par la confiance et la compassion. J'ai pensé qu'à partir de là nous ne pourrions que nous rapprocher l'un de l'autre, nous ouvrir et échanger encore plus, mais aujourd'hui…

Aujourd'hui, il semble que rien n'a changé.

Nous avons passé toutes les nuits de la semaine ensemble, mais ce n'est plus comme au début. J'ai le sentiment que Garrett garde ses distances, qu'il m'interdit l'accès à une part de lui-même. Oh, il est passionné et plein de fougue, il sait avec son corps et sa langue experte m'envoyer au septième ciel, mais cette faim qu'il a de moi est frénétique, sauvage et impatiente, jamais tendre, comme il l'avait été cette nuit-là. Il me vole des moments d'intimité dans le bar, me plaque contre un mur dans le bureau, me chuchote ça et là des mots interdits durant le service, et me rend tellement folle que lorsque l'on rejoint le studio, à l'étage, à peine passé la porte, on se précipite dans le salon, on s'arrache nos vêtements et roule sur le parquet, haletants, et son corps bouge contre le mien, me pousse à me donner à lui de tout mon être, à le supplier de m'en donner toujours plus.

C'est idiot de ma part de penser qu'il puisse même y avoir un problème. Un million de femmes seraient prêtes à tuer pour ce que j'ai, avec sexe et passion en prime. N'empêche, je me demande ce qu'il garde pour lui comme ça. Peut-être a-t-il justement peur de ce courant entre nous, de cette envie qu'il a de s'ouvrir à moi. Il a besoin d'un peu de temps, c'est tout. Mais bon, le fait est là, après une semaine, je suis plus perdue que jamais. Parfois, il se montre brusque, presque à m'arracher mes fringues, et l'instant d'après, il est hyper détendu. Mais nous ne sommes plus dans une relation cool, impossible de l'être maintenant, après tout ce que nous avons partagé.

La séduction, le badinage, tout ça c'est bien joli, mais ce n'est pas assez pour moi, je réalise, le cœur gros. J'ai vu jusqu'au plus profond de son âme, je lui ai montré tout ce que j'avais à donner. J'ai besoin de plus.

J'ai besoin de lui tout entier.

Une peur sournoise se niche dans mon cœur, mais je réprime ce malaise. Pas ce soir, je m'ordonne. Tu as d'autres soucis en tête... Comme le fait qu'il soit 20 h 15, et que notre chanteur ne soit toujours pas arrivé.

Lorsque j'en ai assez de faire les cent pas dehors, devant le bar, je rentre et prends Garrett à part.

— Tu as le numéro du chanteur ? je demande, anxieuse.

Garrett a fini maintenant de la jouer cool. Il me regarde, l'air contrarié.

— J'ai déjà essayé. Pas de réponse.

— Mais au fait, c'est qui au juste ? C'est vrai, on ne sait même pas d'où il vient, ni comment le contacter, je réalise avec horreur. Tout ce que nous avons, c'est ce CD. Dex, c'est comme ça qu'il s'appelle, non ?

— Pas de panique, répond Garrett, mais je vois bien ses yeux qui se braquent sur la porte, chaque fois qu'elle s'ouvre. Il est peut-être juste en retard. Et le concert ne commence pas avant 21 heures, rappelle-toi...

J'acquiesce d'un bref signe de tête, mais à mesure que la foule enfle, c'est plus fort que moi, je me sens de plus en plus nerveuse. À 21 heures, le bar est plein à craquer, jamais je n'y ai vu autant de monde. Les serveuses n'ont pas une minute de répit, même Brit s'y est mise et a rejoint Garrett derrière le comptoir pour l'aider à répondre à la demande.

Ça ressemble à un succès, sauf que notre chanteur n'est toujours pas là, et que nous avons tout misé sur lui.

Je croise les yeux de Garrett, et nous échangeons un regard anxieux. Puis il entend quelque chose, il sort son téléphone de sa poche, s'éloigne dans le couloir derrière le comptoir pour répondre. Je traverse la salle au pas de course, me précipite à sa suite, juste à temps pour voir l'expression d'une immense déception sur son visage.

— Non, c'est bon, moi aussi je suis désolé... T'inquiète pas, tu as fait ce que tu devais faire.

Et il raccroche.

— Qu'est-ce qui se passe ? je demande. C'était lui ?

— Il ne viendra pas, répond Garrett en s'appuyant au mur. Une urgence familiale, il est vraiment désolé.

— Mais qu'allons-nous faire ? je demande, la gorge serrée, et je me retourne pour regarder tous ces gens dans la salle.

— Leur dire que le concert est annulé, quoi d'autre ? marmonne-t-il, l'air abattu.

— Nous ne pouvons pas faire ça, j'insiste. Ils vont se mettre en colère, et partir ! Et ce concert était censé être le premier de nombreux autres ! Si les gens se cassent maintenant, ils ne reviendront pas. Tu ne connais personne qui pourrait le remplacer, dis ? Brit, ou Hunter, il doit bien y avoir quelqu'un...

Affolée, je regarde dans la salle.

— Non, dit Garrett, découragé. Je ne vois personne. À part... Il se tait.

— Oui, qui ? je demande, fébrile. Vite, dis-moi, je m'en fiche si c'est un mec qui ne sait jouer que *Petit Papa Noël* à l'harmonica, mais nous devons absolument leur présenter quelqu'un !

— Toi... Et Garrett s'empare de mes mains, enthousiaste, son visage s'illumine. Toi, tu sais chanter.

Mon cœur s'arrête, je recule.

— Non, je dis et je secoue la tête. Non. Pas question. Je ne peux pas faire ça.

— Mais si, tu peux ! me presse Garrett. Tu étais sublime, le soir où tu as chanté pour moi.

— Mais c'est tout à fait différent ! C'était toi, je réponds en le suppliant du regard. Je n'ai jamais joué devant un public. Je ne saurais même pas comment m'y prendre.

— Inutile de chercher l'originalité à tout prix, c'est toi-même qui l'as dit, proteste Garrett, et déjà il me pousse vers le bar. Il te suffit de chanter comme tu l'as fait pour moi, et ils vont t'adorer, j'en suis sûr.

— Non ! je crie, en l'obligeant à s'arrêter. Tu ne comprends pas, je m'étouffe, je ne peux pas. La seule idée de monter sur cette estrade, de voir tous ces gens qui me regardent... Je m'interromps, mon cœur bat de façon frénétique, en proie à la panique. J'en suis incapable. Je t'en prie, Garrett...

— Tu en es capable. Tu es incroyable, Carina, et tu ne le sais même pas, dit Garrett, et il s'approche de moi, prend mon visage entre ses mains. Écoute, si vraiment tu ne peux pas, je ne vais pas te forcer. Mais réfléchis juste à une chose. Est-ce que tu dis non parce que tu ne veux pas le faire, ou parce que tu es terrorisée à l'idée de leur montrer cette facette de ta personnalité ?

Je le dévisage, c'est le noir complet dans ma tête.

— Je sais que c'est difficile, il ajoute, avec ce sourire tranquille. Mais ça pourrait être super de te dévoiler, de leur montrer ton côté vulnérable. Je crois en toi, je sais que tu peux le faire, il faut juste que tu t'en donnes la chance.

J'en ai une boule au ventre. Il a raison. Je n'ai jamais été assez courageuse pour partager ma musique, parce que c'est une partie de moi que je garde enfouie depuis si longtemps. Pour mon père, c'était de la guimauve, gnan gnan et sentimental, alors j'ai fait ce qu'il fallait pour que personne, jamais, n'entrevoie cette faille en moi...

Sauf que ce n'est pas une faille, et que je suis lasse de cacher ce que je suis vraiment.

— Il n'y a pas de piano, je dis, sans conviction, et tout se bouscule dans ma tête.

Garrett se fige.

— Attends une minute, il dit, avant de disparaître dans le bureau. Je m'effondre, dos au mur, et j'envisage de tourner les talons et de m'enfuir en courant. Mais je n'ai pas le temps de me décider, Garrett émerge du bureau avec une guitare d'au moins cinquante ans d'âge.

— Tu as dit que tu savais aussi jouer de la guitare. Elle traîne ici depuis un bout de temps, mais ça devrait faire l'affaire…

La gorge nouée, je prends la guitare. Je gratte deux ou trois accords, teste une suite de notes. L'instrument n'est pas de la première jeunesse, oui, mais c'est un modèle classique. Quelques réglages et ça devrait le faire.

Et voilà, je n'ai plus d'excuses.

— Je sais ce que j'ai dit, mais Garrett… – Il faut qu'il comprenne. – C'est autre chose que de faire ça toute seule, là, c'est pour de vrai. Ils attendent un vrai musicien. Que va-t-il se passer, s'ils détestent ? je demande. S'ils se moquent de moi ? Ils pourraient même saccager le bar !

— Hé, il dit en se rapprochant pour m'attirer entre ses bras. Tu peux le faire. Et s'il y en a un qui s'amuse à te balancer une cannette de bière à la figure, il aura affaire à moi.

Puis il me sourit, un sourire tendre et rassurant, et en dépit de la panique, j'entrevois un mince rayon d'espoir.

Il croit en moi. Il m'a entendue chanter, dans l'intimité de la nuit, au piano du salon, et il est convaincu que je peux le faire.

Soudain, une bouffée d'adrénaline me traverse et je me sens des ailes.

— D'accord, je réponds. Je vais le faire.

Garrett laisse échapper un grand éclat de rire et me soulève dans les airs.

— Tu vas assurer ! s'exclame-t-il en me faisant tournoyer.

Je m'accroche à lui, j'ai la tête qui tourne, même quand il me repose.

— Je vais t'annoncer, dit-il et, prenant ma main, il m'entraîne dans la salle et sur l'estrade aménagée dans un coin du bar. Puis il me plante là, et se précipite devant la foule en sifflant pour obtenir l'attention des clients.

Quand le silence se fait, Brit apparaît à mes côtés.

— Votre gars est arrivé ? demande-t-elle en regardant autour d'elle.

— Non, je réponds, tétanisée. C'est moi qui vais jouer à sa place.

— Toi ? s'exclame Brit en me regardant, incrédule, un sourire méprisant aux lèvres.

Le cynisme de sa réaction me fait recouvrer mes esprits. Bien sûr, elle a raison, je réalise au bord de la crise de nerfs. C'est de la folie !

— Oh hé, vous tous ! lance Garrett à ce moment pour se faire entendre dans le brouhaha du bar, plein à craquer. Il est temps de lancer le concert de la soirée ! – Des applaudissements et des cris lui répondent dans la foule, mais Garrett réclame à grands signes le silence. – Vous savez tous que c'est une expérience nouvelle pour nous, Chez Jimmy, de vous offrir une soirée de musique *live* pour bien attaquer votre week-end. Jusqu'à présent, je me contentais de vendre bière et hamburgers, mais une fille intelligente m'a suggéré d'organiser cette fête… – Il se retourne et me sourit. – Aussi, il me semble logique qu'elle soit la première à monter sur ces planches. Mesdames et messieurs, applaudissez s'il vous plaît et faites un accueil digne de Beachwood à Carina McKenzie !

S'ensuit un tonnerre d'applaudissements. Garrett me fait signe d'avancer, mais mon corps pèse trois tonnes et refuse de bouger.

— Je ne peux pas faire ça, je chuchote, terrifiée. Je n'ai jamais chanté devant personne de toute ma vie !

Brit me regarde, comme si elle s'attendait à cette réaction depuis le début.

— Pas de problème, dit-elle. N'y va pas. Laisse tomber Garrett, puisque c'est ce que tu préfères.

— Bien sûr que non, ce n'est pas ce que je préfère !

Je lui lance un regard éperdu, mais elle croise les bras et me regarde fixement, glaciale.

— Je ne sais pas ce que tu lui as raconté, dit-elle alors calmement en s'approchant de moi. Mais Garrett est mon meilleur ami. Et là, il a besoin de toi...

D'un geste, elle montre la salle avec tous ces gens venus exprès pour le concert. Garrett fend la foule et se précipite vers moi, l'air soulagé.

— Si tu ne le fais pas pour toi, ajoute Brit, fais-le pour lui, et elle finit juste sa phrase quand Garrett nous rejoint.

— Tu es prête ? vérifie Garrett. Tu ne peux pas savoir, tu me sauves la vie, ajoute-t-il, en laissant échapper un soupir de soulagement. Je te serai éternellement redevable.

Je retiens mon souffle. Brit a raison. Je ne peux pas le laisser tomber. Après tout, c'est moi qui l'ai entraîné là-dedans, alors maintenant je dois l'aider à s'en sortir.

— Prête, j'acquiesce, alors que mon cœur fait des bonds en tous sens dans ma poitrine.

Il m'entraîne sur la scène.

— La voici ! annonce-t-il fièrement. Que le show commence !

Je lève les yeux et je vois une centaine de visages qui attendent et me regardent pleins de curiosité.

Merde de merde. L'estomac noué, je titube sur l'estrade.

— Voilà, tu y es, dit Garrett en me montrant le micro et les câbles. Attends que je le règle, précise-t-il en testant le niveau sonore, « 1, 2 », « 1, 2 », puis il me tend le micro. Tu vas faire un malheur, ajoute-t-il, et il m'encourage d'une petite tape sur l'épaule. Imagine qu'il n'y a que toi et moi. Tu vas y arriver, je sais que tu le peux.

Il s'éloigne et va se placer à droite de la scène. Je respire à fond, et de nouveau je regarde la foule face à moi.

Grosse erreur.

— Euh, salut tout le monde, je chuchote dans le micro.

Les gens s'agitent, impatients.

— On n'entend rien ! hurle quelqu'un.

— Désolée, je dis, trop fort cette fois. Le micro crache un cri strident, les clients grimacent et se bouchent les oreilles.

Bon sang, je n'arrive même pas à parler comme il faut, alors chanter !

Je jette un regard désespéré à Garrett, et je ne pense qu'à fuir, mais il me sourit simplement et me fait signe de continuer.

— Bien, je vais peut-être commencer, je bafouille, et je dois m'y reprendre à deux fois pour passer la sangle de la guitare autour de mon cou.

— C'est pour cette année, ou pour l'année prochaine ? crie une autre voix dans la foule.

La remarque déclenche des éclats de rire, et je sens mes joues brûler d'humiliation. Et qu'est-ce que je suis censée faire maintenant ? Désemparée, je promène mon regard dans la salle. La guitare pèse tel un poids mort dans mes mains, et chaque fois que je pense ne serait-ce qu'à ouvrir la bouche, c'est le néant dans ma tête. Je ne sais même pas ce que je vais interpréter !

Voilà, je suis en plein dedans, je réalise, pitoyable, mon cauchemar absolu est en train de prendre vie, là, sur cette scène. Tout le monde me regarde, attend que je craque, pour prouver une seule chose, que je ne suis pas si parfaite après tout. Ici, impossible de me cacher derrière des fringues et du maquillage, impossible de m'en sortir avec mes bonnes manières et des discours mondains. Là, c'est moi tout entière. Rien que moi.

N'oublie pas, Garrett croit en toi. Ne le laisse pas tomber.

Je ferme les yeux un moment, inspire à fond. Et je fais ce que m'a dit Garrett. J'imagine que je suis à la maison de la plage, assise sous le porche, et qu'il n'y a que lui et moi. Au loin, les rouleaux se cassent sur les galets, le soleil au zénith caresse mon visage…

Une vague de sérénité m'envahit, repoussant la peur, juste un peu, suffisamment pour que je joue les premiers accords sur la guitare et alors, je sens la douceur de la mélodie me pénétrer, me donner de la force.

Je peux le faire. Je *veux* le faire. Venir à Beachwood m'a permis de trouver la force d'être moi-même, de me montrer aux autres telle que je suis, avec mes faiblesses et tout le reste. C'est clair, il se peut qu'ils détestent et m'expulsent de cette scène, mais pour la première fois, je comprends que ce n'est pas leur réaction qui importe.

Ce qui compte, c'est moi. C'est d'avoir foi en cette fille que j'ai cachée tout au fond de moi. De lui faire suffisamment confiance pour permettre à sa voix de se faire entendre. Pas de vernis, pas de perfection.

Ne plus me cacher, jamais.

Je rouvre les yeux, et commence à chanter.

Chapitre vingt-trois
Garrett

Dieu, avec sa seule voix, cette fille pourrait mettre des armées à genoux et telle une sirène, faire perdre le nord à des flottes entières.

Je suis nerveux pour elle, anxieux à l'idée de l'avoir poussée à faire un truc pour lequel elle n'est pas prête… Jusqu'au moment où Carina ouvre la bouche et se met à chanter.

En un clin d'œil, tout se dissout. Le bar, la foule, le bruit et l'agitation. Tout ça est comme rayé de la surface de la Terre. Il suffit d'un instant et il n'y a plus qu'elle.

La voix de Carina résonne dans le bar, limpide, douce comme celle d'un ange. J'ai déjà entendu cette chanson à la radio, une sorte de ballade romantique, mais Carina imprègne chaque parole d'un écho nostalgique, d'une profonde émotion et ça change tout. Elle a clairement un trac fou : elle garde les yeux rivés au sol, agrippée à la guitare comme à une bouée de sauvetage, et puis c'est le bar tout entier qui retient son souffle et la regarde. Complètement sous le charme.

Moi compris.

À la regarder, je ressens une étrange émotion envahir mon cœur. Instinct de protection, attachement, émerveillement, tout ça se mêle et se confond.

Cette fille est un miracle, et elle n'en a même pas conscience.

Comment a-t-elle pu cacher ce talent-là si longtemps ? Pourquoi pensait-elle qu'elle ne serait pas bonne ? Ça me tue de savoir qu'elle a passé toutes ces années piégée dans cette attitude de fille froide et hautaine, à l'écart du monde, dont elle ne se croyait pas digne. Mais en même temps, je la vois là devant moi qui gratte cette guitare, hésitant à chaque note, et mon cœur s'emplit de fierté. Elle se bat pour une seconde chance, elle montre une sacrée bravoure en prenant ce risque.

Tout en elle est perfection.

Carina termine sa chanson, égrène les derniers accords sur sa guitare. Il y a un moment de silence, on est tous là, en état de grâce, puis soudain c'est un tonnerre d'applaudissements.

Pour la première fois, Carina relève la tête. Elle écarquille les yeux, observe les gens, comme si elle avait oublié leur présence. Puis elle réalise que ces applaudissements lui sont destinés. Avec cette prise de conscience, son visage s'illumine, et elle sourit, un vrai sourire, venu de l'âme. Elle tourne la tête, ses yeux me cherchent dans le public.

— OK ? me demande-t-elle, toujours sans se douter de l'immensité de son talent.

Je ris.

— Mieux que OK, je réponds, mais les applaudissements couvrent ma voix.

— Ouf, j'ai cru mourir de peur, dit Carina dans le micro, avec un petit rire nerveux. – Mais cette fois, je le vois, elle est détendue. – Vous en voulez une autre ? lance-t-elle, pleine d'espoir.

La foule hurle son enthousiasme, un véritable cri du cœur.

— Bien, elle sourit. Hmm, OK, j'en ai une…

Elle se lance, recommence à gratter sa guitare, quelque chose de plus rythmé.

Je n'ai pas envie de bouger de là, je pourrais l'écouter chanter jusqu'à la fin des temps, mais quelqu'un me tape sur l'épaule. C'est l'autre serveuse, et elle a l'air affolée.

— Il y a foule au bar, elle chuchote, stressée.

À regrets, je me détourne de Carina, et c'est là que je vois la porte s'ouvrir et un couple que je connais bien entrer, et regarder dans la salle.

Juliet et Emerson.

Elle cherche quelqu'un dans la foule, et il lui faut un certain temps pour réaliser qui est sur scène. À ce moment elle se fige, bouche bée, incrédule.

Merde.

Je reporte mon attention sur Carina, et je me souviens de son désespoir, après sa dispute avec sa sœur. Elle n'a certainement pas besoin d'un nouveau drame, qui risquerait cette fois de l'abattre pour de bon. Mais Carina est absorbée par sa chanson, et lorsque je cherche Juliet du regard, elle a disparu dans la foule.

— Garrett ! supplie ma serveuse, aussi je me dépêche d'aller m'occuper du flot continu de clients assoiffés, tout en faisant de mon mieux pour garder un œil sur Carina. Elle interprète un nouveau morceau, et elle vit complètement sa chanson. Là sur cette scène, elle rayonne, chaque note reflète sa joie et son soulagement.

C'est comme si elle était vraiment vivante pour la première fois, totalement libre, à sa place.

À sa place, oui, comme elle l'est, entre tes bras. Dans ton lit.

Carina termine, puis attend que le tapage des cris et des applaudissements se calme.

— Je vais faire une pause, annonce-t-elle alors, toute rouge. Mais avant, encore une chanson. Celle-ci est une dédicace, elle dit en baissant les yeux, pudique. En fait, je n'avais pas du tout prévu de chanter devant vous, ce soir. Toute seule, jamais je n'aurais osé. Il ne s'agit pas juste de ça, elle dit en désignant la guitare. Mais de tout. Et puis, quelque chose a changé pour moi. J'ai rencontré quelqu'un qui m'a montré que je valais mieux que cette fille que je faisais semblant d'être. Il m'a aidée à comprendre que je n'avais pas besoin d'être parfaite pour être quelqu'un de bien.

Les yeux de Carina trouvent les miens.

— Il a été là pour moi au moment où j'en avais le plus besoin, poursuit-elle, d'une voix calme, pleine d'émotion. Et c'est lui qui m'a aidée à reprendre pied et à retrouver ma voix. Les mots me manquent pour exprimer ce qu'il représente pour moi, alors je suppose que le mieux c'est de chanter ce que je ressens pour lui.

Elle inspire et commence à chanter, ses yeux rivés aux miens.

“*Heart beats fast, colors and promises…*”

C'est la première fois que j'entends cette chanson, mais en un instant, je suis transporté dans le monde qu'elle chante, un monde matérialisé par la seule force et la seule douceur de sa voix. Il est question d'aimer quelqu'un toute sa vie, de l'aimer pour des milliers d'années. C'est une promesse, un serment. Et ces paroles, Carina me les chante à moi, rien que pour moi, comme si nous étions seuls au monde.

Je sens mon cœur qui s'arrête, tant l'émotion dans son regard est intense. Quelque chose passe entre nous, une connexion de son âme à la mienne. Durant ces quelques instants précieux, je ressens tout : pas juste mes propres émotions, mais les siennes aussi. Tous ses espoirs et ses peines, et son cœur meurtri, si beau. Tout ça, elle me le donne, à moi, en chantant son histoire devant la salle comble.

Elle chante pour moi.

Mon amour.

Je retiens mon souffle. Ça n'a rien à voir avec une prise de conscience qui soudain me tomberait dessus. C'est plutôt comme si je m'éveillais à une chose que je n'ai jamais cessé de savoir.

Carina est à moi. Et je lui appartiens. À la seconde où je l'ai vue dans la neige, au mariage, elle a fait voler mes défenses en éclats, m'exaspérant et me défiant comme personne d'autre. Sa beauté est un miracle, son courage, mon étoile du Berger. Son corps m'enflamme sans que rien ne puisse s'y opposer.

C'est elle. Ce sera toujours elle.

Je la regarde, émerveillé, perdu dans le monde de sa musique. Juste elle et moi, ensemble, comme si personne d'autre n'existait dans l'univers que nous deux.

Elle est tout.

L'écho de la dernière note se perd. Carina détourne ses yeux des miens, gênée, et baisse la tête.

Le monde refait alors surface avec fracas.

— Je... Merci, marmonne-t-elle en reculant, sur la scène.

Puis elle va poser la guitare dans un coin. Je reprends mes esprits, m'élance dans la foule compacte.

— Pardon, je murmure, et j'ai la tête qui tourne. Il faut que je... Tu peux me laisser passer ?

Je trébuche, bouscule les gens sur mon passage. Une masse de corps en sueur, et je suffoque. Je pousse, je tire, et enfin j'atteins la porte de derrière, je sors, respire à pleins poumons une longue bouffée d'air iodé, seul dans la nuit, sur le parking désert.

Mais qu'est-ce qui vient de se passer, là ?

C'est comme si une enclume s'était abattue sur mon cœur. J'ai le vertige, je suis sous le choc. Impossible d'aligner deux pensées cohérentes.

Elle m'aime. Carina m'aime.

Et tu l'aimes aussi.

Non !

J'ai besoin d'air, je me dirige vers le port. Les émotions se bousculent en moi, mais sans Carina à mes côtés, qui m'envoûte, il n'y a rien pour se dresser contre ces terreurs menaçantes qui ressurgissent.

Je ne peux pas faire ça. C'est déjà allé trop loin.

Pour moi, c'était juste un jeu, entre deux adultes consentants ne faisant rien qu'obéir à leurs pulsions. Elle avait besoin de se distraire de cette histoire de fiançailles rompues, et j'étais heureux de pouvoir lui offrir un peu de réconfort.

Mensonges. Tu jouais avec le feu, et tu le savais.

Et merde ! Je descends vers les quais, sans même m'en rendre compte, jusqu'à ce que j'arrive sur la jetée, à l'endroit même où je l'avais trouvée, après cette terrible dispute avec son père.

La première fois où tu as vu au-delà des apparences et du vernis, son âme tourmentée.

Je tente de reprendre mon souffle. Je dramatise peut-être, en lisant trop de choses dans une simple chanson.

Après tout, Carina n'a jamais dit que c'était sérieux, pour elle. Pas une fois, nous n'avons parlé d'avenir.

Mais tu y as pensé, toutes ces nuits où elle s'est endormie blottie entre tes bras…

Je laisse échapper un soupir de frustration, assourdi par le clapotis des vagues. J'ai beau me trouver toutes les excuses imaginables, je ne peux plus me cacher la vérité.

Le message dans ses yeux était clair, quand elle a chanté pour moi.

Impossible de nier ce que j'ai ressenti, en la regardant sur scène.

Et c'est complètement différent de ce que j'ai pu éprouver jusqu'ici. Plus puissant, plus absolu, plus brûlant. Et si je ressens un tel désir pour elle…

Imagine dans quel état tu seras, lorsqu'elle partira.

Mon cœur se contracte dans ma poitrine. Je pense à cet avenir dont j'ai envie avec Carina, à la vie que nous pourrions nous construire. Une famille. Une existence entière à me réveiller auprès d'elle, chaque matin, à la tenir entre mes bras, nuit après nuit. Une maison, des enfants, tout ce à quoi mon cœur blessé a aspiré durant toutes ces années.

Et je le sais, il ne me reste plus qu'une chose à faire.

Chapitre vingt-quatre
Carina

J'ai beau le chercher du regard au bar pendant ma pause, Garrett s'est apparemment volatilisé, mais je n'ai pas le temps de m'inquiéter, happée par les gens qui se pressent autour de moi pour me féliciter, me dire combien ils ont aimé ma prestation. J'ai du mal à le croire, je suis encore sous le choc, mais quand une cinquième personne tout sourire vient me dire que je m'en suis bien sortie, je commence à penser que je ne me suis pas totalement ridiculisée sur ce coup, en fin de compte.

– Tu chantes où, la prochaine fois ? me demande une ado pleine d'espoir, accompagnée de son essaim de copines.

– Je ne sais pas, je réponds, rouge de plaisir, le souffle court. Peut-être ici, le mois prochain ? Vous viendrez ?

– Carrément ! répondent-elles en chœur.

Les gens qui se pressent autour de moi m'étouffent soudainement.

— Excusez-moi, je reviens, je dis et je bats en retraite, puis prends le couloir qui mène au bureau.

C'est plus calme ici, et encore sous l'effet trépidant de l'adrénaline, j'ai besoin de reprendre mon souffle.

Je l'ai fait. Malgré tout, malgré mes peurs et mes doutes, j'y suis allée, et j'ai chanté.

Et je m'en suis plutôt bien tirée !

— On dirait que tu as réussi.

C'est la voix de Brit qui résonne derrière moi. Je sursaute et manque renverser mon verre d'eau. Elle émerge de l'arrière-salle et, à ma grande surprise, elle ne me fait pas la gueule comme d'habitude, c'est presque une expression de respect que je lis sur son visage.

— Merci, je dis, sur mes gardes. Pourtant, je n'en menais pas large, au début…

— Mais tu l'as fait, pour lui, dit Brit avec un regard aigu. Il doit vraiment compter, pour toi.

Je hoche lentement la tête.

— Oui, en effet.

— OK, dit-elle, comme si elle venait de prendre une décision.

— OK ? je répète, sans comprendre ce qu'elle entend par là.

— Vous pouvez… vous pouvez y aller, tous les deux, faites ce que vous faites. Je ne me mettrai pas en travers de votre chemin.

— Oh… Je ne saisis toujours pas, alors je marmonne avec un haussement d'épaules. Hmm, merci…

— Mais si tu lui fais du mal, je te le jure, je te casse en deux, ajoute Brit, l'air de rien. Bonne chance, pour la suite du concert.

Sur ce, elle disparaît dans la foule, et j'en reste bouche bée. Voilà qui est… intéressant. Je suppose qu'à sa façon bizarre, elle nous a donné sa permission.

La permission de quoi ?

Soudain, tout me revient, la manière dont j'ai chanté, avec tout mon cœur, toute mon âme, pour Garrett, devant tous ces gens, aux yeux du monde.

Je n'arrive pas à croire que j'ai fait ça. Quelque chose s'est passé, là-bas, sur scène. L'espace d'un doux, d'un fabuleux moment, je me suis sentie libre. Suffisamment libre pour avouer à Garrett mes sentiments, de la seule façon que je connaisse.

Cette chanson, elle était pour lui et lui seul.

Je promène mon regard parmi la foule, mais je ne le vois toujours pas. Ça n'a rien d'étonnant, les clients se bousculent au comptoir et tout le monde est debout dans la salle. Une vague de fierté me submerge. Nous avons réussi. Trouver un moyen de redynamiser le bar, et encore, ce n'est que la première !

— Salut…

La voix est douce, presque inaudible dans le brouhaha de la foule, mais quand je me retourne, Juliet se tient là devant moi, à quelques centimètres à peine. Elle me regarde bras croisés, comme elle l'a toujours fait quand elle est mal à l'aise ou nerveuse.

— Salut, je réponds lentement, et je sens mon cœur qui se serre. Je me rappelle la dernière fois où je l'ai vue, son chagrin, sa colère contre moi. Affirmant qu'il était trop tard, pour nous. Qu'il n'y avait pas de pardon possible pour le mal que j'avais causé.

— Je ne savais pas que tu devais venir, je dis, en détournant les yeux, l'estomac noué.

— Emerson tenait à ce que nous soyons présents, pour soutenir Garrett, répond Juliet. Il est… quelque part, par là.

— Est-ce que tu, euh… J'hésite, trop émue.

— Est-ce que je t'ai vue chanter ? Oui, dit Juliet en contemplant ses pieds. Je croyais que tu ne chantais plus depuis longtemps. Depuis l'époque où nous étions gamines.

— Oh, non, je réponds, gênée. En fait, je ne chante pas, pas vraiment en fait. Le type qui devait venir ce soir a annulé à la dernière minute, et il n'y avait personne pour le remplacer.

— Mais tu détestes te donner en spectacle, dit Juliet en se renfrognant. Je me souviens quand tu as été sélectionnée pour jouer à la fête de Noël, à l'école primaire. Tu as fait semblant d'avoir la grippe toute la semaine, juste pour ne pas monter sur scène.

— Et tu as décidé de m'imiter, en disant que je t'avais donné le virus… – Je me souviens avec un sourire. – On a passé la journée devant la télé, à regarder *Grease*.

— On connaissait les dialogues par cœur, se rappelle Juliet en riant.

Nos regards se croisent et, l'espace d'un instant, nous nous revoyons, blotties l'une contre l'autre, sous une couverture. Puis son sourire s'évanouit.

— C'était il y a longtemps, dit-elle, presque avec tristesse.

— Je sais, je réponds avec un hochement de tête.

Puis c'est le silence, et le côté obscur de notre passé ressurgit et vient gâcher les souvenirs du temps de l'innocence, avant qu'elle et moi n'ouvrions les yeux sur le péril qui menaçait notre vie de famille.

Avant que je ne fasse le choix de gagner l'affection perverse de mon père, à tout prix.

J'attends que Juliet s'en aille, mais elle s'attarde un moment avec moi.

— Tu étais super, ce soir, dit-elle avec calme. Ça m'a rappelé Maman, ta façon de chanter.

Une chaleur immense m'envahit.

— Tu le penses vraiment ? je demande, au bord des larmes, mais je ne veux pas pleurer. – Elle avait une voix tellement merveilleuse…

— Toi aussi. – Juliet m'offre un petit sourire. – Je suppose que tu tiens ça d'elle.

Ces mots… Ils signifient pour moi bien plus qu'elle ne pourra jamais l'imaginer.

Juliet baisse les yeux, joue avec la bague de fiançailles à son doigt.

— Je suis désolée, pour ce que j'ai dit, l'autre jour. La façon dont je me suis comportée. J'étais bouleversée et… je crois que je suis allée trop loin.

— Non, ce n'est pas vrai ! je m'exclame, émue. Tu n'as à t'excuser de rien, tu avais raison. Et cette distance entre nous, j'en suis la seule responsable. J'aurais dû le comprendre plus tôt, et aujourd'hui, il est trop tard.

— Je ne sais pas…

Juliet hésite. Son visage est la proie d'une profonde émotion. Elle se mordille la lèvre, nerveuse. – En fait, je n'ai pas envie que ce soit trop tard, chuchote-t-elle. C'est juste… Tu m'as repoussée pendant si longtemps, je ne sais même plus quoi te dire.

Je sens les larmes prêtes à déborder.

— Je ne… comprends pas, je dis, et j'ai peur de ce doux espoir qui palpite en moi.

— Je… Je ne sais pas, dit Juliet avec un haussement d'épaules. Je voudrais apprendre à te connaître, ajoute-t-elle, la voix cassée. Tu es ma sœur. C'est juste… C'est juste que je ne sais pas comment faire.

— Moi non plus, je dis, les yeux noyés de larmes maintenant. Mais on pourrait peut-être essayer… ?

Quelques secondes s'écoulent, terriblement pesantes, Juliet se tait, hésite. Puis elle hoche imperceptiblement la tête.

— Peut-être, dit-elle plus calmement. On pourrait déjeuner ensemble, un de ces jours. Essayer de discuter un peu.

Je suis stupéfaite. Abasourdie. Je n'arrive pas à y croire. Elle veut me donner une seconde chance.

— Oh oui ! je m'exclame avec empressement. Déjeuner, ou prendre un café. Je peux même venir te retrouver en ville ! C'est comme tu veux !

Juliet me sourit, émue.

— Nous ferions mieux de choisir un resto où on a le droit de pleurer, ajoute-t-elle, en s'essuyant les joues.

Je laisse échapper un éclat de rire.

— Ce serait mieux, oui, je renchéris.

Juliet regarde autour d'elle.

— Je crois qu'il est temps que tu retournes dans la salle. Ton public t'attend.

— Mais on se revoit très vite ? je demande, soudain prise de panique à l'idée que ce rapprochement subit entre nous ne soit que temporaire. Que demain, elle se rétracte, et décide de reprendre le cours normal de sa vie, sans moi.

— Je t'appellerai. On pourrait peut-être se voir la semaine prochaine ?

— Je serai là, je promets avec ferveur.

Elle se détourne, prête à s'en aller.

— Attends ! – J'attrape sa main. Juliet me fait face, elle me dévisage. – Je... J'essaie de trouver les mots. Je sais que ce n'est pas facile, je réussis enfin à articuler. Le seul fait de me pardonner. Et je sais qu'il va me falloir être très patiente pour retrouver ta confiance. Mais merci. De me donner une nouvelle chance.

Juliet hoche la tête, l'air contrarié.

— Je ne te promets rien, dit-elle avec prudence. Je ne sais vraiment pas, ça fait si longtemps, et tant de choses se sont passées.

— Je sais, je réponds, la gorge sèche. Je te suis juste reconnaissante pour cette main tendue.

Elle semble hésiter.

— Tu m'as manqué, elle chuchote.

— Tu m'as manqué, toi aussi, je réponds, le cœur serré.

Notre face-à-face est interrompu par Brit, qui vient pour me ramener sur scène.

— Je n'arrive pas à trouver Garrett, et les gens commencent à s'énerver, elle dit, en m'entraînant loin de Juliet.

— Mais..., je proteste, inquiète.

— Elle sera encore là quand tu auras terminé, m'interrompt Brit. Vous restez, d'accord ? elle ordonne à Juliet. Toi et Emerson, vous pouvez venir dormir au ranch.

— On reste ! C'est Emerson qui apparaît et répond pour elle. Il se colle à Juliet, glisse un bras autour de sa taille, et d'un regard lui demande si elle est OK. Quand Juliet acquiesce d'un bref signe de tête, il dépose un tendre baiser sur son front.

Elle lui sourit, et toute inquiétude disparaît alors de son visage. Il est son port d'attache, je réalise. Son havre de paix au milieu de toutes les tempêtes.

Comme l'est Garrett pour toi.

— Allez, hop ! dit Brit en me poussant. Si tu ne viens pas, ça va être l'émeute !

Je dis au revoir à Juliet et Emerson d'un geste, puis je me dirige vers la scène. De nouveau, je tremble de tous mes membres, mais cette fois, ce n'est pas à cause de mes nerfs. Je ressens un immense soulagement, plus doux que tout ce que j'aurais pu imaginer.

J'ai aujourd'hui une seconde chance avec ma sœur, et c'est bien tout ce que je pouvais espérer en ce monde.

— Salut, je suis de retour ! je lance en prenant le micro, tout en ajustant la sangle de la guitare sur mon épaule.

Il y a des cris et des applaudissements, mais cette fois, je prends le temps d'apprécier tout ça, mon public, ma scène.

Mon nouveau départ.

Cette fois, je vais savourer chaque seconde.

Je chante une autre chanson, puis une autre encore, et lorsque, après le final je quitte la scène, la foule et le bruit, j'ai l'impression de voler. Dans mon corps, l'adrénaline pulse encore. J'ai envie de fêter ça. Et avec une seule personne.

— Je ne sais pas où il est, me répond la serveuse du moment quand je lui demande si elle a vu Garrett. Il m'a envoyé un texto pour me dire de fermer la boutique pour lui. Si tu le trouves, dis-lui que j'attends de ses nouvelles.

— Promis. Je me précipite donc dans l'escalier, certaine qu'il doit être en train de m'attendre, là-haut. Mais le petit appartement est vide, alors j'attrape mon téléphone dans mon sac et tente de le joindre.

Je tombe sur sa boîte vocale.

— Où es-tu ? je m'exclame, le cœur encore à cent à l'heure. C'est de la folie, ici, et tu ne devineras jamais qui est venu. Juliet ! Mais je ne peux pas te raconter tout ça au téléphone, je décide, fébrile. Je viens te retrouver. Appelle-moi !

Portée par un tourbillon d'ivresse et de joie, je dévale l'escalier, sors sur le parking. Le pick-up de Garrett n'est plus là, alors je saute dans ma voiture et prends la route du littoral pour rejoindre la maison de la plage. Je roule vitres baissées et souris à la brise nocturne qui fouette mes cheveux, grisée par les souvenirs de cette soirée.

Qui pourrait bien être la plus belle soirée de mon existence.

Qui aurait cru, à peine un mois plus tôt, que je finirais par me retrouver ici, avec cette sensation de liberté ? Ma vie n'a été qu'une succession de cages dorées. De belles cages, mais tellement étouffantes. J'ai vécu au rythme de tout un carcan de règles qui m'emprisonnaient sans même que j'en sois consciente, et qui m'empêchaient d'être heureuse, comme si les paillettes et les mondanités avaient le pouvoir de me faire oublier à quel point j'étais piégée et pitoyable.

J'étais comme anesthésiée, sous respirateur artificiel.

Je n'aimais pas.

Et maintenant... Je vois l'avenir qui s'ouvre devant moi, toutes ces possibilités que je n'aurais jamais crues à ma portée. Cette chance d'une nouvelle relation avec Juliet est un don du ciel, et je suis déterminée à ne pas la laisser m'échapper. Le seul fait de savoir qu'elle est disposée à essayer de tourner la page sur notre terrible passé me remplit d'un tel soulagement, que ça me donne envie de chanter. Une maison, un travail, ce sont là des détails auxquels je m'attaquerai en temps voulu. Dans l'immédiat, ce sont les gens qui font ma vie, ici et maintenant, qui me donnent tant d'espoir. L'espoir de pouvoir me construire un avenir comme j'en rêvais autrefois, avant que le monde et mon cynisme ne viennent s'interposer.

Une vie entre amitié et famille. Une vie d'honnêteté, et d'émotions vraies.

Une vie d'amour.

Je remonte l'allée de la maison de la plage, et mon cœur s'envole quand j'aperçois le pick-up de Garrett, garé devant. Je m'arrête et descends de voiture, me précipite.

— Garrett ? j'appelle, ivre de joie et je gravis les marches.

Je le trouve en moins de trois secondes, sous le porche, assis sur le banc dans le noir. Il n'a pas pris la peine d'allumer et tout est sombre autour de lui.

— Mais où étais-tu passé ? je demande, à bout de souffle.

J'en ai mal aux joues à force de sourire comme ça, mais c'est plus fort que moi, je n'y peux rien. Je prends ses mains, l'oblige à se lever.

— Tu as eu mon message ? Juliet était là ! Ils sont venus tous les deux, avec Emerson, et oh, Garrett, je crois que nous allons vraiment arriver à nous retrouver, elle et moi. Si tu nous avais vues, toutes les deux, je continue à babiller, on pleurait comme des idiotes. J'ai dû remonter sur scène pour finir le show, mais on a promis de se revoir la semaine prochaine. On veut au moins essayer de se rapprocher…

Garrett me sourit, un pâle sourire.

— C'est super, dit-il calmement. J'espère que ça va marcher.

— Et je dois te remercier, pour tout ce que tu as fait, j'ajoute, pleine de gratitude.

— Carina… Il essaie de m'interrompre, mais je ne veux rien entendre.

— Non, sérieusement, j'insiste. Tu ne comprends pas, sans toi, je n'aurais jamais trouvé la force de tout ça !

Et je glisse mes mains autour de son cou et mes lèvres prennent les siennes pour un tendre baiser. Le goût de sa bouche, son odeur, ce seul contact suffit à m'envoyer en orbite. Je veux qu'il sente tout ce que je sens, tout ce que j'ai besoin de partager, alors je l'embrasse plus intensément, en mettant toutes mes émotions, toute ma joie dans ce baiser, mais soudain Garrett me repousse.

— Ne fais pas ça ! grogne-t-il et il se détourne.

Je reste là, médusée. Pour la première fois, je réalise, le visage de Garrett n'est qu'un masque glacial, figé par une tension extrême. Il se tient là, dos tourné, et regarde l'océan plongé dans les ténèbres, mains enfouies dans les poches de son jean, épaules rentrées.

Silence.

Mon cœur se serre.

— Qu'est-ce que tu as ? je demande en faisant un pas vers lui. Quand je touche sa main, il s'écarte en serrant le poing. Que s'est-il passé ? je demande, alors qu'un frisson de terreur absolue me parcourt. Garrett ?

— Il ne s'est rien passé, il répond en secouant la tête, l'air abattu, d'une voix rauque.

— Dans ce cas, je ne comprends pas, je dis et je l'observe avec attention, à la recherche du moindre indice sur son visage fermé, opaque. D'instinct, je pressens l'imminence de quelque chose de terrible, mais Garrett ne dit pas un mot. Le silence entre nous s'éternise, insoutenable.

— Tu dois me parler, je dis, la voix tremblante tant je suis anxieuse. À quoi penses-tu ?

De nouveau, c'est le même silence atroce, puis enfin il se tourne vers moi. Le regard ombrageux, les yeux brillant d'une certitude sinistre.

— Ça ne colle pas, pour moi.

Chapitre vingt-cinq

Je le regarde fixement. L'écho de ses mots flotte un moment dans l'air, mais je ne saisis pas. Fuyant comme une anguille, leur sens m'échappe.

– Qu'est-ce qui… ne colle pas ? je demande, perdue.

– Tout ça. Nous, répond Garrett en baissant les yeux. Tout ce qu'on a vécu, tout ce qu'on a fait ici, il est temps que ça s'arrête.

– Non, je chuchote en reculant, alors que la vérité s'abat sur moi telle une claque magistrale. Garrett, non.

– Je te l'avais dit dès le début, je ne cherche pas à me caser, répond Garrett, toujours les yeux rivés au sol, évitant soigneusement mon regard. Nous avons passé de bons moments ensemble, toi et moi, mais je pense que ça serait mieux de s'en tenir à être amis.

– Amis, je chuchote, hébétée, faisant écho à ses paroles. Une partie de moi est encore sous le choc, mais à présent le sens de ses paroles commence à m'atteindre. Toute mon adrénaline retombe d'un coup, misérablement, l'euphorie qui bouillonnait dans mon corps encore quelques secondes plus tôt se change soudain en poison, dans mes veines.

Il ne veut plus de toi.

En une fraction de seconde, les vieilles peurs, l'absence de confiance en moi, tout ça ressurgit et le doute s'installe dans ma tête.

Il t'a percée à jour. Il sait maintenant qui tu es, et il ne veut plus de toi.

— Qu'est-ce qui a changé ? je demande, en m'efforçant de parler d'une voix ferme. Au bar, tu ne pensais qu'à me toucher, qu'à m'embrasser, et là, subitement, tu parles de rupture ?

Un sourire pervers se dessine alors sur les lèvres de Garrett.

— Tu veux dire, avant que tu ne chantes ?

Ses paroles ont un drôle d'écho en moi, et tombent comme des pierres sur le sol ensablé du porche, entre nous.

— Qu'est-ce que tu… ? Je me tais, et brusquement, tout s'éclaire. La chanson, mon interprétation, tout ça ne s'adressait qu'à lui. Une façon pour moi de tout mettre à plat, de lui ouvrir mon cœur, mais dans le feu de l'action, en état second, je n'ai pas réfléchi. Pour moi, la musique était le moyen le plus vrai de lui dire ce que je ressentais, et à en croire la chaleur fulgurante de ce regard entre nous durant les quelques minutes de cette chanson, je le sais, il a ressenti la même chose.

Alors pourquoi ne te regarde-t-il même pas maintenant ?

— C'est à cause de ma chanson ? je demande, la peur au ventre, en essayant de paraître désinvolte. Garrett, c'était juste… une chanson.

Il relève la tête, me fixe, le regard dur, et lis à travers mes mensonges, comme il l'a toujours fait.

— Ce n'était pas juste une chanson, Carina. Tu voulais me dire ce que tu ressentais.

Je rougis.

— Je n'aurais peut-être pas dû faire ça en public, mais je n'ai pas pu m'en empêcher. Je me suis laissé emporter par l'émotion, j'ajoute dans un murmure.

— Nous nous sommes laissé emporter tous les deux, il soupire. C'est ma faute, dit Garrett avec calme. Je n'aurais pas dû laisser les choses aller si loin. Je te l'ai dit, trois nuits et c'est fini. Pas de problèmes, pas de rancœur. Simple... Sa voix est lourde de mépris pour lui-même, tranchante, catégorique.

— Alors, c'est terminé ? je demande, encore abasourdie, je ne peux pas le croire. Après tout ce que nous avons partagé, toi et moi, après ce qui s'est passé l'autre nuit...

Je me tais, des souvenirs plein la tête. Souvenirs torrides, le désir ardent, la douceur, la tendresse. Et il voudrait me faire croire que tout ça, c'était du vent, un jeu pour lui ? Mais j'ai senti la profondeur de sa passion, et j'ai vu jusqu'au plus secret de son âme.

Garrett détourne le regard.

— Je ne sais pas de quoi tu parles. C'était chouette, répète-t-il. Mais tu savais à quoi tu t'engageais, quand tout ça a commencé. Je ne suis pas ce genre de mec, c'est tout.

Enfin, il me regarde dans les yeux.

— Je suis désolé, murmure-t-il, et son expression de regret à ce moment-là finit par déchirer l'espèce de brume dans laquelle je me débats.

Il pense vraiment ce qu'il dit. C'est terminé.

Quelque chose en moi se ferme. Avec le choc, tout mon être vole en éclats, c'est une avalanche qui s'abat sur moi, un terrible sentiment d'échec.

J'aurais dû le savoir, ce bonheur ne durerait pas. J'aurais dû le savoir, je ne méritais pas cette sorte d'amour.

La douleur est telle que j'en chancelle, que j'en bafouille.

— Je ne… Je veux dire, je ne peux pas…

Mais il n'y a pas de mots pour exprimer ce que je ressens à ce moment, comme si mon bonheur avait été déchiré en deux. Je sens les sanglots qui montent dans ma gorge, et je dois plaquer une main sur ma bouche pour les étouffer.

— Adieu, je parviens à articuler, et la douleur est comme une lame qui me dépèce.

Le visage de Garrett se radoucit.

— Carina…, il commence, mais je n'attends pas, je m'enfuis, traverse la maison en courant et ressors par la porte de devant, dans la nuit fraîche.

La vérité bat crescendo en moi avec son lot de regrets et de sentiment d'échec, et je le sais, une fois de plus, j'ai tout perdu.

Ton père, Alexander, et aujourd'hui Garrett. Il y a quelque chose en toi qui tue l'amour, qui les fait fuir, tous.

Je me retrouve dans la cour quand quelque chose m'arrête. Quelque chose d'indéfinissable, une pulsion, une sorte d'instinct que je ne peux ignorer.

Garrett.

Il n'est pas comme les autres, je ne peux pas le croire, peu importe ce qu'il dit.

Je ne suis pas ce genre de type…

Non, c'est vrai, il est… Garrett est un type bien, sans doute le meilleur que j'aie jamais connu. Et c'est bien pourquoi tout ça n'a aucun sens, pour moi. Il ne peut tout simplement pas agir comme ça, me tourner le dos et rejeter en bloc ce que nous avons vécu, comme si c'était juste une histoire de sexe entre nous. Ce n'était pas une liaison comme les autres, ni pour moi, ni pour lui. Peut-être que ça a commencé comme ça, par une sorte de passion déchaînée, mais depuis, nous avons partagé bien autre chose. Nous nous sommes dévoilés l'un à l'autre, jusqu'à notre âme, nous nous sommes montré les recoins les plus sombres de notre être, ancrés l'un à l'autre, forts dans la tourmente.

Alors, pourquoi me repousse-t-il ?

Soudain, un éclair de défi vient me bousculer, dans mon désespoir. Il transperce mes doutes, mes peurs et allume un feu éblouissant au milieu de ce cauchemar, juste là devant moi.

Garrett est la meilleure chose qui me soit jamais arrivé.

Tu vas renoncer et t'en aller sans même te battre pour ce qui est à toi ?

J'inspire profondément, puis fais demi-tour et traverse la maison en sens inverse. Garrett est assis, avachi sur le banc, tête entre les mains, et il se redresse en sursautant quand je déboule sous le porche.

— Carina...

— Une raison, donne-moi une raison, je dis avec férocité, et dans ma tête, ça va à toute vitesse. Et s'il te plaît, évite-moi cette rengaine du mec « je couche et je quitte ». Je te connais, je sais tout de toi, j'insiste. Alors, comporte-toi en homme et avoue-le ! Reconnais la vérité, tu as des sentiments pour moi. Ce qu'il y a entre nous, ça compte pour toi. Voilà pourquoi tu as décidé de fuir.

Lentement, Garrett se lève.

— Je t'en prie, Carina, tu dois me croire..., dit-il entre ses dents, comme écartelé. Ne rends pas les choses plus difficiles qu'elles ne sont déjà. Nous avons pris du bon temps, mais ça doit s'arrêter là. C'est terminé entre nous.

— Non ! je m'exclame, en secouant frénétiquement la tête. La colère à présent coule comme un torrent furieux dans mes veines, gonflé par la terreur inconcevable qu'il puisse vraiment faire ça, jeter notre relation et tout ce que nous avons partagé aux oubliettes, comme si ça ne voulait rien dire du tout.

Tout ça ne tient pas debout.

— Je te l'ai dit, un jour, je ne laisserai plus personne, jamais, régenter ma vie. Donc tu ne peux pas décider comme ça que c'en est fini de nous, tu dois me fournir une raison, j'insiste, en élevant la voix, emportée par la passion. Explique-moi pourquoi tu fais ça, c'est tout. Dis-moi que tu as peur, ou que tu as besoin de temps, mais ne t'avise surtout pas d'essayer de me faire croire que c'était pour le fun, parce que toi et moi, nous le savons, c'est faux. Je te connais, Garrett, je proteste, et je tremble à cette vérité. Tu as des sentiments pour moi, alors n'essaie pas de prétendre le contraire !

— C'est ce que tu veux, Carina ? s'exclame finalement Garrett en me faisant face, le regard torturé. Tu veux que je te dise ce que je ressens ?

— Oui ! je crie, au bord du désespoir. Je ne veux que la vérité, c'est tout !

— Putain Carina, tu me tues, voilà ce que je ressens !

Je recule, sous le choc. Le visage de Garrett exprime une passion dévorante, sa voix résonne d'une rage absolue.

— Je ne sais plus où j'en suis, dans ma tête, j'ai envie de toi à chaque minute ! Et il s'élance soudain vers moi, m'attrape par les bras et me plaque contre le mur. Le bleu de ses yeux étincelle d'une profonde douleur. Une fois rassasié de toi, je pensais pouvoir t'effacer de mon esprit, que tout ça s'estomperait. Je serais libre. Mais jamais je n'en aurai assez de toi !

Il se colle à moi et ses lèvres s'écrasent sur les miennes pour un baiser plein de rage. Un baiser qui n'a rien de tendre, brutal et torturé, mais en une fraction de seconde, mon corps s'abandonne au sien. Je me cambre, m'accroche à lui, soupire à la puissance de son corps brûlant contre le mien, alors qu'il m'étreint, me presse contre lui et de nouveau me plaque contre le mur froid.

Il m'embrasse comme un homme en train de se noyer, et qui s'accroche à la vie.

Et soudain, il me lâche. Il s'arrache à moi et marmonne un juron.

— Tu n'as pas le droit de vouloir arrêter, je dis, déterminée, en retrouvant ma voix. Tu ne vois pas ce qui se passe, quand tu me touches, quand tu m'embrasses ? Tu ne vois pas combien c'est important ? Pourquoi refuses-tu de le voir ?

— Parce que je ne peux pas faire ça ! s'exclame Garrett en revenant vers moi, le visage décomposé par le conflit qui l'agite. Qu'est-ce que tu crois ? Que j'ai envie de te repousser ? De te faire souffrir ? Oh, Carina, te dire ça, c'est une souffrance comme je n'en ai jamais ressenti.

— Alors pourquoi le fais-tu ? je réplique, au bord des larmes. Je ne comprends pas. Pourquoi me repousses-tu si tu ressens la même chose ?

— Parce que je ne peux pas te donner ce dont tu as besoin ! hurle Garrett. Je ne suis pas l'homme qu'il te faut, Carina. Je te l'ai dit dès le début. Je ne peux pas être un mari ni un père. Je ne suis pas fait pour ça. Je ne le suis plus.

Je suffoque, je titube.

— C'est à cause d'elles, c'est ça ? je crie. De Charlotte, et de ta fille ?

— Ne l'appelle pas comme ça ! crie Garrett avec furie. Elle n'a jamais été à moi, et ne le sera jamais. Et quand je les ai perdues toutes les deux, je me suis bien juré que ça ne se reproduirait jamais !

Puis c'est le silence.

Je le dévisage, prise de vertige. C'est donc pour ça qu'il me rejette ? À cause de ses vieilles blessures, des fantômes de son passé ? Il a tout simplement peur de s'attacher, d'aimer quelqu'un à nouveau pour voir ensuite cet amour mis en pièces.

Ne comprend-il pas que je l'aimerai toujours ?

— Garrett, jamais je ne..., je commence, mais il m'interrompt.

— Tais-toi, m'ordonne Garrett d'une voix méconnaissable, un doigt menaçant pointé sur moi. Je te l'ai dit, je ne peux pas faire ça. Je ne peux pas être l'homme dont tu as besoin, et tu mérites tellement mieux que moi.

— Non, j'insiste, mais il ne veut rien entendre.

— Mais, Carina, il ne s'agit pas de toi ! il explose, et face à sa colère, je recule. Tu ne vois donc pas que j'essaie de te faciliter les choses ? ajoute-t-il, hors de lui. Je pourrais te prendre là, maintenant, t'emporter dans cette chambre et y rester avec toi sans mettre le nez dehors pendant toute une semaine. Mais ce serait te mener en bateau, dit-il, et sa voix se brise. Je n'ai pas le droit de te laisser espérer un avenir qui n'existe pas. Ce ne serait pas juste.

— Peut-être que je me fiche de l'avenir, je réponds, la gorge serrée. Peut-être que tout ce que je veux, c'est toi, ici et maintenant.

J'avance ma main, j'ai besoin de le toucher, mais il s'écarte.

— Tu sais bien que ce n'est pas vrai, et la colère sur son visage s'évanouit, et une fraction de seconde, le regard de Garrett brille d'une tendresse déchirante. Tu veux tout, Carina. Une famille, une maison. Et moi aussi, je le veux, pour toi. Je veux te donner tout ce que tu mérites, la vie dont tu as toujours rêvé. Mais cette vie-là, tu ne peux pas l'avoir avec moi..., soupire-t-il, la voix pleine de regrets. Je ne peux pas être cet homme pour toi, Carina. Cette partie-là de mon âme est morte et enterrée.

Garrett plonge ses yeux dans les miens, et je vois l'immensité de son désespoir. Les regrets, l'envie, l'amertume et la honte.

Il pense vraiment ce qu'il dit, chaque mot.

Il ne peut pas être à moi.

Je manque d'air, alors que mon cœur se brise en deux. Je pourrais me battre jusqu'à la fin des temps pour nous, mais Garrett, lui, pense que la bataille est déjà terminée.

— Mais je t'aime, je chuchote, dans une ultime prière, ébranlée.

— Je suis désolé, répond-il, tête baissée.

Il n'y a rien d'autre que je puisse dire. J'ai dit le plus important. Alors je baisse les bras, la révolte en moi laisse la place à un douloureux sentiment d'échec.

— Donc c'est terminé, je lâche, comme pour moi-même.

— Je voudrais qu'on reste amis, dit Garrett, et il me regarde, m'implore.

Je lui souris, un sourire dans lequel je mets tous mes regrets.

— Tu crois vraiment que nous pourrons être amis ? Faire comme si nous n'avions jamais été…

Je me tais.

Jamais été amants. Jamais été fous de désir. Jamais été tout, l'un pour l'autre.

— Tu finiras par rencontrer quelqu'un, dit Garrett, la voix étranglée. Un mec qui saura te donner ce dont tu as besoin.

Je le regarde, debout là devant moi, dans la pénombre, brisé. Cet homme qui a changé ma vie, qui m'a donné une seconde chance dont je n'aurais jamais osé rêver, qui m'a montré la force que j'avais sans le savoir.

— Je l'ai déjà rencontré, je réponds doucement.

Au bord des larmes, je suis prête à tout à ce moment pour franchir ce désert entre nous, pour le serrer entre mes bras, l'embrasser, le rassurer en lui promettant que tout ira bien. Qu'ensemble, nous arriverons à effacer les cicatrices de son passé, nous guérirons son cœur blessé. Mais ce soir, je le sais, je le sens, il n'en démordra pas. Il est pris dans le piège lugubre de ses peurs les plus sombres, et tout ce que j'aurai beau dire, ou faire ne changera rien.

Alors, même si cela va contre tous mes instincts, même si c'est un crève-cœur, je lui tourne le dos et m'en vais.

Je reviendrai, je me fais le serment, alors que chaque pas qui m'éloigne de lui est une torture. J'ignore les larmes qui roulent sur mes joues, et ce désespoir qui me déchire le cœur, et je m'accroche au seul espoir qui me reste. Que d'une façon ou d'une autre, il comprenne ce à quoi il vient de renoncer. Qu'il réalise que ce lien entre nous a le pouvoir de vaincre ses peurs les plus sombres. Qu'être avec moi est différent de ce qu'il a vécu avec Charlotte. Je ne lui demande pas un avenir, tout ce que je veux, c'est lui, aujourd'hui.

Je peux l'attendre. Après tout, j'ai du temps à revendre.

Chapitre vingt-six

Le lendemain matin, je me réveille en panique, en proie à des sueurs froides, en réalisant que mes règles ont une semaine de retard.

Chapitre vingt-sept

Douze semaines plus tard

— À présent, voyons si nous pouvons capter les battements du cœur…

Je retiens ma respiration, à cran, alors que le médecin promène la sonde sur mon petit ventre rebondi badigeonné de gel.

— Tout va bien ? je demande, soudain prise de panique.

Excepté mes visites médicales de contrôle, c'est ma première échographie, et c'est plus fort que moi, je n'arrive pas à me défaire d'un terrible pressentiment. Forcément, quelque chose va mal se passer.

— Très bien, me rassure le médecin, tout sourire derrière ses lunettes. Ah, nous y sommes.

Une ombre confuse apparaît sur l'écran, et l'écho des battements cardiaques du bébé résonne dans la pièce à un rythme soutenu, rapide.

— Le voilà, dit-il. C'est votre bébé.

Mon bébé.

Je regarde la minuscule tache de vie sur l'écran, juste devant moi. Ça n'a l'air de rien, une ombre, un simple bip sur le moniteur, mais pour moi, ça représente tout. Je n'arrive pas à croire qu'une chose aussi petite puisse autant compter pour moi, qu'elle compte aujourd'hui plus que tout au monde.

Les larmes me submergent, et j'attrape la main posée sur mon épaule.

— Wow, chuchote Juliet, en nouant ses doigts aux miens. Tu vas être maman.

— Je vais être maman, je répète dans un murmure, abasourdie.

— Selon moi, vous en êtes à votre treizième semaine, poursuit le médecin en scrutant son moniteur. Aimeriez-vous connaître le sexe du bébé ?

J'écarquille les yeux, sous le choc.

— Mais il est si petit, comment peut-on savoir ?

— Les merveilles de la médecine moderne, rigole-t-il. Alors ?

Je me tourne vers Juliet.

— Je ne sais pas. Tu en dis quoi ?

— C'est à toi de décider, elle me répond, souriante.

— Non. Enfin, oui. Je veux dire… je me mets à bafouiller, puis je regarde à nouveau l'écran. Jusqu'à maintenant, j'ai évité de penser à ça comme à quelque chose de réel. Je sais trop combien de femmes ont des problèmes dans le premier trimestre, et je ne voulais pas me laisser aller à trop espérer. Mais à présent que c'est là, juste sous mon nez, il faut que je sache.

— Oui, je réponds avec fermeté. Je veux savoir.

Le médecin déplace alors la sonde, et fait un gros plan.

— Félicitations, me dit-il, tout sourire. Vous allez être maman d'un petit garçon.

— Un garçon, je chuchote, émerveillée. Un petit garçon, avec les yeux de son père.

À ce moment, on tape à la porte. Une infirmière passe la tête et fait signe au médecin. Celui-ci se lève aussitôt.

— Je vous laisse vous rhabiller, me dit-il en me passant des serviettes en papier pour essuyer le gel. Nous parlerons ensuite de tout ce qui concerne la santé prénatale et les prochaines étapes.

Il referme la porte derrière lui, nous laissant seules dans la petite salle.

— Je n'arrive toujours pas à le croire, dit alors Juliet, en serrant à nouveau ma main. Je vais être tatie.

J'essuie mon ventre, qui est déjà bien rond.

— C'est incroyable que ça se voit déjà, dis-je en rabattant ma robe et en m'asseyant sur le bord de la table. À ce rythme, le mois prochain, je ressemblerai à une baleine.

— N'essaie même pas de te plaindre, fait mine de me gronder Juliet. Tu es rayonnante.

— Un garçon, je répète en baissant les yeux. – Ça semble encore si irréel, c'est comme un rêve pour moi. Après le choc du test de grossesse, j'étais transportée, et depuis une partie de moi continue de planer. – C'est pour de vrai, j'ajoute avec un sourire. J'attends un enfant.

Un silence s'ensuit, et le regard de Juliet s'assombrit.

— Est-ce que tu vas finir par le lui dire ?

Je reviens brutalement sur terre.

— Juliet, je commence en soupirant.

— Non, Carina, je suis désolée, mais ça ne peut pas continuer comme ça… Elle me passe mon sac. Tu as dit que tu voulais attendre l'échographie, et c'était normal. Mais maintenant, nous y sommes. Il faut que tu lui en parles.

Je sens un étau compresser mon cœur, l'éternel serrement des regrets et de la nostalgie.

Garrett ignore que je suis enceinte.

Au début, ça m'avait semblé la seule chose à faire, le lui cacher, jusqu'à ce que je sois sûre. Il m'avait repoussée, répétant qu'il ne pourrait jamais être un mari ni un père. Et si je regrettais qu'il n'ait pas été là à mes côtés pour me tenir la main durant ces quelques mois d'angoisse et de doute, je voulais quand même plus que tout le protéger. Pourquoi aurais-je pris le risque de l'entraîner dans tout ça, de raviver ses peurs et son désespoir, et pour rien ? Après tout, tout le monde sait que les tests de grossesse ne sont pas toujours fiables.

Alors j'ai attendu. Et lorsque le médecin a confirmé la grossesse, je n'ai toujours pas pu me résoudre à l'appeler. Je me répétais qu'il pouvait se passer n'importe quoi, et j'ai fini par m'en persuader. C'était encore trop tôt pour lui dire.

Et puis, qu'aurais-je pu dire ? Il avait rompu, m'avait brisé le cœur. La seule chose qui m'a permis de tenir, après cette nuit-là, c'est l'espoir de cette grossesse, et ma famille, Juliet en l'occurrence. Quand je lui ai raconté ce qui s'était passé, quand j'ai déballé toute l'histoire dans un torrent de larmes, elle n'a pas hésité une seconde. Elle m'a tout de suite offert sa maison et son amitié, et chaque jour, je remercie le ciel pour ça. Notre relation était en miettes, ça n'a pas été facile de la reconstruire, du moins d'essayer, mais quelque part, cette grossesse nous a beaucoup rapprochées.

C'est un signe du destin, voilà ce que Juliet m'a dit, un soir, alors qu'on discutait, blotties l'une contre l'autre, sur son canapé. Elle ne supportait pas l'idée qu'une autre génération de McKenzie endure ce que nous avions enduré nous-mêmes, les relations brisées, l'indifférence. Nous avions une chance de réparer tout ça, pour nous, mais aussi pour nos enfants.

— Je veux que mes enfants connaissent leur tante, elle murmure, avec timidité.

— Ne me dis pas que tu es… ?

— Non ! proteste Juliet. Pourquoi tout le monde n'arrête pas de me demander ça ? Je veux juste dire que j'ai passé assez de temps comme ça loin de toi. Je veux que nous soyons meilleures que nos parents.

C'est aussi ce que je veux.

— Je sais, je dois parler à Garrett, je soupire. Encore faudrait-il que je trouve les mots. Ça fait trois mois maintenant, je lui rappelle. Il n'a pas essayé de me joindre une seule fois. Je suis partie de l'appart et depuis, je ne l'ai pas revu. Et tout d'un coup, tu voudrais que je me repointe là-bas à Beachwood en criant, « Surprise ! » ?

— Peut-être pas comme ça, ironise Juliet. Mais tu dois absolument aller lui parler, et très vite. Emerson n'a qu'une envie, lui dire. J'ai eu toutes les peines du monde à lui faire promettre de n'en parler à personne jusqu'à aujourd'hui, pas même à Brit.

Un frisson d'angoisse me parcourt à la seule pensée de la réaction de Garrett. Il n'arrivait même pas à avoir une relation toute simple avec moi, et maintenant, je m'apprête à bouleverser son monde.

Je ne crois pas que je supporterai de le voir en colère à propos de la seule chose qui soit pour moi une véritable bénédiction.

— Écoute, on est obligé de parler de ça maintenant ? je supplie. Je sais parfaitement que je dois trouver une solution, mais dans l'immédiat, est-ce qu'on peut se contenter de fêter la nouvelle ? Mon bébé est en bonne santé. Mon petit garçon, j'ajoute, émue.

Juliet se radoucit et me serre dans ses bras.

— Bien sûr ! Je suis désolée de te harceler, mais je crois simplement que tu te trompes, à son sujet. Je suis certaine que Garrett sera fou de joie.

Je lui souris, avec mélancolie.

— J'aimerais que tu aies raison. Mais tu ne le connais pas comme moi. Ce bébé... Je m'interromps, et caresse mon ventre avec regret. Ce bébé est bien la dernière chose au monde dont Garrett a envie.

Juliet daigne enfin me lâcher avec Garrett, et alors que nous nous rendons en ville pour aller déjeuner quelque part, je sens que mon esprit vagabonde de nouveau. Je tiens le cliché de l'échographie entre mes mains, scrutant le moindre contour, la moindre petite tache. Je ne me sentais pas prête à devenir maman, et d'une certaine manière, je ne le suis pas plus aujourd'hui. Mais en fait ça n'a aucune espèce d'importance. À la seconde où j'ai vu apparaître les petits traits bleus sur le test, au fond de moi, j'ai su que c'était dans l'ordre des choses.

— J'ai du mal à réaliser que dans six mois ce sera une vraie personne, dis-je en secouant la tête, incrédule.

Juliet éclate de rire.

— Une vraie personne qui mange et vomit tout le temps.

— Chut, je grimace. Ne casse pas tout.

— Ça t'ennuie si on passe voir Emerson une minute ? demande alors Juliet, en prenant une petite rue. Il a dit qu'ils recevaient le mobilier aujourd'hui.

— Ooh, bonne idée, j'acquiesce, emballée à cette idée. J'ai hâte de voir ça !

On se dirige vers le centre-ville et ses embouteillages avant de s'arrêter devant ce qui sera sous peu le nouveau restaurant d'Emerson. Ils ont trouvé un vieil entrepôt et, après beaucoup de travail, l'ont aménagé en une grande salle rustique, chaleureuse. Il traîne encore des échafaudages et des câbles un peu partout, mais une fois à l'intérieur, on voit très bien à quoi ressembleront les lieux, d'ici quelques semaines.

— Hello, bébé, dit Juliet en rejoignant Emerson derrière un comptoir. C'est ça ? demande-t-elle, tout excitée, en faisant glisser ses mains sur le bois poli. J'adore !

— C'est super ! j'ajoute en reculant pour observer l'ensemble. – Briques apparentes, poutres métalliques. C'est très réussi, et moderne. – Je n'aurai aucune difficulté à faire parler de vous dans les magazines.

— Que Dieu t'entende ! répond Emerson en riant.

J'ai aidé à préparer l'ouverture officielle et pioché dans mes contacts presse en vue de l'inauguration, le mois prochain. J'ai également trouvé deux autres petites entreprises qui ont besoin de services RP, aussi mon portefeuille clients a-t-il bien grandi, suffisamment en tout cas pour me faire vivre, moi et mon futur plus un.

— Alors, quoi de neuf ? demande Emerson, ses yeux noirs allant de l'une à l'autre, dans l'expectative.

— Tout va bien, répond finalement Juliet avec un large sourire. Carina, montre-lui le cliché !

Je lui passe la photo de l'échographie. Emerson siffle.

— Félicitations !

— Et c'est un garçon ! ajoute Juliet, survoltée.

— Génial, dit Emerson en me rendant la photo. Je suis heureux pour toi, me dit-il droit dans les yeux.

— Merci, je réponds avec un sourire timide, submergée par la joie.

Si ma relation avec Juliet a évolué lentement, avec des hauts et des bas, mais sûrement, Emerson et moi avons mis plus de temps à briser la glace. Ça se comprend, il savait tout des sales coups que j'avais faits à ma sœur. Forcés de vivre sous le même toit, nous nous sommes surtout soigneusement évités, et observés, mal à l'aise. Et plusieurs fois, j'ai eu le cœur serré à les voir ensemble, jour après jour, à être le témoin privilégié de cette sorte d'amour que je croyais il y a peu encore à ma portée, et qui aujourd'hui me semble plus inaccessible que jamais.

Cette fois encore, Emerson se penche vers Juliet et lui murmure quelque chose à l'oreille. Elle rougit, radieuse, et le bouscule gentiment.

– Attends un peu…, il la menace en rigolant, avant de l'attirer entre ses bras pour lui voler un baiser.

Je me détourne et m'éloigne un peu pour les laisser tranquilles. Mais je reconnais ces regards qu'ils échangent. Brûlants, tendres, pleins de certitude.

Je sens mon cœur se serrer, tandis qu'une vague douce-amère de mélancolie me traverse.

Garrett me manque.

Il me manque tellement. Je fais pourtant de mon mieux pour me concentrer sur ma vie. Le travail, Juliet, le bébé, et mon avenir. Mais dans le secret de mes nuits, j'imagine ses bras autour de moi. Je vois son sourire moqueur, la profondeur de ses yeux bleus. Je le sens, il me serre contre lui, me chuchote des mots doux.

Il me fait l'amour.

Dans ces moments de solitude, je nous imagine, lui et moi ensemble. Comme une vraie famille, celle dont j'ai toujours rêvé. Mais la réalité finit toujours par me rattraper et par faire froidement voler mes rêves en éclats.

Il ne veut pas de moi. Il ne veut pas de ce bébé. Il a été on ne peut plus clair, quand il m'a dit adieu.

Et aujourd'hui… Aujourd'hui, je dois trouver le moyen de lui faire face à nouveau, pour lui annoncer la nouvelle. Juliet pense que ce qui me fait peur, c'est qu'il m'envoie balader et ne veuille rien savoir, mais je connais Garrett trop bien pour le croire capable de ça. Jamais il ne se détournera de ses obligations. Il fera ce qu'il faut, pour nous, ça ne fait pas le moindre doute.

Mais au fond, il me détestera, de toutes ses forces, pour l'avoir entraîné là-dedans.

C'est ça qui me terrifie, cette issue inévitable que je cherche sans cesse à repousser. Cette lueur de déception dans ses yeux. Sa noble résignation. Et le fait de savoir que je ne fais qu'ajouter à son malheur, à réveiller les souvenirs douloureux qui ne cessent de le hanter.

Il me regardera, et au lieu de moi, c'est son ex-femme qu'il verra. Ça lui rappellera cette petite fille qu'il a déjà perdue, le mal que ça lui a fait.

Ce bébé m'a déjà apporté tant de bonheur. Mais je sais que pour Garrett il ne sera que source de souffrance, et cette terrible réalité n'en finit pas de me briser le cœur.

J'aurais tellement voulu que les choses se passent autrement. Mais trois mois se sont écoulés aujourd'hui sans un seul coup de fil, et mes espoirs diminuent chaque jour un peu plus.

S'il t'aimait, il serait revenu vers toi depuis longtemps.

Je laisse échapper un soupir, sors pour aller m'asseoir un moment sur le banc juste devant le resto. Je ferme les yeux et sens le soleil sur mon visage. Beachwood Bay doit être plein de touristes maintenant, avec un monde fou au bar, et Garrett n'a sûrement pas une minute à lui. Je me demande ce qu'il fait, s'il s'est trouvé une autre fille pour meubler ses nuits agitées.

— Carina ?

En entendant mon nom, je tourne la tête avant même de reconnaître la voix, mais quand mon regard se pose sur l'homme devant moi, je me fige, pétrifiée, et mon cœur s'arrête.

Alexander.

Je ne l'ai pas revu, depuis ce dîner critique avec ses associés. Même maintenant que je suis revenue, j'évite de traîner à proximité de ces restaurants ou de ces cafés où nous avions nos habitudes, anxieuse à l'idée de tomber sur lui sans y être préparée. Et le voilà, devant moi. Il est toujours le même, dans son costume griffé, téléphone à la main, sans doute entre deux rendez-vous d'affaires.

— Tu n'as jamais répondu à mes messages, me dit-il avec un regard mauvais.

Mon cœur s'affole dans ma poitrine. Nerveuse, je croise les mains sur mes genoux.

— Tout simplement parce que je n'avais rien à te dire.

— Très mature, il ricane, méprisant. Fuir comme ça en pleine nuit, profiter de mon absence pour venir récupérer tes affaires. Rien d'étonnant, tu as toujours été tellement égoïste.

Je regarde derrière moi, mais Emerson et Juliet sont encore à l'intérieur.

— C'était déjà terminé, Alex, je réponds, en m'efforçant de rester calme. Alors oui, je suis partie parce c'était la seule chose à faire.

— Tu m'as laissé en plan comme ça du jour au lendemain, il réplique en s'approchant, déjà rouge de colère. Est-ce que tu as la moindre idée de ce dont j'ai eu l'air ? J'ai dû raconter aux gens que t'étais absentée pour raison familiale. Et puis tu es revenue pour cette petite fête. Oui, tu vois, je sais tout, il ajoute d'une voix cinglante. Toutes ces connes ne parlaient que de ça, au club. Comment crois-tu que je me suis senti, à être le dernier au courant ?

Il est furieux, ses yeux sont injectés de sang. Je me sens piégée, acculée, et en un instant, tout me revient. Son sale caractère, et comment il s'emporte au moindre prétexte. Toutes ces nuits passées à le rassurer après une journée difficile au bureau, ou parce qu'un type lui avait jeté un regard de travers.

— Ça suffit, je décrète avec calme, en me levant. S'il te plaît, va-t'en.

— Je fais ce que je veux, tu entends ! réplique Alex en levant la main, avant de s'arrêter net. Son regard sur mon ventre rebondi, joliment mis en valeur par ma petite robe d'été.

Il en reste bouche bée.

— Ce n'est pas le tien, je m'empresse de dire.

Peu à peu, son expression change. Il laisse alors échapper un ricanement plein de mépris et de hargne.

— Espèce de salope.

Je suffoque, recule en titubant, mais je suis arrêtée par le mur derrière moi. Impossible de fuir. Mon cœur bat à toute vitesse, il s'emballe sous l'effet de la panique.

— Tu n'as pas perdu de temps pour mettre un autre gars dans ton lit, hein ? demande Alexander, tout en me regardant de bas en haut, son regard glissant sur mon corps telles des mains poisseuses. Je me souviens de ces nuits avec lui et je dois réprimer un frisson de dégoût. – Bon sang, mais regarde-toi. Débraillée, en cloque... Je l'ai échappé belle.

— Ne me..., j'essaie de protester, mon cœur prêt d'imploser tant il bat vite, mais il ne veut pas en rester là.

— Et il est où, ce petit veinard, hein ? il ricane en regardant autour de lui. Attends, laisse-moi deviner. Encore un pauvre idiot avec un paquet de fric à la banque qui va regretter le jour où il t'a rencontrée.

— Il n'est pas ici, je réponds, soudain honteuse, en baissant les yeux, et je voudrais que la terre s'entrouvre pour m'avaler tout entière. Je me sens comme à nu, ma solitude et ma tristesse exposées aux yeux du monde entier, y compris de cet homme dont j'attends plus que tout qu'il me laisse tranquille.

De nouveau, Alex ricane, cette fois un peu plus fort. Triomphant.

— Oh, il aurait donc déjà vu clair dans ton jeu ? Un bon point pour lui. Tu sais, j'ai de la peine pour ce pauvre gamin, affublé d'une mère comme toi. Et Alex approche son visage du mien, je vois dans ses yeux la fureur et la cruauté.

— Ça suffit, je proteste doucement, mais il n'en a pas terminé avec moi.

— Tu n'es qu'une espèce de garce frigide, pitoyable et snob, Alex me crache son venin. – Tout ce temps que j'ai passé avec toi, j'avais envie de me faire sauter la cervelle. Tu n'es rien, il ajoute avec un regard de mépris. Tu as toujours été rien. Rien qu'une jolie pute couchant à droite et à gauche pour du fric. Et tu finiras toute seule, parce qu'aucun type ne peut plus te voir en peinture une fois que tu as écarté tes jolies petites jambes.

— Hé ! s'exclame Emerson qui surgit à ce moment du restaurant. Il s'interpose entre Alex et moi, faisant un rempart de son corps. Dégage de là !

— C'est lui ? s'étrangle Alex. Tu m'as quitté pour ce minable ?

— Si tu ne dégages pas de là vite fait, le minable va t'envoyer son poing dans la gueule, rétorque Emerson d'une voix menaçante.

Le temps de quelques secondes d'une extrême tension, je pense qu'Alex est assez fou pour lui sauter dessus. Mais il jauge la solide carrure d'Emerson et s'écarte.

— Elle n'en vaut pas la peine, lâche-t-il avec dédain tout en réajustant son costume. Amuse-toi bien avec cette pute…

Sur ce, il tourne les talons et s'éloigne d'un pas tranquille, sans un regard en arrière.

Je vacille sur mes jambes, mon cœur cogne si fort dans ma poitrine.

— Ça va ? demande Emerson.

— Je… Je ne sais pas. – Je me tiens au mur pour ne pas tomber. J'ai la tête qui tourne, le monde devient flou devant mes yeux. – Il ne voulait pas s'arrêter. Il a dit… Il a dit…

Et ses paroles, leur atroce vérité, viennent me heurter de plein fouet.

Tu finiras toute seule…

Une douleur subite me déchire les entrailles. Sous le choc, je laisse échapper un cri.

— Carina ? appelle Juliet, qui sort à son tour du restaurant. Mais qu'est-ce qui s'est passé ?

Je suis incapable de lui répondre. Une nouvelle fois, la douleur me transperce et je me tiens le ventre. Le bébé. Non. Je ne peux pas…

— Je n'arrive pas à respirer, je chuchote, inspirant désespérément. Tout tourne autour de moi à une vitesse horrible, mon cœur bat si vite, trop vite. La panique monte d'un cran et je sens mes jambes qui me lâchent.

Emerson se précipite et me rattrape juste à temps.

— Oh, elle est blanche comme un linge ! j'entends Juliet, et sa voix me semble loin. Mais il est trop tard, je le sais, je vais tomber, je tombe…

Les ténèbres m'enveloppent.

Chapitre vingt-huit
Garrett

Elle est partie.

Trois mois maintenant que Carina est partie, et elle ne revient toujours pas.

À qui la faute ? C'est bien toi qui l'as repoussée, non ? Tu l'as perdue. Perdue.

Pauvre mec.

Brit me trouve affalé sur le sol de l'appartement, au-dessus du bar, à ressasser les mêmes questions, les mêmes reproches depuis des semaines, avec pour seule compagnie une bouteille de whisky, des souvenirs qui font mal, et une douleur si forte dans ma poitrine que j'ai l'impression qu'on est en train de me charcuter.

Voilà des semaines que je saigne, et je ne sais pas comment arrêter l'hémorragie.

– Merde, Garrett, tu t'es vu ? Elle m'apostrophe en regardant le chantier, autour de moi. – Il faut absolument que tu arrêtes ça. Tu es en train de te détruire.

— Laisse-moi tranquille, je marmonne, avant d'ingurgiter une autre rasade de whisky, le cul sur le parquet du salon, adossé au mur.

Ce mur contre lequel tu as baisé Carina, si fort qu'elle hurlait ton nom.

Brit ignore ma requête et pénètre dans l'appartement, ouvre les rideaux, inondant la pièce de soleil. Je grogne, ferme à moitié les yeux à cause de la lumière. J'ignore depuis combien de temps je suis là, peut-être toute la nuit. Dormir dans mon lit, à la maison de la plage, ça m'est impossible, il y a trop de souvenirs là-bas. Le piano dans un coin du salon, le porche sous lequel j'ai tout foutu en l'air. Et le lit, ce putain de lit dans lequel j'ai vécu des nuits entières de passion comme je n'en avais jamais connu auparavant. J'ai pourtant passé les draps au lave-linge une bonne dizaine de fois, mais rien à faire, c'est comme s'ils sentaient encore son parfum.

Où que j'aille, elle me hante.

— Il y a un monde dingue au bar, Garrett, dit Brit, et sa voix s'adoucit. Jody fait de son mieux pour gérer, mais si tu continues comme ça, ça va mal finir. Tu feras quoi, ce jour-là ?

— Je me soûlerai la gueule comme aujourd'hui, je réponds en levant la bouteille. À la tienne !

Brit lève les yeux au ciel et m'arrache le whisky des mains.

— Pas question de te laisser tout foutre en l'air comme ça. Le boulot, c'est la seule chose qui puisse te sauver de l'autodestruction.

— Brit, je gronde, à bout de patience. Arrête avec tes petits jeux à la con, je ne suis pas d'humeur.

— Et moi, je ne suis pas d'humeur à te regarder t'apitoyer sur ton sort, rétorque Brit en élevant la voix. Écoute, quand tu en auras assez de te comporter comme un con, tu me feras signe...

Elle me tourne le dos et se dirige vers la porte.

— C'est pas la peine de compter là-dessus ! je gueule, mais déjà, je sens les regrets qui m'assaillent. Il n'y a que deux femmes qui me connaissent assez pour me dire mes quatre vérités, sans se laisser impressionner par mes délires et mes insultes. Brit en l'occurrence, et Carina.

Tu en as déjà fait fuir une. On dirait que c'est bien parti pour la deuxième.

— Attends ! je me dépêche de l'appeler. Pardon. Je suis une merde, je le sais.

Brit s'arrête et me fait face.

— Tu es amoureux, corrige-t-elle, et je vois de la compassion dans son regard. Ce qui veut dire qu'il reste de l'espoir.

Je laisse retomber ma tête contre le mur derrière moi, et je ne me fatigue même plus à essayer de nier.

— De l'espoir, il n'y en a plus, je réponds. Je te l'ai déjà expliqué.

— Tu m'as expliqué que vous ne pouviez pas être ensemble, répond Brit en venant s'asseoir à côté de moi. Mais tu ne m'as toujours pas dit pourquoi.

— Je ne peux pas lui apporter ce dont elle a besoin, je répète, autant pour moi que pour Brit.

— N'importe quoi, réplique Brit, cinglante. Tu as la trouille, c'est tout.

— Hé, je proteste, on ne frappe pas un homme à terre.

— Je ne te frappe pas, j'essaie de t'aider à te relever, répond Brit et elle m'envoie son coude dans les côtes. – Je te dois bien ça, non ? Rappelle-toi. Quand Hunter est revenu, tu étais le premier à me faire de longs discours, à dire qu'il ne fallait pas laisser passer sa chance, mais écouter son cœur et ne jamais laisser le passé t'empêcher de penser à l'avenir… La voilà qui me ressort mes propres paroles et, le cœur serré, je réalise qu'elle a raison.

Tout ça, je l'ai dit, et pire encore, j'en pensais chaque mot.

— Tu ne comprends pas, je marmonne, encore perdu dans les souvenirs de Carina, et toute cette tendresse que j'ai perdue à jamais. – Là, c'est différent.

— Exact. Parce que j'ai fini par retrouver la raison, et que je me suis levée pour aller chercher ce que je voulais le plus au monde, pendant que toi, tu es assis là à te soûler en plein milieu de la journée, rétorque Brit, quand son téléphone sonne. Elle regarde l'écran, puis répond, tout sourire.

— Salut grand frère, quoi de neuf ?

Quelques secondes de silence.

— Non, il est ici, à côté de moi. Pourquoi ?

Quelle que soit la réponse, le sourire de Brit disparaît d'un coup. Puis elle me tend le téléphone et chuchote :

— C'est Emerson.

— Que se passe-t-il ? je demande en prenant l'appareil. Quelque chose dans ses yeux me donne la chair de poule, avant même que je ne colle le téléphone à mon oreille.

— Salut mec, quoi de neuf ?

La voix d'Emerson résonne au bout du fil, sinistre.

— Il est arrivé quelque chose, il me répond. C'est Carina.

On roule pleine balle direction la ville. Brit a insisté pour prendre le volant, aussi je n'ai rien à quoi me raccrocher pour contrer cette panique qui me dévore le cœur.

Carina s'est retrouvée face à face avec son ex. C'était moche. Elle a perdu connaissance. Elle est à l'hôpital.

Il ne m'a rien dit de plus, juste que les médecins procédaient à des examens.

— Elle devrait se remettre, il m'a dit, mais j'ai bien entendu cette terrible hésitation, dans sa voix. Tu devrais quand même venir…

De toute façon, je m'étais déjà levé, prêt à partir.

— Ça va aller, me dit Brit, rassurante.

— Tu n'en sais rien, je marmonne en serrant les poings, et j'essaie de ne pas craquer. Une peur immonde martèle ma poitrine, mille questions se bousculent dans ma tête.

Elle a mal, elle souffre. Et toi, pourquoi tu n'étais pas là pour la protéger ? Que pouvait-elle contre ce monstre, toute seule ?

Je me souviens de Carina sur la jetée, quand le masque est tombé et qu'elle s'est révélée à moi, vulnérable, que j'ai entrevu son âme éperdue pour la première fois. Il lui avait fallu toute la force qu'elle avait en elle pour tourner le dos à cette vie, et moi, je lui avais fait une promesse. Celle d'être toujours là pour elle.

Et je n'ai pas tenu parole. Tout ça, c'est de ma faute. Si je ne l'avais pas repoussée, si je n'avais pas été aussi lâche…

À mesure que les kilomètres défilent, la culpabilité me ronge, si bien que je finis par sombrer dans un abîme de terreur et de haine farouche contre moi-même.

Si quelque chose lui arrivait…

Jamais je ne me le pardonnerais. Jamais.

Brit s'engouffre sur le parking de l'hôpital.

— Vas-y, me dit-elle en serrant affectueusement ma main. Il faut que je trouve une place.

Je descends comme un fou sans même lui dire un mot, je me précipite, traverse le hall et prends le couloir des Urgences, où je découvre Emerson et Juliet dans la salle d'attente, collés l'un contre l'autre sur des chaises en plastique minables.

— Il a levé la main sur elle ? je demande, et l'écho de ma voix se répercute dans la salle. Je hurle, mais je m'en fous, la cherchant du regard, au comble du désespoir. Est-ce que ce salaud l'a touchée ?

— Non, rien de tout ça, répond Emerson et il me prend par le bras, tente de me calmer. C'est un sacré connard, mais... On était là, avec elle. Elle a été prise de vertiges, et elle s'est évanouie.

— Où est-elle ? je demande, et la peur continue de broyer mon cœur. Il faut que je la voie. Tout de suite !

— Le médecin l'examine, intervient Juliet. Bras nerveusement croisés, elle est pâle, manifestement bouleversée. Il ne va pas tarder à venir nous voir, ajoute-t-elle, son regard allant sans cesse d'Emerson à moi. Tu veux que j'aille te chercher un café, ou autre chose ? Assieds-toi ici avec nous.

— Non, je secoue la tête et me mets à arpenter le couloir comme un fou furieux. À bout de nerfs, je sens que je vais craquer. – J'ai besoin de la voir, je vous en prie, je supplie, brisé, me fichant de ce dont j'ai l'air. Je donnerais tout ce que j'ai, tout ce que j'ai jamais eu pour à nouveau la tenir dans mes bras et regarder son si beau visage. – Vous devez me laisser la voir.

— Dans une minute, promet Emerson. Prends le temps de respirer. Il faut que tu te calmes. Tu ne peux pas entrer la voir dans cet état.

Il a raison. Front contre la vitre glaciale d'un bureau, je fais de mon mieux pour reprendre mes esprits. Je suis sens dessus dessous, alors que là, Carina a besoin de ma force. Je respire à fond, encore et encore, et finis par retrouver mon sang-froid.

À ce moment, la double porte en verre coulisse et une dame d'un certain âge, vêtue d'une blouse blanche, apparaît, un dossier médical à la main.

— Vous êtes la famille de Carina ? demande-t-elle.

J'ouvre la bouche pour répondre « oui », quand Juliet me précède.

— Je suis sa sœur.

Le médecin vient vers nous. À cet instant, mon cœur cesse de battre, suspendu à ses lèvres.

— Elle va se remettre, nous dit-elle alors avec un sourire rassurant.

— Oh, Dieu merci… En un clin d'œil, toute la terreur accumulée en moi se dissipe et je vacille, me laissant tomber sur la chaise derrière moi.

— Les vertiges et les évanouissements sont courants, à ce stade, poursuit la toubib en s'adressant à Juliet. Surtout si elle saute un repas. Elle a une tension élevée, aussi je préfère surveiller ça de près. Nous devrons également discuter des solutions pour lui épargner toute source de stress et de choc émotionnel.

— Absolument, acquiesce vivement Juliet. Mais elle va mieux, non ?

Le docteur sourit à nouveau.

— Elle se porte à merveille, et le bébé aussi.

Tout mon sang afflue d'un coup dans ma tête. Hébété, je regarde le médecin s'éloigner, le battement de mon cœur résonnant dans mes oreilles.

Le bébé ?

Je me tourne vers Juliet, certain d'avoir mal entendu, mais à ce moment son regard croise le mien. Plein de culpabilité.

— Elle… Elle est enceinte ? je parviens tant bien que mal à articuler, incrédule.

Juliet détourne les yeux.

— Elle s'apprêtait à te le dire, intervient Emerson, mâchoires serrées, l'air tendu. Elle a passé sa première échographie aujourd'hui.

Les mots restent un moment en suspension dans l'air.

Je m'accroche à ma chaise, alors que la vérité finit par atteindre mon cerveau. La vérité qu'elle m'a cachée, qu'elle a portée, seule, tout ce temps.

— Mais pourquoi... ? je bafouille, toujours en état second. Un bébé. Elle attend un bébé.

Mon bébé.

Mais ça n'a pas de sens, qu'elle me l'ait caché.

— De combien... ? je demande, en me creusant la cervelle pour tenter de me rappeler la dernière fois que je l'ai vue. La dernière fois que nous...

— Quatorze semaines, répond Juliet avec calme.

— Mais pourquoi ne m'a-t-elle rien dit ?

— Elle pensait que tu n'en voudrais pas, répond Juliet d'une voix ferme, teintée de reproches. Elle dit que tu as été très clair là-dessus. Que tu ne voulais pas de famille.

Je les regarde bouche bée, tandis que toutes les pièces du puzzle se mettent en place. Pourquoi elle est partie, et n'est jamais revenue. Pourquoi en fin de compte Carina ne pouvait m'appeler à l'aide, alors même qu'elle avait besoin de moi.

J'ai fait ça. Je lui ai dit que je ne serais jamais son mari. Ni le père de ses enfants. J'ai juré que plus jamais on ne m'y reprendrait.

J'ai préféré nous briser le cœur, plutôt que de prendre le risque de souffrir.

Et elle a fait ce que je lui avais demandé. Elle s'est tenue éloignée. Elle n'est pas venue à moi, parce qu'elle était convaincue de ne pas pouvoir. Et cela malgré ses peurs, ses doutes et sans doute un bon million de questions concernant l'avenir. Elle a assumé ça toute seule, plutôt que d'aller contre ma volonté. Une volonté que je lui avais exprimée sans ménagement, cette nuit-là, après le concert.

Voilà ce que j'ai fait. Moi et personne d'autre.

— Je dois la voir, je répète, déterminé, à Juliet. Elle interroge Emerson du regard, puis hoche la tête.

— Elle dort, pour l'instant, me dit-elle. Ils lui ont fait prendre un médicament pour faire baisser sa tension, et éviter de stresser le bébé.

— Je m'en fous, je réponds. Conduis-moi à elle, s'il te plaît.

Juliet finit par s'exécuter et je la suis jusqu'à une petite chambre, au bout du couloir. Je pousse la porte et entre.

Carina dort. Elle est si pâle, c'est plus fort que moi, je me précipite à son chevet pour vérifier si elle respire, pour entendre le bip-bip rassurant des appareils auxquels elle est branchée.

— J'attends dehors, me dit Juliet, mais je ne me retourne même pas. Je me fiche du monde entier, plus rien n'existe que cette femme devant moi.

Carina. Mon amour.

Comment ai-je pu croire un seul instant que je pourrais vivre sans elle ?

— Pardon, je murmure, en luttant pour retenir mes larmes. Je suis tellement, tellement désolé.

Je prends l'une de ses mains entre les miennes. Une main toute menue, froide. Trop froide. Je la pose contre mon cœur. Je voudrais tant pouvoir la réveiller à la vie, apporter un peu de couleur à ses joues, amener un sourire à ses lèvres toutes fendillées.

Et je jure que c'est ce que je vais faire. Si j'ai cette chance, je ne la gâcherai pas une fois de plus. C'est pourtant simple, putain, tellement simple, et moi comme un idiot, je n'ai rien vu, rien compris. Elle est tout pour moi. C'est elle, elle qui est tout ce qui m'importe désormais, et il m'a fallu tout ce temps pour le comprendre.

J'ai failli la perdre.

Je pourrais encore la perdre. Et pas seulement elle.

Mon regard descend le long de son corps. La couverture me cache son ventre, et il m'est impossible de voir un quelconque signe de sa grossesse. Mais le seul fait de savoir qu'il est là, que Carina porte mon bébé, me remplit d'une forme de lucidité nouvelle. Malgré le choc, malgré la culpabilité, elle m'indique clairement, véritable rayon de lumière, le chemin à travers les ténèbres.

Et soudain, je sais ce qu'il me reste à faire.

Je dépose un baiser dans le creux de sa main.

— Je suis là, je serai toujours à tes côtés, je chuchote. Quoi qu'il arrive, je t'en fais le serment.

Je sors sans bruit, referme la porte derrière moi. Je retrouve Juliet et Emerson dans la salle d'attente, avec Brit.

— Donne-moi les clés, dis-je, main tendue, et elle me passe le trousseau sans un mot. Appelez-moi quand elle se réveillera, j'ajoute.

— Attends, s'alarme Juliet, l'air inquiet. Où vas-tu ?

Je respire à fond, et réponds avec une espèce de calme froid.

— Il faut que j'aille voir quelqu'un.

Chapitre vingt-neuf

Après tout ce temps, je retrouve l'adresse sans peine. Un ou deux coups de fil, une petite erreur d'orientation, mais très vite je me retrouve dans un quartier tranquille, à quelques minutes à peine de l'hôpital.

Je reste un moment assis au volant à essayer d'y voir clair sur ce qui m'attend. Je m'étais juré de ne plus remettre les pieds ici, mais si je veux être l'homme sur lequel Carina pourra compter, alors j'ai besoin de réponses. Et l'appartement dont l'adresse est gribouillée sur ce bout de papier est le seul endroit où je puisse les trouver.

Charlotte ouvre la porte en jean et chemise de mec, téléphone à l'oreille. Elle écarquille les yeux en me voyant, visiblement surprise.

— Je… Non, je dois te laisser, je te rappelle, dit-elle avant de raccrocher. Elle recule de quelques pas et me regarde de haut en bas.

— Ça fait longtemps…

— Ouais, je marmonne, mal à l'aise. Elle a un peu vieilli, moi aussi je suppose. La jeune fille enjouée que j'avais rencontrée dans ce bar a laissé place à une femme plus adulte, plus mature. Ses longs cheveux retombent en cascade sur ses épaules, et dans ses yeux je note comme une lassitude que je n'y connaissais pas.

— Je peux entrer ? je demande.

— Kaylee n'est pas là, répond Charlotte, fébrile. Elle est chez une copine. Cal est allé la chercher.

— C'est pas grave, dis-je, toujours aussi ému en entendant son prénom. C'est toi que je suis venu voir.

Charlotte a un léger mouvement de recul, puis elle hoche la tête.

— D'accord. Entre.

Elle ouvre grand sa porte et je la suis à l'intérieur. C'est un petit appartement, lumineux, et très en désordre. Aux murs, c'est plein de photos de Kaylee, seule ou avec Charlotte ; crayons de couleur et jouets de toutes sortes encombrent le sol du salon.

Elles ont emménagé ici après notre rupture. Je n'y avais jamais mis les pieds. Souvent, j'ai essayé d'imaginer Kaylee dans sa nouvelle vie, son nouvel environnement. Mais c'était toujours flou et purement fictif. Aujourd'hui, je regarde autour de moi et je vois sa maison, une vraie, pleine de vie et de bazar.

Un monde, sans moi.

— Désolée pour le ménage, s'excuse Charlotte en ramassant deux trois jouets en chemin.

— Ne t'embête pas, je réponds, avant de m'arrêter devant une photo de Kaylee, lors de ce qui ressemble à un anniversaire. Elle porte une robe rose et sourit de toutes ses petites dents.

— Comment va-t-elle ?

— Bien, répond Charlotte avec un sourire nerveux. Ça, c'était l'année dernière. Maintenant, elle est dans une période princesse, avec robe, diadème et tout ce qui va avec.

Un silence.

— Désolé de me pointer comme ça, je dis en toussotant. Il fallait que je te parle.

Je le vois bien, Charlotte est sur les nerfs. Elle s'affaire avec les coussins du canapé, insiste pour me servir un verre de thé glacé. Je ne peux pas lui en vouloir. Pour elle, je suis un fantôme surgi d'une vie antérieure, et puis, notre dernière rencontre s'est achevée dans les cris, les menaces et l'amertume.

Nous nous asseyons enfin sur le canapé recouvert d'une couverture en patchwork et Charlotte, mains croisées, demande, sur ses gardes.

— Eh bien, de quoi s'agit-il ?

J'hésite un moment, ne sais pas par où commencer. Je pourrais tourner autour du pot, je suppose, en parlant de tout et de rien, comme si de rien n'était. Mais en réalité, il n'y a qu'une chose qui m'intéresse. J'ai besoin de savoir. Alors je la regarde dans les yeux et lui pose la question de but en blanc.

— Pourquoi m'as-tu quitté ?

Charlotte se fige. Puis elle me regarde, et elle comprend vite que je suis très sérieux.

— Garrett, elle dit, à contrecœur. Ça fait des années maintenant.

— Je sais, mais je… J'ai besoin de l'entendre, je dis, la gorge serrée.

Elle baisse alors les yeux.

— Je ne sais pas ce que tu veux entendre…

— La vérité, je réponds, et je me prépare aux reproches, mes échecs et le reste, mais au lieu de ça, Charlotte me dévisage avec de la pitié dans les yeux.

— C'est juste que... Je l'aimais lui, plus que toi, dit-elle alors simplement.

Je la fixe, déconcerté, et réplique, avec un sentiment de frustration.

— Inutile de chercher à m'épargner. Je veux savoir...

Et là, soudain, Charlotte me sourit.

— Comment s'appelle-t-elle ?

— Je ne... De quoi tu parles ? je bafouille, me sentant subitement à découvert.

— Tu ne serais pas venu ici me poser ce genre de question, s'il n'y avait pas quelqu'un, répond Charlotte avec lucidité. Tu l'aimes ?

Je retiens mon souffle, puis :

— Oui, j'admets, désarçonné.

— Comme tu m'aimais moi ? demande-t-elle.

Je la dévisage. Comment mettre en mots ce que je ressens pour Carina ? C'est comme comparer une étoile qui se meurt avec le feu aveuglant du soleil. Une minuscule goutte de pluie avec un raz de marée.

Un sourire timide se dessine sur les lèvres de Charlotte.

— C'est la vie, poursuit-elle, et c'est comme si elle lisait en moi. Un jour, il y a quelqu'un que tu aimes plus. Et sans pouvoir dire pourquoi... Elle baisse les yeux et ajoute. Si j'avais pu t'aimer plus que lui, je l'aurais fait, mais... Elle s'interrompt, avant de conclure. Je suis désolée. Je n'aurais pas dû te mentir, à propos de Kaylee. C'était nul de ma part.

Je sens mon cœur qui se lézarde.

— Est-ce que... J'hésite. Dis-moi, est-ce que j'étais un mauvais père ?

— Oh non, Garrett, répond-elle en me regardant. Tu n'étais peut-être pas prêt, voilà tout. Moi non plus, d'ailleurs. Nous étions si jeunes, toi et moi. Mais la prochaine fois, tu le seras.

La prochaine fois. L'écho de ses paroles se répercute en moi, et pour la première fois, je réalise que tout ça est bien réel. Une autre chance. Un autre premier sourire, un autre premier mot. Et regarder ce bébé grandir, comme je l'ai fait avec Kaylee. Sauf que cette fois...

Cette fois, je ne les laisserai pas partir, pas question, pour rien au monde.

— Merci d'avoir pris un peu de temps pour moi, dis-je en me levant. Je vais y aller.

— Kaylee ne devrait plus tarder, dit Charlotte en se levant à son tour. Si tu veux l'attendre...

J'hésite, mais non. Pas après tout ce qui s'est passé.

— Elle ne se souviendra pas de moi, je réponds avec douceur.

Charlotte détourne le regard.

— Je te raccompagne...

— C'est bon. Je connais le chemin.

Je retourne à l'hôpital, perdu dans mes pensées. D'une certaine façon, je me sens plus léger, comme si le terrible fardeau qui pèse sur mon cœur depuis des années venait de lâcher prise. Tout ce temps, d'une certaine manière, je me reprochais le départ de Charlotte, convaincu que c'était moi qui les avais poussées à partir. Cette idée me hantait, tel le spectre de mes propres échecs. Mauvais mari. Mauvais père. Et je me disais que si j'avais été à la hauteur, jamais elles ne seraient parties. J'avais bien trop peur de recommencer, peur que cet aspect méprisable de ma personne, qui avait causé mon malheur, ne revienne montrer sa face hideuse.

Indigne d'être aimé. Condamné à la solitude.

Mais grâce à Carina, j'ai compris qu'aujourd'hui, plus que tout, j'ai envie d'un avenir. Je veux construire une maison avec elle, une famille, regarder nos enfants grandir, être là à tous les moments de la vie, partager les bonheurs les plus simples du quotidien.

Je ne veux plus avoir peur, je ne veux plus être seul. Plus jamais.

Je n'ai jamais beaucoup cru à la fatalité, au destin, mais aujourd'hui, je me demande si tout ça n'était pas écrit depuis longtemps. Charlotte a suivi son cœur, quel qu'en ait été le prix, mais si elle ne l'avait pas fait, jamais je n'aurais rencontré Carina. Maintenant, Charlotte a sa famille, cet amour qui donne un sens à sa vie. Et moi, même si je multipliais par deux, par mille, l'amour que j'éprouvais pour Charlotte, je n'arriverais même pas à approcher la profondeur des sentiments qui me portent vers Carina. Parfois, il n'y a pas d'explication.

Parfois, il y a juste quelqu'un que vous aimez plus, c'est comme ça.

Je me rue dans l'hôpital, gonflé à bloc, mais lorsque j'arrive à la chambre de Carina et la vois assise sur le lit, entourée de gens, toute ma détermination s'évanouit. Je m'arrête sur le pas de la porte.

Puis elle tourne la tête. Et ses yeux rencontrent les miens.

Le temps s'arrête.

Plus rien n'existe autour de nous. Et l'espace d'un précieux, d'un pur moment, un soulagement infini, un amour absolu me submergent, rien qu'à la voir éveillée, et vivante.

Elle m'a tellement manqué.

— Bien, hmm, je vais te chercher de quoi grignoter, à la cafétéria, propose Juliet, en nous regardant tour à tour, Carina et moi. Emerson, Brit, allez, hop, dehors !

— Je vais rester, dit Brit, curieuse, mais Emerson la pousse hors de la chambre.

— Laissons-les un peu tranquilles, marmonne-t-il, avant de refermer la porte derrière eux.

Nous sommes seuls.

Alors Carina me sourit, avec hésitation.

— Coucou, elle chuchote.

Le son de sa voix me frappe de plein fouet. Je vole, en une fraction de seconde, je suis près d'elle, bondis sur le lit et la prends entre mes bras. Je la serre fort contre moi, si fort qu'il faudrait une armée pour m'arracher à elle. Et même là, ils tomberaient par millions avant que je me résigne à la lâcher.

— Pardonne-moi, je murmure en la berçant doucement. Je t'en prie, pardonne-moi.

— Mais... C'est moi qui te demande pardon ! répond Carina et elle me regarde avec angoisse. J'aurais dû te le dire !

— Je ne te reproche rien, je proteste. Oh, quel idiot je suis de t'avoir repoussée. J'avais peur, j'avoue, submergé par la honte. J'ai compris combien je t'aimais, mais je n'arrêtais pas de penser que si ça faisait mal aujourd'hui, ce serait mille fois pire, plus tard, quand tu me laisserais.

— Jamais je ne te laisserai, dit Carina en prenant mon visage entre ses mains, puis elle plonge ses yeux dans les miens, me regarde avec gravité. – Jamais.

Mon cœur s'enflamme à ses paroles, et je ne veux que la tenir, la sentir dans mes bras, car c'est là qu'est sa place.

— Tu m'as tellement manqué, je murmure, et soudain je ne peux plus résister. J'approche mes lèvres des siennes, bouche pour un baiser à la fois plein de tendresse et de passion. Je sens Carina s'abandonner entre mes bras, comme si elle cherchait à se fondre dans mon corps. Je bois, je savoure chaque seconde, inscrivant en lettres d'or le souvenir de ce moment d'une perfection absolue, dans mon esprit.

Lorsque nous reprenons notre souffle, les larmes coulent sur ses joues.

— Qu'est-ce qui ne va pas ? je chuchote, en les essuyant doucement.

— Tu as dit que tu m'aimais, me répond-elle avec un sourire, ses yeux étincelant d'un bonheur nouveau. Tu ne l'avais encore jamais dit.

— Eh bien, tu ferais mieux de t'y habituer, je réponds, et de nouveau je l'embrasse. Parce que je compte bien te le dire et te le répéter jour après jour, pour le reste de notre vie.

— Comme c'est bon de t'entendre parler comme ça, dit Carina en se blottissant contre moi. Puis soudain, elle se fige entre mes bras. Tu as senti ça ? demande-t-elle, comme pétrifiée.

— Quoi ? je réponds, et déjà je m'apprête à appuyer sur le bouton d'alerte, au-dessus de son lit. Qu'est-ce qui ne va pas ? Tu veux que j'appelle le médecin ?

— Non ! répond Carina et elle me regarde, son beau visage lumineux. Je l'ai senti bouger. Là... Elle prend ma main et la pose sur elle. Je retiens mon souffle à la sensation de son petit ventre rond. Mais rien, quand soudain...

— Oui, là, elle chuchote, je le sens, il bouge. Un mouvement infime, à l'intérieur de son corps.

Nous nous regardons, unis par la même euphorie.

— Attends, je murmure, interdit, et j'hésite. Tu as dit « il »...

Carina me lance un sourire timide.

— Je l'ai appris à l'échographie. C'est un garçon. Un petit garçon.

Je n'ai pas de mots. Il n'y a rien que je puisse dire, rien que je puisse faire, excepté l'embrasser à nouveau, et maintenant mes larmes se mêlent aux siennes. Ce baiser est un baiser de joie, d'espoir, pour cet avenir qui sera le nôtre, pour cette famille que nous fonderons. Un lieu d'amour, de confiance, de seconde chance.

Ensemble, et pour toujours.

Chapitre trente
Carina

C'est la soirée donnée pour l'ouverture officielle du restaurant d'Emerson. L'endroit est plein de gens que nous connaissons, d'autres pas du tout, tous sur leur trente-et-un pour l'événement, et moi, je ressemble à une grosse baleine.

— Je suis énorme, je gémis en regardant mon ventre. Je ne vois même plus mes chevilles. Ce qui n'est pas plus mal, j'ajoute avec regret. Elles sont probablement obèses elles aussi.

— Tu n'es pas grosse, tu es belle, répond Garrett dans un éclat de rire, puis il dépose un baiser sur ma main. – La plus belle de toutes les femmes présentes dans cette salle.

— Comme si tu pouvais dire autre chose, je le taquine. Après tout, c'est toi qui m'as mise dans cet état.

— Eh oui, c'est moi, dit Garrett, le regard brûlant, possessif. Il se penche vers moi, et prend sa voix la plus sexy pour me chuchoter à l'oreille. – Il me tarde de rentrer à la maison pour te rafraîchir la mémoire…

Sur ces mots, il fait descendre sa main le long de mon dos, elle va se nicher dans le creux de mes reins pour caresser ma peau nue, y suscitant instantanément un frisson de désir. Je rougis, mon cœur s'accélère. Je suis à présent dans mon dernier trimestre, et ce bébé affole mes hormones, mais heureusement Garrett est toujours prêt à se sacrifier pour la bonne cause. Je le regarde, dans son costume et sa chemise au col entrouvert, hyper bien coiffé pour changer, et une nouvelle salve de désir et d'amour me submerge.

— On rentre ? je réponds dans un murmure. – Je ne pense pas pouvoir tenir aussi longtemps.

— Parfois, le meilleur, c'est l'attente, chuchote-t-il. Tu te rappelles, la soirée cinéma, sur le canapé… ?

À ce souvenir, je retiens mon souffle.

— La toute première fois…

— La première de beaucoup d'autres, rigole Garrett.

— Imagine, ce que seraient nos vies aujourd'hui, si tu n'étais pas monté à l'appartement, ce soir-là. Je soupire en caressant mon ventre. Si nous n'étions restés que des amis…

— Nous n'avons jamais été de simples amis, mon amour, remarque Garrett. Pour moi, il n'y a toujours eu que toi.

Troublée, je sens mon cœur qui s'emballe.

— Parfois, en me réveillant le matin, je me demande si je ne rêve pas, j'avoue. Garrett me lance un regard perplexe. Je détourne les yeux, soudain mal à l'aise. Si tout ça est bien vrai. Une famille, le bonheur… Toi.

Et en un instant, me voilà au bord des larmes, je rougis, m'essuie les yeux avec énergie.

— Les hormones, je m'empresse de dire, mais Garrett n'est pas dupe, il prend mon visage entre ses mains.

— Ce n'est pas un rêve, me dit-il avec tendresse, tout sourire. Cette vie-là ne t'est pas venue par hasard. Tu t'es battue pour l'avoir. Tu l'as gagnée. Et je remercie le ciel chaque jour que tu sois entrée par effraction dans cette maison, au beau milieu de la nuit, en me fichant la trouille au passage.

Je lui souris, ravale mes larmes.

— Je t'aime, tu le sais ça ?

— Je le sais, répond Garrett avec un nouveau baiser plein de tendresse. Mais j'adore t'entendre le dire.

Je me laisse aller entre ses bras, pose ma tête contre son épaule, en savourant pleinement le bonheur de ce moment. Je repense à ma vie d'avant, il y a à peine six mois, et je peux à peine croire qu'elle ait tellement changé. Que j'aie tellement changé. J'étais complètement fermée, terrifiée à l'idée de voir mon monde parfait partir en miettes. Et je camouflais ce vide derrière les sourires mondains.

J'ai tout perdu, et c'est la meilleure chose qui me soit jamais arrivée.

— Hé, salut vous deux ! Brit et Hunter nous rejoignent à notre table. Je reporte mon attention sur ma vie d'aujourd'hui.

— Wow, quelle élégance ! je m'exclame. À vous voir, on se croirait sur un tapis rouge ! Hunter porte un costume bleu marine, du sur-mesure apparemment, quant à Brit, elle est littéralement divine dans sa robe de soie bleue à volants. Elle tourbillonne devant nous.

— La dernière création de la marque Brit Ray ! elle annonce en riant.

Je laisse échapper un soupir.

— Tu n'envisagerais pas de te lancer dans une ligne de vêtements de grossesse, par hasard ? J'en ai assez de porter des robes qui ressemblent à des sacs !

— Pourquoi pas ? répond Brit. Mais mon carnet de commandes est ultra complet pour l'année qui vient. Tu devrais en parler à mon directeur commercial...

— Madame se prend très au sérieux, remarque Hunter avec un sourire en coin. Aussitôt, Brit lui décoche un coup de coude.

— Tu ferais mieux de te taire, espèce de snob ! elle rétorque. Qui élève des pur-sang pour faire plaisir à sa maman ?

Ils s'asseyent avec nous et regardent autour d'eux. La salle est pleine d'invités, tous euphoriques d'être présents à ce qui s'annonce déjà comme l'un des événements les plus branchés de la ville.

— Cet endroit est super, remarque Hunter en s'enfonçant sur sa chaise, un bras sur les épaules de Brit.

— Mon grand frère s'est bien débrouillé, répond-elle.

— Et Carina aussi, ajoute Garrett en me souriant avec fierté. Elle a su convaincre la moitié des journalistes de cette ville de venir ce soir.

— Le fait d'avoir une rock star pour un concert exclusif a beaucoup aidé, dis-je, tempérant son enthousiasme.

— J'ai du mal à réaliser que Dex Callahan a traîné à Beachwood Bay pendant des mois sans que je l'aie jamais remarqué ! s'exclame Brit.

— Aucun de nous n'a jamais fait le rapprochement, je réponds. Je crois qu'il prend grand soin de préserver sa vie privée. Quelqu'un l'a aperçu, ce soir ?

— Il doit être dans la salle de service, derrière, répond Garrett en me caressant le dos. Détends-toi, il ne va pas nous lâcher une deuxième fois.

Une deuxième fois en effet. Le mystérieux chanteur qui devait se produire Chez Jimmy au printemps dernier, avant de se décommander au dernier moment, n'était en effet autre que Dex Callahan, l'une des rock stars les plus tendances du moment. Du moins l'était-il il y a encore peu de temps. Il a quitté son groupe l'année dernière, pour aller se mettre au vert à Beachwood, où il vivait encore il y a peu, dans l'anonymat le plus complet. Je savais bien que cette voix sur son CD me disait quelque chose, mais ce soir-là, Garrett et moi avions mieux à faire…

— Il a vraiment la côte, je poursuis en regardant autour de moi. J'ai même eu des copines de mon ancienne boîte qui m'ont appelée en me suppliant de leur obtenir une invitation.

— J'espère que tu leur as répondu qu'elles pouvaient toujours courir, remarqua Brit.

— Mieux que ça. J'ai exigé en échange une réservation pour la semaine prochaine ! je souris, victorieuse. La promo, c'est une chose, mais à l'avenir nous aurons surtout besoin de clients, pas de pique-assiette. Ça me rappelle… Je tente de me lever. Je ferais mieux d'aller voir si tout se déroule comme prévu…

— Hop ! Garrett bondit sur ses pieds et m'aide à me lever. Doucement.

— Merci. Je dépose un petit baiser sur ses lèvres, avant de regarder les autres en soupirant. Il me tarde de pouvoir bouger sans avoir besoin d'un treuil !

Brit éclate de rire et se lève à son tour.

— Je t'accompagne voir Emerson.

Nous nous frayons – lentement – un passage à travers la foule.

— Il reste combien de temps ? elle me demande en m'ouvrant la voie.

— Ce n'est pas prévu avant octobre, je pleurniche. Il n'arrête pas de bouger, surtout la nuit. Et je vais sans doute encore grossir d'ici là ! Mais, pour un peu, quand je pense à tout ce dont il faudra s'occuper après sa naissance, je le garderais bien là au chaud dans mon ventre…

— Tu t'en sortiras très bien, me rassure Brit. Et Garrett est si impatient. Il est lui-même comme un gosse, chaque fois qu'il parle de ce bébé !

— Vraiment ? je chuchote, aux anges.

— C'est écœurant, à force, marmonne Brit, mais je sais qu'elle plaisante. Sérieusement. Je ne l'ai jamais vu aussi heureux. Je ne croyais même pas qu'il en était capable, elle ajoute en souriant.

Un bonheur infini me submerge. Et dire que j'ai douté que Garrett veuille être père à nouveau ! Aujourd'hui, il ne parle que de ça !

— Il est en train de construire un berceau, je confie à Brit. Tout seul, comme ça. J'ai eu beau lui dire que nous pouvions nous en offrir un, que mon affaire de relations publiques marche bien, ainsi que le bar, mais il ne veut rien entendre.

— Il est incorrigible… Brit sourit affectueusement.

— Qui est incorrigible ? Emerson apparaît, et par derrière glisse son bras autour du cou de Brit, faisant mine de l'étrangler. Juliet le rejoint, me serre entre ses bras.

— Pas toi, pour une fois, répond Brit, repoussant son frère en tentant de le décoiffer, tous deux riant comme des enfants. On était en train de dire qu'il n'y avait pas grand monde à ta petite fête…

Emerson éclate de rire et regarde la salle remplie d'invités.

— Oui, on verra bien surtout s'ils reviennent.

— Ils reviendront, je réponds, confiante. Nous avons déjà un tas de réservations pour les prochaines semaines.

— Nous ne te remercierons jamais assez pour ton aide, avec la publicité, dit Juliet, radieuse, en me prenant la taille. C'est super, mieux que dans nos rêves les plus fous.

Je lui souris, envahie par un sentiment de gratitude. Je ne considérerai jamais ma relation avec ma sœur comme un dû, pas après tout ce que nous avons traversé, pour en arriver là.

— Je devrais peut-être aller discuter avec mes clients, dit Emerson, l'air ennuyé.

— Surtout pas avec cette tête ! s'esclaffe Juliet. Je ferais mieux de venir avec toi, pour t'empêcher de bouder comme ça...

— Attendez, je les arrête. Les gens n'arrêtent pas de me demander des explications sur le nom de votre resto. *Le Geai Bleu*. Il y a une histoire, là-dessous ?

Emerson et Juliet échangent un regard.

— Non, pas du tout, répond Emerson avec calme.

— C'est bizarre, j'ai du mal à te croire, je réponds en riant. Peu importe. Allez donc dire un mot à la critique gastro du *Tribune* et conseillez-lui ces figues en papillotes de bacon !

— Très bonne idée ! répond Juliet avant de s'éloigner, au bras d'Emerson.

Je m'assure que tous les blogueurs et critiques gastronomiques ne manquent ni d'amuse-gueule ni de cocktails, puis je vais retrouver Garrett, Brit et Hunter à notre table.

— Ouf, je m'affale sur ma chaise et retire mes escarpins. J'ai l'impression d'avoir fait un marathon !

— Tout roule ? s'inquiète Brit.

Garrett tapote ses genoux et je lui donne mes pieds pour un petit massage en règle, alors que la fête bat son plein autour de nous.

— Jusqu'ici, tout va bien, je réponds, quand j'aperçois un visage familier dans la foule. Alicia ! j'appelle en lui faisant signe d'approcher. Excuse-moi de ne pas me lever, mais ma décision est prise, je ne me lèverai plus jamais.

Alicia éclate de rire et se penche pour m'embrasser sur la joue. Elle a coiffé ses cheveux roux en une espèce de chignon improbable, mais très élégant, et elle porte une petite robe noire classique. L'image même de la sophistication. Nous sommes devenues amies au cours des derniers mois, et à chacune de mes visites en ville, nous ne ratons jamais l'occasion de déjeuner ensemble.

— Il te faudrait une de ces litières pour te transporter, comme les empereurs romains, elle me dit, avant de saluer Hunter et Brit. Elle a beaucoup aidé Brit dans ses démarches auprès des boutiques de mode pour diffuser ses créations, et toutes deux se mettent à discuter affaires.

— Tu entends ça, chéri, je dis alors à Garrett. Je devrais avoir un porteur à disposition.

— Oh, par pitié, évite de lui souffler des idées pareilles, il rigole, avant de se lever pour laisser sa chaise à Alicia. Assieds-toi, je vais chercher à boire. Sans alcool, il rajoute à mon attention avec un regard sévère.

— Encore un truc interdit jusqu'à l'arrivée du bébé, je confie à Alicia, tout en gobant un savoureux amuse-gueule. Je peux te promettre une chose, dans le mois qui suit la naissance du bébé, je vais me lâcher ! Cocktails, sushis, fromage qui pue… On fera une fête !

— Rendez-vous est pris ! répond Alicia en riant.

— En parlant de rendez-vous… Je la regarde à la dérobée. Où en es-tu avec ce type que nous avons rencontré, à la brasserie ? Tu lui as donné ton numéro de téléphone ?

— Oui, et il m'a appelée pour m'inviter, un soir, mais j'ai refusé, répond Alicia, évasive.

— Vraiment ? Et pourquoi ? intervient Brit. Il n'était pas assez mignon ?

— Oh si, je confirme.

— Et alors, quel est le problème ? elle demande à Alicia.

— Je ne sais pas…, hésite Alicia. C'est juste que je ne le sentais pas…

— Il faut que tu lui donnes une chance, je lui dis. À notre première rencontre, je croyais que Garrett était un séducteur invétéré, et regarde aujourd'hui…

— Tu l'aimes, c'est différent, objecte Alicia avec un sourire mélancolique. Une fois que tu as rencontré l'âme sœur… Difficile de revenir en arrière.

— Sans doute… Je l'observe avec attention. Même si nous sommes amies aujourd'hui, Alicia demeure un mystère. En ce qui concerne sa vie sentimentale, c'est une tombe, et même si elle est célibataire, elle ne parle jamais de ses rencontres ni de ses coups de cœur pour tel ou tel homme. Et je me demande s'il n'y a pas quelqu'un dans son passé, qui la retient d'avancer.

— Bien, assez parlé de moi ! dit-elle sur un ton faussement enjoué. Quoi de neuf pour vous ?

Brit et Hunter échangent un regard.

— Eh bien, commence Brit. Nous avons arrêté une date, pour le mariage.

— Vraiment ? je m'exclame. Quand ?

— En octobre, répond Garrett en prenant la main de Brit.

— Si vite ? demande Alicia, surprise.

— J'aurais bien fait ça à Las Vegas dès demain, commente alors Brit en levant les yeux au ciel. Mais monsieur veut une cérémonie dans les règles, avec tout le protocole.

— C'est pas moi ! proteste Hunter en manquant s'étouffer avec sa bière.

— Bon, d'accord, c'est ta mère, rectifie Brit. La pauvre est déjà en pleine panique. Apparemment, c'est inenvisageable d'organiser un mariage moins d'un an à l'avance !

— C'est vrai qu'il y a beaucoup de choses à régler, remarque Alicia avec un sourire triste. Les fleurs, la déco.

Et il faut réserver l'église des mois avant. Vous êtes sûrs que vous ne voulez pas attendre un peu ?

— Pas question, répond Brit, déterminée. Plus tôt on en aura terminé avec cette formalité, mieux ce sera !

— Ton romantisme fait peur, chérie, ironise Hunter.

— Ce que je veux dire, répond Brit en grimaçant, c'est que plus vite je pourrais commencer à être ton épouse dévouée, mieux ce sera...

— Voilà qui me convient mieux, répond Hunter avec un baiser en prime.

— Bien, euh, dit Alicia en se levant. Où sont les toilettes ? elle demande, visiblement nerveuse.

— Au fond, à gauche, je réponds en lui montrant, avant d'ajouter : est-ce que ça va ?

— Très bien ! elle répond, avec une mimique exagérée, comme si ma question n'avait aucun sens. Super ! À tout de suite !

Alicia disparaît dans la foule, mais alors que je m'apprête à l'appeler pour lui signaler qu'elle se trompe de direction, une sonnerie retentit. Peu à peu, le silence se fait dans la salle, et tous les visages se tournent vers Emerson et Juliet, côte à côte sur la dernière marche de l'escalier du fond.

— Euh, bonsoir à tous ! Emerson toussote, manifestement mal à l'aise.

— Le pauvre, chuchote Brit. Il déteste prendre la parole en public.

— Ça ne sera pas long, enchaîne Emerson. Nous voulions juste vous souhaiter la bienvenue Au Geai Bleu. J'espère que vous passez un bon moment. Ce restaurant a toujours été le rêve de ma vie, aussi je tiens à remercier tous ceux qui ont contribué à le réaliser. Car c'est un travail d'équipe, et sans vous cette soirée n'aurait jamais eu lieu.

Des applaudissements saluent son petit discours.

— Je voudrais aussi adresser des remerciements tout particuliers à ma femme, Juliet, poursuit Emerson en se tournant vers elle, et ses yeux à ce moment brillent, pleins de fierté et de dévotion. C'est elle qui m'a poussé à tout faire pour concrétiser ce rêve, et sans elle, nous n'en serions pas là… Et sur ce, il embrasse Juliet, un long et tendre baiser auquel la foule réagit par des cris et des sifflets, puis il conclut. Bien, assez de blabla comme ça. Mangez, buvez, et amusez-vous !

— Et n'oubliez pas de réserver une table ! rajoute Juliet en riant.

Lorsqu'ils descendent de leur perchoir et se dirigent vers notre table, c'est sous un tonnerre d'applaudissements.

— Comment c'était ? demande Juliet en s'asseyant face à moi.

— Parfait, je réponds, et je suis sur un petit nuage, entourée des gens que j'aime. Ma famille. Mon avenir. Tout cet amour, toute cette amitié… Un instant, j'en ai le souffle coupé.

— Tout est absolument parfait…

Dépôt légal : octobre 2016 – N° d'impression : 03.0270
Achevé d'imprimer en France par Aubin Imprimeur

Depuis 2009, Prisma Media met en place une politique d'achat éco-responsable. Ainsi, près de 100% du papier de nos magazines est certifié PEFC ou FSC® (gestion durable des forêts). La fabrication des livres des Éditions Prisma s'inscrit également dans cette démarche.